台灣作家全集

有史以來第一套最完整詳備的台灣文學寶藏
短篇小說卷全套 50 鉅冊

2 珍貴的圖片

台灣文學作家的精彩寫眞，首次全面展現，讓我們不但欣賞小說，也可以一睹作家眞跡。

1 豐富的內容

涵蓋1920年到1990年代的台灣重要文學作家的短篇小說以作家個人為單位，一人以一册為原則。

縫合戰前與戰後的歷史斷層，有系統地呈現台灣文學的風貌。

榮譽出版發行／
前衛出版社

3 名家的導讀

首冊有總召集人鍾肇政撰述總序，精扼鈎畫出台灣新文學發展的歷程、脈絡與精神；各集由編選人寫序導讀，簡要介紹作家生平及作品特色，提供讀者一把與作家心靈對話的鑰匙。

4 深度的賞析

每集正文之後，附有研析性質的作家論或作品論，及作家生平、寫作年表、評論引得，能提供詳細的參考。

5 精美的裝幀

全套50鉅冊，25開精裝加封套及書盒護框，美觀典雅。

黃娟集

台灣作家全集

短篇小說卷

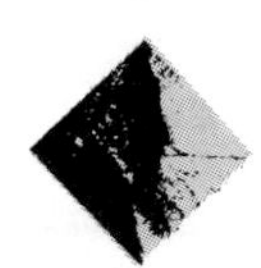

召 集 人／鍾肇政
編輯委員／張恆豪（負責日據時代作家作品編選）
彭瑞金（負責戰後第一代作家作品編選）
林瑞明（負責戰後第二代作家作品編選）
陳萬益（負責戰後第二代作家作品編選）
施 淑（負責戰後第三代作家作品編選）
高天生（負責戰後第三代作家作品編選）
資料蒐訂／許素蘭、方美芬
編輯顧問／
（臺灣地區）：張錦郎、葉石濤、鄭清文、秦賢次
宋澤萊
（美國地區）：林衡哲、陳芳明、胡敏雄、張富美
（日本地區）：張良澤、松永正義、若林正丈、
岡崎郁子、塚本照和、下村作次郎
（大陸地區）：潘亞暾、張超
（加拿大地區）：東方白
（歐洲地區）：馬漢茂
美術策劃／曾堯生

台灣作家全集

短篇小說卷

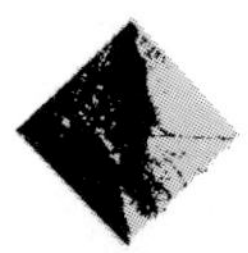

一九九一年夏遊大峽谷。左起翁登山、黃娟。

全家福。一九六六年元旦攝於林海音女士宅前。

一九八九年夏，在日本筑波大學召開台灣文學研究會年會及台灣文學國際會議。會後參與者合照。中坐者鍾肇政，其右爲黃娟。

一九九〇年，在康奈爾大學召開台灣文學研究會年會。與陳文和（左起）、鍾肇政、鍾鐵民合照。

一九八九年夏，與鍾理和夫人台妹攝於鍾理和紀念館。左起翁登山、鍾夫人、黃娟。

一九八八年二月訪問文學啓蒙之師鍾肇政先生。攝於龍潭鍾府，前排鍾老伉儷，後立黃娟。

一九八九年夏于第十一屆鹽分地帶文藝營與文友合照。
左起楊千鶴、鍾逸人、李喬、黃娟、翁登山。

一九八六年五月攝於耶魯大學校園（爲次女的畢業典禮）。
左起爲黃娟、翁嘉雲、翁嘉玲。

一九六八年九月離台赴美前于松山機場。中立戴花圈者爲黃娟，背後左側爲父親（已故）右側爲母親，第一排左起第一人爲林海音女士。

3.

我望着他遠去的背影，回想剛才参加的葬禮……

天藍色的棺木，放在禮堂前面的中央，棺木上是鮮花，棺木周圍也是鮮花，死者埋在鮮花裡，在鮮花裡熟睡着。不幸的是鮮花終凋謝，而死者是長眠不起的……

牧師念了好幾段禱詞，而合唱也唱了好幾首讚美詩，中間我們也默禱了好幾次……

整個过程是莊嚴的肅穆的，而悠揚的琴声，似乎有安撫人心的作用，安撫了死者的灵魂，也安撫了活人的……。

記憶裡的葬禮，与此大不相同……

白色的帳篷，帳篷裡的棺木，跪在棺木邊的披麻戴孝的子孫們，不時傳出的悽厲的哭声，那嚎啕大哭裡，还夾着數說往事的悲慘声音……。另外加上喧嘩的鑼鼓声，道士做法事的念經声……还有圍在周圍看熱鬧的鄰近童和路人……

那是十分吵鬧的場面，而且經常要繼續數天之久……。对喪家來說，必定是很累人的事，而左鄰右舍可能也是不堪其擾。不过鄰人有不幸時，怎能出怨声？何況葬禮不出殯，保留着傳統的儀式而已，又怎能擅自簡化呢？

想到不同的文化，不同的宗教，不同的傳統，使得中西兩地，处理後事的方式，如此地不同，実在叫人感歎不

20×25=500

黃娟手跡

出版説明

《臺灣作家全集》是臺灣新文學運動以來最有意義的選輯，也是臺灣文學出版上最具示範的創舉。全集係以短篇小說爲主體，以作家個人爲單位，涵蓋一九二〇年至九〇年代的重要作家，縫合戰前與戰後的歷史斷層，有系統地呈現了現代文學史上臺灣作家的精神面貌。

在內容上，包括日據時代，由張恆豪編輯；戰後第一代，由彭瑞金編選；戰後第二代，由林瑞明、陳萬益編選；戰後第三代，由施淑、高天生編選。全集計劃出版五十册，後每隔三年或五年，續有增編，一人以一册爲原則，戰前部分則因篇幅不足，有二人或三人合爲一集。

在體例上，每册前由召集人鍾肇政撰述總序（文長兩萬字，首册爲全文，其它則爲濃縮），精扼鈎畫出臺灣新文學發展的歷程、脈絡與精神；並由各集編選人執筆序言，簡要介紹作家生平及作品特色；正文之後，則附有研析性質的作家論，及作家生平寫作年表、小說評論引得，期能提供讀者參考。臺灣面臨歷史的轉捩點，瞻前顧往之際，本社誠摯希望能對臺灣文學的出版、推廣、教育及研究上有所貢獻。

台灣作家全集

短篇小說卷

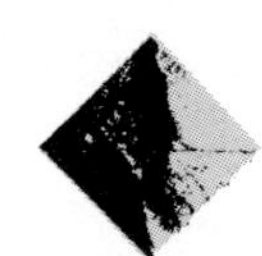

緒　言

鍾肇政

時代的巨輪轟然輾過了八十年代，迎來了嶄新的另一個年代——九十年代。發軔於二十年代的台灣文學，至此也在時代潮流的沖激下，進入了一個極可能不同於以往的文學年代。

然則這九十年代的台灣文學，究竟會是怎樣的一種文學？在試圖回答這個問題之前，我們似乎更應該先問問：台灣文學又是怎樣一種文學？曰：台灣文學是台灣本土的文學、台灣人的文學。曰：台灣文學是世界文學的一支。

倘就歷史層面予以考察，則台灣文學是「後進」的文學；比諸先進國的文學，即使是近鄰如日本，她的萌芽時期亦屬瞠乎其後，比諸中國五四後之有新文學，亦略遲數年。只因是後進的，故而自然而然承襲了先進的餘緒，歐美諸國文學的影響固毋論矣，即日本文學、中國文學等也給她帶來了諸多影響。易言之，先天上她就具備了多種特色集於一身，因而可能成爲人類文學裏新穎而富特色的一支——當然這種說法恐難免落入過分單純化機械化的發展論，未必完全接近實際情形。事實上，一種藝術的發芽與成長，土地本身的人文條件與夫時代社經政治等的變易更動，在在可能促進或阻礙她的發展。證諸七十年來台灣文學的成長過程，堪稱充滿血淚，一路在荊棘與險阻的路途上踽踽而行，備嘗艱辛。

職是之故，若就其內涵以言，台灣文學是血淚的文學，是民族掙扎的文學。四百年台灣史，是台灣居民被迫虐的歷史。隨著不同的統治者不同的統治，歷史上每一個不同階段雖然也都有過不同的社會樣相與居民的不同生活情形，而統治者之剝削欺凌則始終如一。七十年台灣文學發展軌跡，時間上雖然不算多麼長，展現出來的自然也不外是被迫虐被欺凌者的心靈呼喊之連續。

台灣文學創建伊始之際，我們看到台灣文學之父賴和以文學做爲抗爭手段之一的筆跡。他反抗日閥強權，他也向台灣人民的落伍、封建、愚昧宣戰。他身體力行，諸凡當時的抗日社團如文化協會、民衆黨和其後的新文協等，以及它們的種種活動，他幾乎是每役必與，並驅其如椽之筆發而爲〈一桿稱子〉、〈不如意的過年〉、〈善訟的人的故事〉等小說與〈覺悟下的犧牲〉、〈南國哀歌〉等詩篇，爲台灣文學開創了一片天空，樹立了不朽典範。

中期，我們又有幸目睹了台灣文學巨人吳濁流之出現。第二次世界大戰進入最慘烈階段之際，在日本憲警虎視眈眈下，吳氏冒死寫下《亞細亞的孤兒》，戰後更在外來政權戒嚴體制的獨裁統治下，他復以《無花果》、《台灣連翹》等長篇突破了統治者最大的禁忌。他不但爲台灣文學建構了巍峨高峰，還創辦《台灣文藝》雜誌，創設台灣第一個文學獎「吳濁流文學獎」，培養、獎掖後進，傾注了其後半生心血，成爲台灣文學的中流砥柱。

七十星霜的台灣文學史上，傑出作家爲數不少，尤其在時代的轉折點上，每見引領風騷的人物出現，各各留下可觀作品。此處暫不擬再列舉大名，但我們都知道，在統治者鐵蹄下，其中尙不乏以筆賈禍而身繫囹圄，備嘗鐵窗之苦者，甚或在二二八悲劇裏飲恨以終者。以所驅用的文學工具言，有台灣話文、白話文、日文、中文等等不一而足，蔚爲世界文壇上罕見奇觀，此殆亦爲台灣文學之一特色。日據時，曾有「外地文學」之稱，晚近亦有人以「邊疆文學」視之，唯她既立足本土，不論使用工具爲何，其爲台灣文學則無庸否定，且始終如一。

不錯，七十年來她的轉折多矣。其中還甚至有兩度陷入完全斷絕的眞空期，其一爲戰爭末期所謂「決戰下的台灣文學」乃至「皇民文學」的年代，以及戰後二二八之後迄國府遷台實施恐怖統治、必需俟「戰後第一代」作家掙扎著試圖以「中文」驅筆創作、接續斷層爲止的年代。一言以蔽之，台灣文學本身的步履一直都是顚躓的、蹣跚的。到了七十年代，鄉土之呼聲漸起，雖有鄉土文學論戰的壓抑，反倒造成台灣文學的欣欣向榮，入了八十年代，鄉土文學不僅成爲文壇主流，益以美麗島軍法大審之激盪，衝破文學禁忌成了不可遏止之勢，於是有覺醒後之政治文學大批出籠，使台灣文學的風貌又有了一變。

八十年代已矣。在年代與年代接續更替之際，正如若干年來每屆歲尾年始，報章上總會出現不少檢討與前瞻的論評文學，也一如往例悲觀與樂觀並陳，絕望與期許互見。有一明顯的跡象是嚴肅的台灣文學，讀者一直都極少極少，在八十年代末期的消費社會、資訊多元化社會以及功利主義社會裏，文學的商品化及大衆化傾向已是莫之能禦的趨勢，於是當市場裏正如某些論者所指摘，充斥著通俗文學、輕薄文學一類作品，純正的文學乃又一次陷入危殆裏。

然而我們也欣幸地看到，八十年代末尾的一九八九年裏民主潮流驟起，舉世爲之震動。繼六四天安門事件被血腥彈壓之後，卻有東歐的改革之風席捲諸多社會主義共產國家，連蘇聯竟也大地撼動，專制統治漸見趨於鬆動的跡象。（草此文之際，世人均看到蘇俄首任總統終告產生。）這該也是樂觀論者之所以樂觀之憑藉吧。

不錯，新的人類世界確已隨九十年代以俱來。即令不是樂觀者，不免也會睜大眼睛看著世局之演變並對它有所期待才是。而九十年代台灣文學，自然也已是呼之欲出！君不見繼八九年年尾大選、國民黨挫敗之後，台灣的民主又向前跨了一步，即令有第八任總統選舉的權力鬥爭以及國大代表之挾選票以自重、肆意敲詐勒索等醜劇相繼上演於國人眼睜睜的視野裏，但其爲獨大而專權了數十年之久的國民黨眞正改革前的垂死掙扎，彰彰在吾人耳目。

在九十年代台灣文學即將展現於二千萬國人眼前之際，《台灣作家全集》（以下稱「本全集」）的問世是有其重大意義的。過去我們已看到幾種類似的集體展示，計有《日據下台灣新文學》（明集，共五卷，明潭出版社，一九七九年三月）、《光復前台灣文學全集》（八卷，後再追加四卷，遠景出版社，一九七九年七月）、《本省籍作家作品選集》（十卷，文壇社，一九六五年十月）、《台灣省青年文學叢書》（十卷，幼獅書店，一九六五年十月）等四種。無獨有偶，前兩者均爲戰前台灣文學，後兩者則爲清一色戰後台灣作家作品。而其中，除最後一種爲個人結集之外，餘皆爲多人合集。値得一提的是後兩者出版時，白色恐怖仍在餘燼未熄之際，前兩者則是鄉土文學論戰戰火甫戢、鄉土文學普遍受到肯定之後，因此可以說各各盡了其時代使命。

本全集可以說是集以上四種叢書之大成者。其一，是時間上貫穿台灣新文學發軔到晚近的全局；其二，是選有代表性作家，每家一卷，因而總數達數十卷之鉅，堪稱自有台灣新文學以來之創舉。是對血漬斑斑的台灣文學之路途上，披荆斬棘，蹣跚走過的前輩們，以及現今仍在孜孜矻矻舉其沉重步伐奮勇前進的當代作家們之獻禮，也是對關心本土文學發展的廣大海內外讀者們的最大禮物。

（註：本文爲《台灣作家全集》〈總序〉的緒言，全文請看《賴和集》和《別冊》。）

目錄

黃娟始終在台灣文學的磁場內
——黃娟集序

戰後四十多年來，台灣作家內心裏都有一個秘而不宣的共同願望，就是經由自己和同儕的努力，建立台灣文學獨立自尊的地位。文學的定位不同於權利、財勢的分配，不是透過協商、折衝便能得到一定比例的權位，文學的價值和定位，既現實又確實，沒有作品，拿不出好的作品，一旦在某個時代的某個時段缺席了，即使強行佔著一個位置，也註定是徒然的。

戰後台灣的文學歷史，已經清楚的證明了這一點，四十多年來，台灣作家所堅持的台灣文學，是從被人惡意踐踏的泥地裏，靠自己的力量，一步一步爬上來的，在無限艱辛的發展過程中，憑藉的，便是衆多具有共同信仰的作家，和他們堅毅不拔的文學赤忱撐過來的。

在戰後，爲台灣文學從荊棘地上墾荒播種的作家們，他們彼此互相扶持、勉勵，但也隱含有暗中較勁的意味，比賽誰寫得多、寫得好、寫得長——彼此較量對台灣文學所作的貢獻，在戰後第一代作家中，有人持續在文學崗位上寫了三十年、四十年，甚至有多達半個世紀者，這是台灣新文學在戰後締造的新現象，似乎不如此，便無法凸顯台灣文學史的辛苦發展歷程。

黃娟，其生也晚，她並沒有趕得上第一代作家起步的行列，不過，她卻是不折不扣的戰後台灣文學的第一批出現的女作家。

一九六四年，吳濁流創辦《台灣文學》之前，黃娟已發表過近二十篇短篇小說，其後則成爲《台灣文藝》創辦初期醒目的女作家，也是深爲吳濁流期許、看重的台文作家之一。黃娟對小說創作投注的熱情既深且勤，從六〇年代持續到九〇年代，整整三十多年，她有著割捨不去的文學熱情，雖然，之中曾因結婚成家，以及婚後赴美定居，由於客觀環境的調適問題，而短期中斷過創作，但在台灣文學發展的關鍵時刻，她並沒有完全缺席，是個固守作家本分的作家。

黃娟，出生於一九三四年，戰前受過日本小學教育，中學時開始學中文，畢業於師範學校，二十五歲以前，致力於普考、高考及中學教師檢定考試，一九六一年，二十八歲開始發表小說作品。三十五歲赴美定居，五十歲時加入「北美台灣文學研究會」，五十五歲出任「北美台灣文學研究會」會長。

從一九六一年迄一九六八年辭去教職赴美前的八年間，是黃娟投入小說創作的第一個階段。她不同於一般早熟型作家的是，她開始寫小說時，已經超過青澀的少女時代，具有一定的人生和社會閱歷，雖然她仍然具備女性作家將作品環繞在家庭、婚姻、戀愛、親情、感情……這些主題的特色，但她早期的作品，也有一般初出道作家所沒有的探索生活，尋思生命的企圖，儘管她抱持相當謙卑，誠篤的觀察態度，在平凡的筆觸下，黃娟的作品，可以說一開始就鎖定自己的文學是生活的文學、生命的文學。

當然，不可忽略的是，黃娟初初寫作的六〇年代，是強人高壓統治的時代，不願意隨著反共文學棍棒起舞的台灣作家，多半走進日據經驗裏尋找歷史亡靈的慰藉，寫具有反日意識的舊經驗作品，既可避免以尖銳的寫實觸角去碰撞現實的痛點，又可為自己走過的歷史交待，黃娟的作品所以能不隨俗從衆，實因她獨具的女性作家柔和的特質，似乎因此享有直逼現實的特權，她的早期作品就以生動、鮮活的現實生活為題材，只是無論是刻意地，或是不經意地，這些作品都建築在寬泛的文學定義上。

一九六八年九月，辭去教職赴美定居，到一九八三年參加北美台灣文學研究會，又是另一個新的階段。根據黃娟自己的說法，這個階段，她是「漸寫漸少，終至完全停止」、「停筆十年」。事實是，她已幾乎為台灣文壇遺忘了。不過，旅美初期的黃娟，作家的天責仍在她心頭縈繞，她還是把初到美國，進入一個嶄新的生活領域的「訝異」，經由小說輸送回來台灣，至於後來何以完全停筆，而且一停十年，黃娟自己並沒有交待，不過從她的寫作年表，似乎洩露了一些秘密——有些作品來不及經營成小說，改以報導的方式寫成，顯示她旅美後的生活相當匆忙，缺乏從容經營小說的餘裕。

或許，這和她初期形成的作品風格有關，她以生活現實取向的寫作方法，可能很難在短期內即切入一個原本完全陌生的社會，即使擁有敏銳觀察力的作家，也不容易進入另一個需要透視整個社會文化結構之後才有可能的文學創作方式——小說。六〇年代，旅美留學潮中，不少原本具有優異文學創作能力的作家，到了他鄉異域之後，不是幾乎全部無以爲繼嗎？黃娟的例子，並不是孤立的。

不過，黃娟的文學韌力和對文學的熱忱，也可以說是對台灣文學的使命感，在八〇年代復出之後，充分綻露了出來。十多年的美國生活經驗，給予她不同的創作衝動，她以台美人的角度寫的台美文學，顯然受到台美兩地環境變遷的雙重影響，她又一次充分利用了這樣的生活經驗特質，她寫台灣人的美國生活體驗，也寫台美人的故鄉關懷，這些作品帶給台灣文壇不輕的衝擊，也爲自己的文學找到定位。無疑的，八〇年代的台灣文學正是在多元化的起點上，台美人文學的參加，具有正面的意義。黃娟的再加入台灣文壇，不但選了這個特殊的角度，也表現得相當積極。連綿不斷的創作量和長篇、短篇一起來，強烈地表達了她不願意自己又一次在台灣文學奮鬥史的關鍵時刻缺席的意願。

收集在這裏的作品，是黃娟三十年文學生涯的大觀，集合了她最早和最新的作品，兩相比對，可以看出黃娟作品質地的有所不變與有所變，有因時過境遷，深受時代影響的一面，但屬於作家的使命，屬於文學的社會現實立場的表白，則是堅定的。在衆多護持台灣文學不斷前行的作家中，黃娟從家鄉到異鄉，又從他鄉到故鄉，她說，曾經，在異鄉，面對過絕望的孤獨和寂寞，可是，在文學，她始終在台灣文學的磁場之內，這個集子裏的作品，做了見證。

相親

車窗外一片漆黑；樹木、田野全被蓋在夜幕裏。昏暗的燈光照著車內無數張疲倦的面龐，兩個工人打扮的中年人在我對面的座位上睡著了；仰著頭，張開嘴巴，隨著車子的搖動搖擺著頭。

夜深沉，我坐著夜車趕回家，爲的是去看一個男孩子。不，也許我應該說，爲的是讓一個男孩子來看我。多麼可笑的一件事！我在心中暗笑自己，但是一層淡淡的憂鬱，卻輕輕地罩在我的心上。許多想不到的事，卻會發生在自己的身上，由不得你去選擇的。

「相親」，這是多叫人彆扭的名詞兒！兩個陌生人尷尬地坐在一起，爲的是……爲的是什麼呢？我想著，想著……腦海裏不禁浮起了廖梅華的臉來，她呶著小嘴，哼了一聲：

「年頭兒變了，我們得把握自己的權利。婚姻是自由的，我呀，我一定要自己來……」

她的嗓門兒大，但是末了一句話卻低得只有她自己才聽得清楚。她是個戀愛至上者。陳惠君接了她的腔：

「你呀，你就會叫。你不知道這個事兒是可遇而不可求的？在森林裏迷失了的公主，哪個不期望騎了白馬的王子來救她？可是故事只是故事。瞧你，讀書的時候只顧讀書，將來做事還不是埋頭工作？哪兒來王子教你碰上？我說媒人還是有媒人的用處。她可以讓不認識的人有個見面的機會。相相親有什麼關係？你可以給他批個分數，看看有沒有交往的資格。這和『父母之命，媒妁之言』，是不同的，你還是操有自主的權利。」她邊說邊用手帕擦著額上的汗。

這是快畢業時，我們在宿舍裏的談話。不知怎麼，話題轉到終身大事上，於是她們倆就展開了論戰。梅華反對「相親」，她認爲偶然的認識，相互的吸引……然後墜入情網，這才稱得上是進步的婚姻方式，但是惠君覺得偶然的認識是多麼不可靠，而且「巧遇」要永遠不發生，豈不慘了？她要平平凡凡地相親，找個穩重可靠的人。

我坐在床邊默默地聽她們的話。「結婚」那聽來是多麼遙遠的事兒，我覺得犯不著爲這個事兒操心的。我要出國，再讀點兒書來。可是事情要眞像惠君說得那樣，那該多掃興啊？沒有羅曼蒂克的氣氛，沒有纏綿的情意，沒有深情的注視，沒有扣動心絃的顫慄……那怎麼行呢？假使要結婚，我希望像梅華說得那樣，不是爲求進步或時髦，只爲的那樣才夠詩意。

「秀宜，別呆在那裏了。來評評理，我們倆誰說得有道理？」梅華提高嗓門叫我。

我笑了，帶點兒困惑：「我知道我和梅華都重理想，但是也許惠君說得更有道理。」我含糊地說。

「去你的！」惠君罵我。

畢業三年了，惠君也結婚了，嫁給了一個穩重可靠的男人。但是梅華和我仍然是一個人。在我流年是不利的，一畢業就碰了一鼻子灰。出國不成，謀事也不易，最後才在銀行裏找到了打字的工作。但是我——一個攻讀文學的，在銀行裏打字，究竟不是件高明的事。可是梅華勸我說，日子不好過，將就些。也許她比我進步些，曉得用「將就」兩個字了。

工作是單調的，環境是喧嘩的。從打字機上抬頭一看，只見來來往往的顧客；不外乎存款、取款或借款。肥頭肥腦的，骨瘦如柴的，紅光滿面的，兩頰深陷的，全為了生活在奔波。不過有人幸運地能得盈利，有人卻苦苦地撐起即將倒閉的事業。至於哪些人是靠非法謀利的，則不得而知了。這裏看見的是艱苦的生活和金錢所支配的世界。哪兒去尋找詩意呢？從一疊一疊的屬於別人的鈔票裏？還是從那單調的打字機聲或被撥弄的算盤珠子的響聲裏？我迷惑了……

梅華常問我：「有發展嗎？」她指的是戀愛。我搖頭不語。沒有開始，哪兒來發展？

可是每逢她這樣問，總有幾張面龐從我腦中掠過。常在我打字機下塞條子的老李，一臉的銅板味兒；據說家裏很有幾個錢。帶深度眼鏡的老陳，喜歡看書，可是爲什麼顯得這樣呆頭呆腦？油頭粉面的老張，自以爲靠一張漂亮的面孔就可以過日子。陰沉沉的老像是受了委屈的老彭；還有盛氣凌人，自以爲了不得的老湯……於是我的頭搖得更厲害了。「有夫如此，寧可獨身。」幹嘛要嫁人呢？

「你呢？」我問梅華。

她笑了：「還不是那樣。也許惠君說得對，在咱們這個社會，沒有什麼社交機構，羅曼蒂克的事──也許永遠不發生。」

「這麼說，你要相親了？」

「才不呢，等著瞧吧！」

我沒有告訴梅華，我終於拗不過媽的敦促，要回家去相親了。我不好意思說。

媽說那孩子叫方耀祖，是醫學院的學生，就要畢業了，是鎭上方醫院的公子。我聽了使勁的搖頭。我不喜歡醫生，倒不只是爲了幼時對拿著注射器就替人打針的醫生，有了反感；我總覺得一個學醫的人，在充滿熱情的年輕時光，關在實驗室裏，解剖猴兒呀、狗呀，冷冰冰地瞧著生命的停止，目不轉睛地望著鮮紅的血，總教人覺得情感上有點兒偏差。他們是冷漠的，不是充滿熱情和理想的。

可是媽說：「見見面有什麼關係？人家很熱心，不好意思拒絕。」

在無可奈何的情形下，我答應回家。於是在週末晚上，我坐在車裏，讓淡淡的憂鬱，輕輕地罩在心上。

第二天我很早就被叫起來，媽要我去做頭髮，還得試穿新衣服。我覺得心裏怪沉悶的，但是我知道既回來了，就得聽媽的安排。姑媽幫著佈置客廳，我看見她添了這許多椅子，禁不住問她：

「姑媽，幹嘛要這麼多椅子？」

「秀宜，你不知道，人家有七、八個人要來，李大嫂昨晚來說的。」

李大嫂就是提這門親事的，我聽了禁不住歎一口氣。做了頭髮回來，客廳已經煥然一新——新的桌巾，一盆鮮花，還有漂亮的座墊。妹妹把我擁進房裏去，於是我開始在臉上抹脂粉，塗唇膏。據說這是禮貌，該化妝的時候得化妝，這是我在一本書上看到過的。雖然這以前媽也跟我說過好幾遍。準備就緒，往鏡子裏仔細瞧瞧，顯得容光煥發，精神多了。衣服是粉紅色的，媽說這種場合得穿紅色系統的，好顯得喜氣洋洋。

李大嫂和媽在屋子裏悄聲說了很久，然後媽喚我過去。

「秀宜，」李大嫂說，「方家祖父將坐在最左端，他留著白鬍子，可別弄錯，敬茶的時候先從他敬起。然後往右邊是大伯父、二伯父、父親、母親、耀祖、厚厚、姑媽。你就順著往右邊走。」

我點點頭，順著時針的方向走，我明白了。

「秀宜，要低著頭輕輕地走，不要把頭抬得太高了。」媽又叮嚀我。

我笑了，低著頭輕輕地走——看來要這樣才能表現女性賢淑的美德。外面響起了一陣嘈雜聲，然後我聽見了父親的寒暄聲。十點過五分，這批人倒頂守時的。可是我的心卻突然咚咚地跳起來。媽開始在那精緻的瓷製茶杯裏倒熱茶，姑媽走到前邊去，她將告訴我出場的時刻，媽看著她的背影。姑媽的手揮動了兩下，媽向我示意。

我端起茶盤走出去，十二杯茶，不算輕。到了客廳門口，我微微低下頭，對著那白鬍子老先生輕輕地走過去，心裏有點兒緊張，尤其是那十幾雙眼睛的注視，教人覺得怪難受的。我順著時針往右邊繞了一圈，並沒有看清楚哪個是哪個。茶盤輕了，我該退場了。但是那白鬍子老先生叫我坐下來，看來這是改良式「相親」了，我坐下來，眼睛迅速地向七、八位來客掃射了一遍。那個穿鐵灰色嶄新西服的年輕人，大概就是他了；烏黑的眼睛充滿活力。眞該死，他正巧往這邊看，他微微地笑了，我連忙低下頭。

他們問了我好些問題：工作忙嗎？台北好嗎？常常回家不？喜歡做什麼？我總是簡單地回答幾句，心裏想著這眞像是接受口試，難怪梅華要反對了。最後耀祖的父親稱讚了我好幾句，說我賢淑聰慧，是難得的女孩子。我不知道那是客套，還是眞話，但是由他去吧！

好容易挨了一個鐘頭，他們走了。方耀祖和我沒說上一句話。來了一大批人，天知道誰才是當事人！我走回房間，換了衣裳，倒臥在床上。那像是一場戲，也許我扮演的是頂可笑的角色。

父親說他冷眼旁觀，覺得男孩子很不錯；衣著整齊，態度穩重，說話有分寸。天，他講過話了嗎？我怎麼沒聽見？父親還說他對我很注意，我覺得臉上發燒了，他那充滿活力的眼睛便在眼前閃耀。我突然希望李大嫂趕快回來，告訴我他們的觀感。原先我是滿不在乎的，我回來了，只因爲聽媽的話；但是現在不同了。

午飯後李大嫂回來了。爸媽把她圍起來，我走進裏間，可是我聽得見她。

「唉，這家子人眞可笑！一路上好好的，全說秀宜好，是一門好婚事。一回家呀，就出事了；老太太說好端端的拿起鏡子梳頭，鏡子卻摔在地上打破了。還說什麼母貓生的小貓兒死了兩個，而且一早上都沒病人來看病。老頭子就嚷不吉利了。年輕的又不敢開口，老的掌權，總是囉嗦。這種家庭也麻煩，我看就算了吧！」

鏡子破了，貓兒死了，沒病人來——多麼可笑的理由。我眞覺得好笑，但是他那雙充滿活力的眼睛，突然在我眼前閃耀；於是我覺得心口微微作疼。也許他是個令人喜歡的男孩子——但是我們沒有緣分。

父親在前面叫我，我走出去。

「秀宜，聽到了吧！沒想到這一家人這樣迷信。這種舊家庭最麻煩，現在知道了算幸運，免得將來進去了，才發生是非。」

我點了點頭，然後進裏屋去收拾行李。四點鐘有一班北上的車子。

爸媽叫我住幾天再走，我說不好意思請假，於是走出了家門。灰暗的天，下著濛濛細雨。

一刻鐘後我到了車站。車站門口站著一個人，穿著鐵灰色西服，寬寬的肩膀，一雙充滿活力的黑眼睛。他？——不正是方耀祖嗎？早上剛和我見過面的人！我停止了脚步。他竟向我招手，我向他走去，我不能讓他覺得我是個不大方的女孩子。

「我在這裏等你好久了，我眞怕你已經先走了。」他說。

我笑了，可是我不知道他爲什麼要等我。「我要你知道李大嫂說的只是家裏老人的意思。當他們自以爲對時，反對也沒有用的。而且我還不知道你的意思，不知道你能不能給我機會？」

我沒有作聲，我沒有弄淸楚他的意思。

他注視了我好一會兒：「也許你覺得不愉快，希望你能原諒我。我只是覺得婚姻是我自己的事，我不願意爲家人左右，也希望你能給我機會。」

我仰頭看他，他那黑眼睛閃著光輝，看來他不是個冷漠的醫生。

「很高興認識您，還請您多指教！」我生硬的說，但是臉上帶著微微的笑。

剪了票，我們步出了剪票口。遠處傳來一聲汽笛，火車快進來了，我和他並排站在月台上。

——原載一九六一年十二月《聯合報》

老太太的生日

寬大的客廳裏顯得冷冷清清的，擺設的傢俱也給人冰冷的感覺。她弓著背，枯坐在沙發椅上。稀疏的白髮無法使她的頭部獲得需要的溫暖，她想該包一條頭巾才對，於是抬頭看了看四周，希望找到個孫兒，好替她去拿。但是附近並沒有人影，全都哪兒去了呢？她感到不解。

「阿香，阿香！」她叫。她是儘量提高了嗓子叫的，可惜那聲音卻微弱的只像個耳語。

她停頓了，豎起耳朵仔細地聽，希望聽到應聲而來的腳步聲……可是四周仍是靜悄悄的。

她無力地垂下肩頭，兩聲喊叫已使她喪失了不少精力。「不包也罷！」她想。於是閉上眼睛，希望打會兒盹。可是一股寒氣從她的脚尖往上衝，她不由得打了個寒噤。兩條長褲，一條棉襪，仍是不管事。老了，可眞沒用哩！也怪這個鋪地板的房間，寒風從板縫裏衝上來，眞叫人難受。好好兒的榻榻米，幹嘛要改成地板呢？她不禁怪起兒子來。年輕人做事，只管時髦，不管實用。不過……思明像是問過她的啊？對了，那個孩子是問過她的，那麼她可不能說兒子是不孝順的了！只是誰曉得才幾年工夫，她就變得這樣衰老，這樣怕冷！

過七十歲生日的時候，她仍很健康。五臟六腑沒一樣出毛病，站起身來腰挺得直直的，走起路來穩穩當當的。要看戲就去看戲，要看老朋友就去看老朋友，上哪兒都沒麻煩，不需要求人。當時她認爲那是她享受人生的開始，可不是嗎？打七、八歲的黃毛丫頭開始，哪一天她是不幹活兒，管吃閒飯的？那些日子可眞苦……飯要燒、衣服要洗、孩子要帶，田裏的活兒要幹……忙得喘不過氣來……。可是與現在相比，又算得了什麼呢？

現在，嗯，現在……這算過得什麼日子啊！她不由得長長地歎了一口氣！

黑夜盼天亮，天亮以後又盼天黑，就這樣不停地磨日子，一直要磨到「長眠」的那一天……只是時間可眞不好磨，唉！實在太難磨了……

瞧！今晨從四點鐘開始，她就睜著眼的。先是在床上不停地翻身，好在翻身在她已是件不容易的事，翻一回不僅吃力，也費時間。藤編的床還會「吱吱」叫。從前她一聽見那「吱吱」聲，總是吃驚地摒住氣，靜聽屋裏的反應，深怕有人在熟睡中被喚醒，好在就是和她同床的小孫女兒，也沒有一丁點兒動靜。她鬆了一口氣，她總是害怕家人會埋怨，住著一個老太婆，吵得整屋的人都不能睡。「老太婆」可不是嗎？她怎麼也變成令人討厭的「老太婆」來著？

對了，就是三年前的那一場病。好好兒的不知怎麼吐出一口血來，其實不算多，只是食物裏夾著血絲。不過「血」是嚇唬人的東西，她自己也駭住了，思明看見也急了，於是她被送進醫院裏去。醫師們左看右看，看不出所以然來，反正是內臟出血，醫師們的結論是開個刀再說，也好把內部仔細地檢查檢查。於是她被送進「手術房」，眞是駭人的玩意兒！活這麼大，哪一回她是上醫院治病的？現在一來就惹了大麻煩，要「開刀」了。她急得哭出來，心想準要送一條老命了。

結果命是沒送，可也是一場惡夢，現在回想起來都餘悸猶存。當她醒來時發覺右手酸痛得不得了，睜開朦朧的眼，她看見空中懸著一個不小的玻璃瓶子，橡皮管子直通到她的手腕。嗯，就是那兒酸痛，她想抽回手，可是一隻手輕輕地按住她。她生氣了，再用力一抽，仍是抽不動。她這才發覺了自己的虛弱，看來眞是生了大病了。不知怎麼心裏一酸，又流出眼淚。

「媽，很痛嗎？」按住她手腕的原來是她的小女兒，這時正擔心地問。

「唉？是小惠嗎？我是怎麼回事？」她問。

小惠把耳朵湊到她的嘴邊去聽，她才知道自己竟虛弱得說不出話。

「媽，放心吧！開刀很順利，您就要好了。只是流了不少血，現在正給您輸鹽水呢！昨天還輸了不少血。」小惠答。

「媽，不要擔心！養幾天就可以回家了。」這回是個低沉的聲音。

她吃力地看了說話的人，那不是思明嗎？嗯，還有……她驚喜地發現還有不少張關心的臉，圍繞在她的床邊。

「媽！」他們齊聲叫。

「哦！」她感動地叫了一聲，四個兒子，三個女兒，不都在場嗎？還有兒媳婦、女婿，和好幾個小孫子。

——敢情我是差點送掉一條命不成？——她想。

不過看到滿屋子親人關心地環繞著她，倒使她十分開心。這些兒女總算沒有白疼，看來都曉得孝順做娘的了。「兒孫滿堂」果然是老境幸福的寫照。

不知不覺地她又闔上眼睛睡去了，她抗拒不了極度的疲乏和衰弱。

以後最惱人的就是傷口的換藥和不停的輸血，輸鹽水和打針……。她不停地呻吟，不停地發脾氣。

其實現在回想起來，那段痛苦的日子還不算太壞，至少她繫住了兒女們的關心。醒來時總能看到守在床邊的兒子或是女兒，他們大概是輪流地守在病房的吧！

脫險以後就不同了，往往空蕩蕩的房間裏沒有一個人影。有事時她還得費力地拉頭上的繩子。當然她明白，兒子要上班，媳婦要管家帶孩子，女兒嫁在遠地的也得回家去。他們無法成日地守著她。可是心頭總有些不平和被遺忘的寂寞……

那是她認識「老人生活」的開始——孤獨、寂寞，和無所事事。像她現在雙足失去了行走能力以後，還加了求人時的顧忌……

唉！哪兒出毛病都沒有不會走路來得麻煩。事事得求人，事事得煩人！

退院回家時她就覺得雙足無力，是坐著輪椅出了病房的，然後由兒子扶著爬進了計程車。當時滿心以爲只是久病衰弱，體力沒有恢復。誰知道雙足發麻的感覺並沒有好轉。其實她住了這麼久醫院，究竟生的什麼病？她一直不知道。後來還是偶然聽見了思明和媳婦的談話，才知道原來還是一場冤枉病。

那一天她覺得疲倦，很早就上了床，可是並沒有睡著。腦子還越來越清晰，直叫她傷腦筋！這時思明和梅子的聲音，從客廳飄到她的耳朵裏來。

「媽是不是越來越沒力氣了？」那是思明的聲音。

「就是上回開刀以後，身體一直沒有復原嘛！」梅子答。

「唉，眞是該死的一刀！」

「可不是嗎？那麼大把年紀，開了偌大一刀，別的不說，流了這麼多血，怎麼吃得消？」

「眞糊塗？虧他們還說得出來，什麼內臟都沒有毛病。沒毛病就不要開刀啊！」

「嗯，白花了錢，又沒有治好病！我還沒有問你，那筆錢是怎麼張羅的？」

「還不是先借的。」

「借也得還啊？我們自己是負擔不起的。你該和老二他們談談，兄弟四人分攤，總還容易一些。」

她豎起耳朵靜聽兒子的答話，思明沒有作聲。

她突然感到辛酸，想到自己眞成了兒子的負荷，可叫她受不了！活這麼久，她可是沒吃過閒飯的啊！而且這一筆醫藥費還是冤枉花的呢！不過她不怪梅子，梅子是對的，她養了四個兒子，不該單叫思明一個人負擔，就叫他們兄弟四人分攤吧！她該慶幸她有四個兒子哩！

「結果媽到底是哪裏出的血？」梅子問。

「小血管破裂。」思明答。

「那麼媽的脚變得不管事，有關係嗎？」

「當然！那是血管硬化，從脚開始，由下往上……」

「你是說只是時間的問題？」

「當然醫藥可以延期『那一天』的來臨。」

他們又沉默了，她聽了可受到相當的刺激。知道自己眞患了不治之疾，叫她恐怖極了！多滑稽，今年也有七十六了，兩腿一伸，再也不起來的日子，該不會太遠的。可是她感到恐怖……

「思明，你知道媽走路沒人攙扶是不行的，小孩兒的力氣又不夠，非我不行。我又忙著厨房啊、買菜啊、洗衣啊、打掃啊的……有時眞忙不過來。『大、小便』還不能等哩！侍候不好，我過意不去，媽看我忙又不敢開口，……」

「唉！……」思明先歎了口氣，然後說：「你說有什麼法子？」

「不是我嫌麻煩，我想一直這麼下去，我也撐不了！爲什麼不叫媽也在老二他們那裏住一陣子，我好鬆一口氣，也讓他們盡一點孝道……」

她緊張地豎起耳朶，靜聽兒子的答話，思明仍沒有作聲。

——眞是成了沒人要的老廢物了——她感傷地歎口氣，還是蒙在被窩裏歎的氣，她怕給兒子聽見。

難道說，兒子多，眞餓死爹娘不成？生了四個兒子，現在反而沒人要了。可不是嗎？

俗語說：「娶了一個媳婦，賣一個兒子。」兒子現在是不要娘，只聽老婆的了？……

不過她究竟不是個不講理的老人，傷心使她不由得埋怨，可是她並不錯怪梅子。梅子對她很好，總是和顏悅色地幫她做這做那的。

應該怪的是她自己，現在她眞是個累死人的老太婆了。大小便都要人幫忙，還有更討厭的嗎？至於洗澡、換衣、吃飯，更不用說了，從前哪想到會有這樣可憐的日子！

不過她是儘量忍著不去麻煩人的啊！情形好些時，她總是硬扶著東西緩緩移步的，在床上她還是爬著的呢！需要拿東西時總是找孫子，沒人時也就罷了。只有大小便沒法子，忍到不能再忍時只好喊梅子了。她還聽得見自己那帶著十分歉意的可憐的請求聲……

是的，她是儘量使自己不討人厭的。可是無法避免，她仍是個煩死人的老太婆。現在她該怎麼辦呢？不管怎麼樣，不能老住在思明這裏了，她不能只累這一家子人。

第二天她叫思明送她到老二家裏，思明看了一眼梅子，一臉複雜的表情。她怕兒子多心，連忙說：

「在一處待久了，就想換換環境！」

在老二那裏，她耐著性子住了一星期，又到老三那裏，也耐著性子住了一星期，於是轉到老四家裏去了。

大家都對她不錯，可是她住得並不稱心。

老二家裏洗澡要上下台階，她那不自由的脚無法稱職，差點摔倒在水泥地了。老三家裏房子太小，和小孫兒一起擠在榻榻米上，成夜被那些小手、小腿，這裏打一下，那裏踢一脚的，不但不能闔眼，還覺得身上到處酸痛。老四家裏孩子小，一屋子衝天的喧嘩聲鬧得她頭疼，服了好幾包藥都不能復原。最後她終於給思明打了電話，又回到思明家裏去了。只有這兒她住起來還舒服些，吱吱叫的床也總還可以睡的。不過她對梅子更多了一層歉意和顧忌。

不由得她想念起女兒來了，如果和女兒住一起，讓她們照顧身邊瑣事，就不必這樣顧忌了。媳婦究竟是人家的女兒，至於兒子嗎，總是心比較粗，不懂做娘的有什麼苦衷……

她突然有了想見女兒的渴念，可是她不能跑這麼遠的路，而且有四個兒子，假使還住到女兒家去，那不成了天大的笑話嗎？兒子也不體面的！

她只好忍住了，不過她叫思明寫信給她們，希望她們來看她。她說她這麼大年紀，身體又一天一天不好，不知道哪天會突然死去，希望女兒來看看娘……

說著說著她自己就傷心地哭起來，好像自己眞要死了，心裏是那樣一種淒涼的感覺。

思明翻了翻日曆說：

「媽，下星期三是您的生日，我們提前在這星期天給您做壽好了。星期天，上班的才能來，也叫大妹她們一家子全來，大家聚一聚，也好讓您看看！」

生日，可不是嗎？七十六歲的生日。打七十歲起兒子們就每年替她做生日。「人生七十古來稀」，過一年算一年，誰知道明年生日她是不是還活著呢？思明記得她的生日叫她開心，而且生日剛巧落在最近——就在她想見女兒的時候——也把她樂了。難得地她的心情又好轉起來……

——星期天做的生日——那麼今天是星期幾了？她從一幕幕重現在眼前的回憶裏，緩緩地醒過來。著急地，抬頭看了日曆，日曆就在她對面的牆上，可惜她看不清楚。雖然她並不識字，星期幾她倒也會看的。

「阿香，阿香！」她叫，儘量地提高了嗓子。

屋裏有急促地走出來的脚步聲，她放心了。

「阿婆做什麼？」阿香出來了。

這個丫頭哪裏去了呢？都念高中了，還挺不懂事的。這種半大不小的丫頭，最不耐煩和老人在一起。她雖然在心裏埋怨，倒也還興奮地問：

「阿香啊，今天是星期幾啊？」

「星期天。阿婆啊，要不是星期天，這時候我怎麼還會在家裏？」

「星期天？那麼是今天了！」她興奮地自語，然後又迫切地問了一句：

「那麼現在是幾點鐘了？」

「九點一刻。」阿香瞧了一下掛鐘說。

九點一刻？從四點鐘醒到現在，她還以爲該天黑了呢？坐了這麼久，怎麼才九點一刻？

這時電鈴響了，按得又重又長……。阿香奔去開門，接著是一陣談笑聲和進門的嘈雜聲。

「媽！」

「阿婆！」

幾乎同時這些人衝著她叫。三個女兒、三個女婿，還有許多大大小小的外孫兒。

「你們怎麼會一起呢？」她滿臉笑容地問。三個女兒同時把耳朵湊向她。

「我們約好的。搭同一班車，大家有伴，也好叫您驚喜！」大女兒大聲地說。

她笑了，可是笑不出聲音來。微微地她向三個女婿點點頭，梅子聞聲趕出來：

「嘿！都來了。這麼早就到，你們很早動身的吧？我直在忙，還沒有給媽換衣服呢！就勞駕你們了。」

「大嫂，來這一大羣人，又叫妳忙了。有沒有要我們幫忙的？」

「大嫂，媽要起火爐吧！這屋裏冷颼颼的。」

三個女兒齊聲對梅子說話，梅子來不及應。

又是門鈴聲……

「二叔、二嬸他們來了！」阿香奔回來報告。

「喲，怎麼近的反而來遲了？」二女兒尖聲叫。

「哪個貪吃的這麼早就趕來！」老二立刻反譏。

大人、小孩兒擠在一起，客廳裏快容不下了。她瞇起眼睛看這一大羣人，多熱鬧啊！她就喜歡熱鬧，省得一個人孤零零地，度日如年，難以消磨。

「媽，最近好些沒有？」老二問。

「還不是一樣。」她答。

兄弟姊妹吵吵嚷嚷地談起來，她靜靜地聽，可是不久她覺得有一股疲倦的感覺，於是閉上眼睛。

「鈴……」又是門鈴聲，然後是一陣吵嚷聲和「媽！」「阿婆！」的叫聲。

她睜開眼睛：「都來齊了沒有？」她問。

「齊了，全齊了。」老二答。

她環視室內、站的、坐的，可不是一大羣人嗎？

「思明呢？」她突然發現沒有看到老大的影子。

「大哥呢？」小惠對著裏屋喊。

「買東西去了。」梅子答。

她拉了小惠的袖子：「我倦了，想躺一會兒。」

「對了，還沒有給您換衣服呢！」

小惠扶起她，可是力氣不夠，她踉蹌地起身，又跌回去了。立刻來了好些人，於是把她半抱半扶地帶進臥室。

躺在床上，她閉上眼睛任人照顧，不一會兒他們都出去了。

「媽，阿婆怎麼了？」不知是哪個孩子在問。

「婆婆累了，要去休息一下。」

「媽，阿婆爲什麼不會自己走路呢？」

「婆婆老了，一個人走不動。」

「老了就不會走路了嗎？」

孩子問不完的聲音，繼續飄進她的耳朵。

——老了就不會走路了嗎？——可不是？不過老了以後不會做的事才多呢！她在心裏答。

「媽的脚全沒力了！」

「嗯，全靠人攙扶……」

「每天做些什麼呢？……」

「就那樣悄悄地坐在一邊嗎？」

「唉！……」

客廳裏的談話斷斷續續地傳進她的耳朵，可是她已經聽不清楚了……她昏昏然地睡去。

不知道睡了多久，她忽然又醒了，弄醒她的是那些杯盤碗筷的聲音。

「喂，大家進來啊！可以吃飯了。」梅子在喊。

外面是吵吵嚷嚷的談話聲，接著是衆多的脚步聲……

「咦？壽星呢？」有人問。

「我去看看媽醒了沒有？」

三個女兒齊進她的臥房。

「我想小便……」她說。

兩個女兒合力扶起她，另一個女兒拿來馬桶……。然後她們給她換了衣服，梳了頭髮。

當她在女兒攙扶下，舉著乏力的脚步，步進飯廳時，兒子們拿起酒杯，對她高呼：

「媽，祝您壽比南山！」

「媽，祝您福如東海！」

她高興地咧開嘴笑，雖然她不明白是這樣一天一天地拖日子好，還是早些離開的幸福。

桌上擺了不少菜，大人小孩兒都低頭大吃，偶然也舉起酒杯敬她。

她微笑著看他們，自己只是喝了一杯雞湯和兩塊小肉片。

——原載一九六三年四月《台灣文藝》

一隻鳥

他曾經希望自己是一隻鳥，長著神奇的羽翼，輕盈地展翅飛翔於大地之上，穿梭於藍空白雲之間。現在他不再希望自己是一隻鳥，不僅是因爲他已經折傷了兩翼，主要是爲了他需要被囚禁在牢籠裏的痛苦，他需要那種痛苦，一刻也不能少……

因此他花了很多時間去追求芬，因爲他知道和她在一起，他不會幸福。他不愛她，她也不愛他，他們是一對格格不入的冤家。

緩緩地睜開眼睛，他看見了白色的天花板，還有板上那黃色的污漬。他瞪大了眼睛凝視著，那污漬逐漸擴大，並不像朵朵浮雲，也不像一張隨意塗寫的地圖。

月光在移動，透過葉隙，穿過窗櫺，可是他的目光並不移動。白色的天花板，黃色的污漬，他的腦子也茫然地想著白色的天花板和黃色的污漬，於是他詫異了，他在哪兒呢？爲什麼他在看這單調的東西？

他蠕動了身子，於是發覺架得高高的一雙腿，和枕在頭下的一雙發痳的手。那是一張長沙發椅，他的腿架在椅子的扶手，拘束地仰臥著。可是爲什麼他會躺在那兒？慵倦地眨了眼睛，他的目光離開了黃色的污漬，於是他看見了高懸著，散發出蒼白色光芒的日光燈。日光燈，那貧血的光芒，照著熟悉的小茶几和幾張沙發椅，不錯，那是他們的小客廳，他畢竟認出來了。

就在剛才這屋子還是漆黑的，門窗裏沒有一絲燈光，他站在那黝黑的屋前，試著輕輕地推開大門，可是大門並不開，芬把它閂起來了。他只好伸長右臂，重重地按了門鈴。清脆的鈴聲在屋裏迴盪，盪到他的耳邊來。

他的心臟開始猛烈地跳動，並不是害怕芬的臉色，只是聽著迴盪的鈴聲，等著開門的人，他就會按捺不住心臟的跳動。那曾經是興奮的經驗，在他熱戀漪的時候。想想，可愛的漪帶著迷人的笑靨，爲他開門，怎麼能不教他心跳？鈴聲、心跳、笑靨……那是一幅美麗的連環畫。

現在鈴聲並沒有引來笑靨，屋裏沒有聲響，也沒有一盞被捻亮的燈，芬並沒有起身開門。

他並不急，也不想去猜測芬到底要他等多少時候？雖然很可能地芬已經睡著了，躺在席夢思大床上，生氣地緊蹙著眉頭，在夢裏狠狠地咒罵著他的遲遲不歸。

他不關心那些，他關心什麼來著？方程式、近似解，夾在計算機上的一大堆天文數字，未寫完的論文……也許是，也許不是，他不能確定。可是此刻他想的是白色的天花板和黃色的汚漬。

把手腕舉到眼前，在朦朧的月光下，他試著看手錶，錶針停在「十」和「六」的上面，十點半，不對，再把手錶挨到耳邊，耳邊沒有那「卡其卡其」的聲音，錶停了。他舉目四望，除了點點掩映的昏暗的燈光，所有的門窗是黑的，周圍的房子全在熟睡中。

他站在那黝黑的屋前——那是他的家，可是他進不去，芬不肯來開門。他仰起頭，頭上是一彎朦朧月，脚下是一隻淡淡的影子。

「要看書何必到實驗室去？」芬說。

「可不是？」他在心裏答。可是他一定要去，每天每天地，而且一去就要熬到三更半夜，他不是故意，那只是習慣罷了。回來，芬總有一場歇斯底里性的發作：吊起來的眉毛，氣得發青的臉，抖顫的女高音……那著實不好受，可是他從容地坐下來，默默地接受那一場風暴，那是他的課程之一。

當一切復歸於平靜時，他告訴自己，果眞失去自由了，他再不能愛什麼時候回家就什麼時候回家；愛什麼時候睡覺就什麼時候睡覺了。他被囚禁在牢籠裏，受著芬的管束。當他深切地感到身受的痛苦時，他的內心深處便有了輕微的解脫感，因爲那痛苦正是他所需要的。他不能有個賢慧的妻子，溫暖的家，他不能有。

「聽著，你再晚回來，就不要想進門了，我要把大門鎖起來！」

昨夜芬對著他氣呼呼地說。他默默地點頭，他同意她，沒有一個喜歡丈夫晚歸的妻子，不管丈夫到哪兒，或是去做什麼？

可是他還是晚了，也許比平時還要晚些。他抬起頭，注視頭上星斗的位置，不過他弄不清究竟有多晚了？他更不清楚自己是故意的晚？還是不經心的晚？他並不喜歡去探求自己的心，如果發現一件單純的行動，還含有複雜的動機，定會教人吃驚的，他又何必去自找麻煩呢？

未經思索，他的手又輕輕地推了身前的門，門還是不開，於是又伸長右臂，重重地按了門鈴。

幾乎同時臥房的燈亮了，他敢確信芬並沒有睡，她必是睜著眼睛，瞪著天花板吧？她也看見那白色的天花板和黃色的汚漬嗎？

重重的脚步聲、重重的推門聲，他感覺到低垂的烏雲，觸及屋簷，氣壓低極了，這該是一場最激烈的風暴！

兩扇門倏地閃開，呆呆地倚在門邊的他，冷不防地跌進去，撞到芬的身上。芬把他冷冷地推開，自顧自的走進去。

「錶停了！」他舉起左手，對著那穿白色曳地睡袍的背影說。

那背影不答話，只以抖動的雙肩和快速的步伐，表示心中的怒火。

他只好回身閂好了大門，這才以最緩慢的步子走進屋裏。跨進客廳時，他伸手扭開了電燈的開關，蒼白色的燈光，立刻照耀室內。可是芬並沒有等在那裏，一場即將來襲的風暴呢？他尋找那張興師問罪的臉。

就在這時臥室的燈重又熄滅了，他聽見了芬重重地倒在臥床的聲音。他突然有了一絲內疚，站在臥房的門口，他低喚：

「芬！」

沒有答話，他推開臥房的門，門從裏面上鎖了，芬給他個不理睬！他不明白颱風究竟是改變了方向，還是延緩了登陸的時間？

他沒有再做努力，回到客廳，倒在長沙發椅上，朦朧地睡去。

那必是短暫的睡眠，短暫的。

現在他看見了白色的天花板，還有那黃色的汚漬。

突然他想起了漪，一個迷人的女孩子！含笑的眸子，玲瓏的鼻子，兩片花瓣兒似的紅唇，纖腰裏繫著下擺寬大的裙子——清新的教人刮目。

那一天，良宵美日，他終於禁不住愛的衝動，採擷了那隻禁果——青色的。

溫馨的夜，充滿了濃情蜜意。兩手擁抱著那完全屬於他的漪，他的心因幸福而膨脹，無疑的，那一刻他已經是一隻鳥，長著神奇的羽翼，輕盈地展翅於大地之上，穿梭於藍空白雲之間。

清晨，他輕輕地撫著漪的背，對著低垂粉頸的她，不斷地重複他那永不改變的愛。那是眞話，他愛漪，愛到窮於用言詞來表達。

送走了漪，他還是沉迷在那溫馨的夢裏，他留戀在床上，貪婪地嗅著漪留下來的芳香……。漪，他低喚，可愛的女孩子！愛他，信賴他，而爲他獻出了一切……

許久許久，他才不情願地離開了床，小心地摺疊著被褥，鋪平那凌亂的床單——那帶有漪的芳香的被褥和床單。

他小心而愉快地做那些事，異於他平日的馬虎和不耐。他花的時間遠超過做那簡單的事情所必須的。

當那白色的被單鋪得沒有一絲皺褶時，幾點黃色的汚漬吸引了他的注意，什麼時候濺了這幾滴黃點來著？他低頭細看，驀地一種意念閃進了他的腦海，於是他把臉撲到床單上，來回地細瞧，沒有，一點一滴都沒有，那紅色的斑點。

他的心突地下沉了，沉到無底的深淵……。漪獻給他的並不是完整的身軀——這是可怕的發現，他不能接受。於是他再度低頭細瞧，這樣無數次地看了又看，摸了又摸，可是只有那黃色的斑點，黃色的汚漬。爲什麼不是紅色的呢？他絕望地呻吟。溫馨的夢醒了，芬芳的香澤消失了，他不再是一隻翺翔在天際的鳥，他已經折傷了兩翼，跌落在地上，重重地。

愛得深，責得切，他對漪的想法，竟在刹那間改變了。想起昨夜，在他臂彎裏的漪的順從，他居然感到咬牙切齒，她曾經也那樣地投進另一個男人的懷裏嗎？他原以爲漪是愛他愛得深才那樣的。早摘的青果，居然還有先客，他嘗到了那苦澀——無法忍受的。

一種複雜的情緒，迫使他寫了一封殘忍的信。

「沒有想到妳是個淫蕩的女人，淫蕩得可恥……」他寫著。

對一個剛剛爲愛人獻出純潔的女孩子來說，那是一句多麼難堪的話。

只要想到，漪接到那封信時的痛心和絕望，他就需要更多更多的痛苦來折磨自己。

「我不知道你在說什麼，一句多麼可怕的話！你永不明白『純潔』對一個少女的意義，我獻給你，只爲了我太愛你……可是你竟把我當成怎麼樣的一個女人？即使你存心玩弄我，你也不該侮辱我。哦，告訴我，說你只在說笑，那句可怕的話不是眞的……」

漪的回信裏有許多處淚痕，無疑的，她是拿淚和血寫成的。

可是他冷冷地哼了一聲，把她的信丟進了字紙簍。他不明白他把一顆「少女心」，一片一片地撕碎了。

「妳是個淫蕩的女人！」如果有機會，他還要當著她的面說。——當時他是這麼想的。

憑什麼他要那樣羞辱她呢？憑什麼？

「你和漪垮了？」小胡問他。

他正以兩手支著頰，無心地眺望著窗外。窗外是一片濃綠，綠得教他心煩。

「眞奇怪？你們那樣好！」

「有什麼好？」

「愛情眞是不可測。」

「可不是？誰知道漪會是……」他在心裏忿忿地。那以後他沒有再見漪，漪也不再來信了，那一字一淚的信。

「你最近還看到漪嗎？我從沒有看到過一個女孩子會變得這麼多，這麼快……。」

他回過頭，可是小胡已經走遠了。

變得這麼多，這麼快……他咬住了小胡的末一句話，什麼意思？

他開始不安，出奇地不安……有什麼事兒不對了？

「今天我做了一件好事，調解了幾乎要釀成的婚姻悲劇。」叔叔在口裏銜著煙斗，在客廳裏和媽說話。

「哦?」媽停止了織毛衣的手。

他在沙發椅裏聳起了耳朵,他對「悲」字特別敏感。

「現在的年輕人也眞不懂事,初夜裏不見紅,就硬說新娘子不規矩。我給那個人上了一課,告訴他在有些情形下並不見紅,新娘子卻毫不含糊地是純潔的。」

「是呀,不是說劇烈的運動,也會破裂的嗎?」媽接了腔。

「什麼話?」是落雷擊中了他的頭嗎?他的耳朵有雷鳴,他的心口在絞痛。多麼愚蠢,他曾經苦苦地尋找那紅色的斑點。

「你是個淫蕩的女人,淫蕩得可恥……」哦,那句駭人的話是他說的嗎?

「當然,嚴格地說,女孩子是不是純潔,並不容易確定,可是你能感覺得到,那氣質是不能僞裝的。好女孩就是好女孩!」叔叔繼續說。

是的,他能感覺得到,好女孩就是好女孩,漪就是。他誣衊不了漪,他撕碎了她的心……

他突地站起來,踉蹌地走出了客廳。

「咦!他是怎麼回事兒?」

「誰知道?這一陣子總是那樣陰陽怪氣的。」

「年輕人總是有些莫名其妙的地方!」

叔叔和媽的聲音飄在他的背後。他的心口在絞痛，劇烈地……

機場——擁擠的人潮，遠行和送行的人。他在人縫裏來回地穿梭，伸長著脖子，在一個又一個由送行的人圍成的圈子中間，尋找那個遠行的人。

他的心在跳動，他的脚步在搖晃，可是那深陷的眼睛卻閃著銳利的光芒。細心地來回瞧瞧，他終於看見了那個人——瘦削蒼白的臉，裏在素色洋裝裏的纖細的身子，在大眼睛裏滾動的淚珠，沒有血色的嘴唇……

「我從沒有看到過一個女孩子會變得這麼多，這麼快……。」小胡說。可不是？他拿手背用力地擦了眼睛，不相信她就是漪。

那個含笑的眸子呢？還有紅潤的面頰，兩片花瓣兒似的紅唇，繫著寬裙子的輕盈的身子？

一切都逝去了嗎？爲了他可怕的一句話——妳是個淫蕩的女人！哦，不！

躲在人羣後，遠離圍著漪的圈圈，他把愛和懺悔的眼光投向了漪。他的胸口又開始劇烈地疼痛……

漪的頸項掛著紅白相間的花環，頻頻地向送行的人點頭，溼潤的黑眼睛，滾動的淚珠——終於那顆淚珠滾落下來……

「漪，原諒我！一切是誤會……」他寫信給她。

她沒有回信。當然，她怎麼能夠原諒他？一個佔有她，然後侮辱她的男人！他撕碎了她的心，他能夠把那一片片的碎片，重新接起來嗎？

「漪要去美國，嫁一個素未謀面的人」——他聽說。

「爲什麼？」朋友們都奇怪著。

只有他知道爲什麼。

漪，她還能對「愛」存著幻想嗎？在她深愛的人，玩弄了她，又加以侮辱和遺棄之後。

她需要遠行，把那副被嚴厲傷害的身心，交付給一個陌生人！

擴音器在大聲地傳話，漪抬起了頭，微微地笑了，她唇邊那淒迷的笑，使他的心再度地絞痛……

「漪，不要走！」他淒涼地叫，可是他只能在心裏低喊。他是個罪人，不能在漪的左右露面的。

她終於走了，以搖晃的脚步，走進了出境旅客的檢查室。他盯著她的背影，盯著懸在她頸項的紅白相間的花環……紅色，他終於找到了，可惜爲時太晚……

天熱，眞熱，他舉手揩了汗，汗在兩頰，漪終於從他模糊的視線裏消失。

可是漪走出了他的視線卻走進了他的心版，他開始尋找痛苦，沒有痛苦他不能想起漪，沒有痛苦他不能面對心裏面的漪。

「咯，咯，咯……」痛苦的咳嗽聲，那是他自己的嗎？抽出枕在頭下發麻的手，看見的還是白色的天花板和那黃色的汚漬，爲什麼不是紅色的呢？

「咯，咯，咯……」又是一聲咳嗽聲，是他自己嗎？還是……

「芬，是你在咳嗽嗎？」他問。

「不要你管！」拒人於千里之外的冷漠的聲音，帶著壓抑的怒氣。

好吧！不要管就不要管，可是他仍沒有弄淸楚咳嗽的是他自己還是芬？

他選擇了芬是十分有眼光的，芬很漂亮，風頭很健，不是個容易到手的女人。何況他知道芬那暴躁易怒的脾氣，還有其餘的許多氣質，總歸一句話，她就是那種他不敢領教的那一型的女人——因此正是他所需要的。他在尋覓痛苦，哪種痛苦勝過不幸的婚姻呢？

他開始追芬，芬一直沒有把他放在眼裏。可是好心的朋友倒常勸告他：

「不要貪她的美麗，她不是你可以招架的女人！」

「當心她的僵脾氣，你受不了的。」

「你能滿足她嗎？她追求的是榮華富貴。」

他笑了，正因爲這樣，他才追求芬。

可惜芬並不喜歡他，他們倆是屬於那種彼此看著都不順眼兒的一對。他追芬整整花了五年的工夫，其中四年他在海外，用的是書信和美鈔攻勢。芬花了他許多錢，卻一直在交別的男友。

可是他回國後，芬答應嫁給他，只因爲她的男友裏，還沒有超過他的——指的是學位和積蓄。而且她已經不小了。

「我並不愛你。」芬對他坦白的說。兩人在一起時，她更是毫不保留地表示對他的不滿。

好極了，他對自己說。同芬在一起，他總有痛苦，那正是他所尋求的。

就在行禮的那一刻，她還倒豎柳眉，差點兒把頭上的白紗扯下來，急得男女儐相捏了一把冷汗。

一對冤家，他們的眼睛那樣說。可是他很滿意，他的臉上一直掛著笑容，那笑是神秘的，教人感到費解，因爲沒有人知道他爲什麼要娶芬。

現在他又看見了白色的天花板和黃色的污漬，爲什麼不是紅色的呢？

月光在移動，透過葉隙，穿過窗櫺。他的目光也該移動了，別看那白色的天花板和黃色的污漬吧！

他曾經希望自己是一隻鳥，長著神奇的羽翼輕盈地展翅飛翔於大地之上，穿梭於藍空白雲之間。

現在他不再希望自己是一隻鳥，不僅是因爲他已經折傷了兩翼，主要是爲了他需要被囚禁在牢籠裏的痛苦，他需要那種痛苦，一刻也不能少……

——原載一九六五年八月《聯合報》

負荷

一

是燈光太暗，還是眼睛愈來愈不管事兒？她擱下那封還沒有看完的信，取下了眼鏡兒，拿一塊絨布仔細地擦了鏡片，這才把眼鏡兒重新架回鼻子上面。

媽，我不知道該怎麼說——剛才是讀到這兒的嗎？——可是他眞的變了，不僅是天天三更半夜才回來，而且已經是一個多月了，他沒有……

她又唸不下去了，小梅的字也是寫得眞夠潦草，而且這燈光也未免太暗了些。

那塗抹掉的句子，那潦草的筆跡，那紊亂的情緒……

已經是一個多月了，他沒有……

她看不下去，只好又取下了眼鏡兒，重新擦一擦。

這是一對令人煩心的小倆口兒，爲什麼不讓她靜靜地養病呢？那要命的神經痛，那折磨人的一陣又一陣的抽痛，……說著說著右手腕刺人的疼痛——那直刺到心窩裏的疼痛——又來臨了。她扭曲著臉，被迫停止了擦鏡片的工作，連同手裏那塊絨布，讓右手腕懸在空間，小心地不讓任何東西，觸摸到連一根髮絲都無法承擔的部位。在那無以形容的劇痛裏，生命似也停止了擺動，而無邊的靜止狀態，使她聽見了神經在關節裏發作的聲音。是的，神經在關節裏橫衝直撞，撞得她血淋淋的……

……終於那與世紀同長的疼痛過去了，她不管冒在額頭上的斗大汗珠，放下了傻傻地握在手裏的眼鏡兒，用那顫抖的手，輕輕地撫摸右手腕。那腫脹的關節貼著膏藥，和其餘的手上、脚上等許多關節一樣。看見那許多膏藥布，她不禁又歎起自己的命苦來，什麼病不好得，偏要得這要命的神經痛？

兩年了，不，三年，應該是三年囉，是小梅出嫁那一年得的病痛，小梅結婚不已三年了嗎？那可憐的孩子！

她怕那要命的疼痛，那直刺到心窩裏的疼痛。爲了驅逐那劇痛，爲了減輕那劇痛，遍訪名醫，成了她近幾年來的主要工作。中醫、西醫、飲藥、針藥、電療……樣樣都試，情況還是一年不如一年，花掉的醫藥費，可成了個龐大的數目字。

「嘿，你知道你花了多少錢了嗎？足夠我養好幾個小老婆。」

秀雄，她那個對帳目很細心的丈夫，曾經這樣說。明知道是一句開玩笑的話，她依然傷心地背著丈夫，流了幾天的淚。四、五十歲的人了，情感哪能這樣脆弱？可又怎麼也止不住不斷滾落的淚水。如果秀雄要討小老婆——這個假定會使她瘋狂，可是事情要眞的發生，她又能做什麼呢？她無法阻止，她不願意阻止，她也沒有理由阻止的。

她曾經是個不懂事的女孩子，爲了「愛」失過足；如今又是個病人，一個不能觸摸冷水，不能操作家事的病人。一個可憐的……

她感覺到眼淚又要溢出眼眶了，眞是愈老愈不中用哩！

「媽，又痛了是不是？」房門外突然有了聲音，二女兒小惠從她房門口經過，看見她那古怪的樣子，便問了一聲。

「可不是？」她眨了眼睛，吃力地點頭。

「您又做了什麼事嗎？」女兒把一隻脚跨進了房門，略帶責備地問。

「只是擦了一下眼鏡片。」

「您瞧，總是不懂得自己小心！擦鏡片幹嘛呢？」小惠不等她回答，逕自走到她的桌旁，拿起了擱在桌子上的信箋。

二丫頭看這種信，還太早了些。她想起了小梅在信裏所說的，正想加以阻止，小惠卻不感興趣地揚了揚紙，便又放回桌子上。

「姐姐的信嗎?寫些什麼?」小惠不經心地問。於是出去了，匆匆忙忙地。

她不明白小惠在忙些什麼，梳得蓬鬆的頭，身上緊身的衣服，還有指甲上塗的蔻丹……一個大學生需要這種打扮嗎?妖裏妖氣的，哪像讀書的樣子?說不定今兒晚上又有舞會什麼的，想到年輕人那些瘋狂的玩意兒，她不知不覺地搖頭了。

小梅並不像小惠，論模樣兒，她比小惠文靜得多;論性情，她也比妹妹內向多了。小梅是那種女孩，看來頂乖，頂不費事的。誰會想到那個乖女孩，居然會給她添了這許多麻煩，帶給她心靈的負荷，遠超過可怕的神經痛。

做爲母親，她發現小梅的缺陷，總嫌太晚了些……

深度近視眼兒，近乎病樣的牛脾氣，什麼都做不好的一雙笨拙的手……

這些缺陷藏在一個漂亮而稍微內向的女孩身上，豈是她能想像得到的?

那是一張成績單——一張印著「留級」兩個字的成績單——猶如一顆定時炸彈，炸碎了她的美夢，把女兒的眞相呈現在她的眼前。

她呆呆地盯著那令人驚心動魄的兩個字——「留級」——於是她那因過度的驚愕而混亂的腦子，交互地出現了兩句話，「無法相信」和「無法想像」。可不是?小梅，那個乖女孩，怎麼會呢?

「小梅，」她叫，以顫抖的聲音。

女兒抬起眼，淡淡地看了她，代替了回答。

「怎麼會呢?怎麼會呢?」她指著「留級」兩個字，悲慘地叫。

小梅側開了臉，沒有理會她。

是的，她幹嘛要理媽呢?小梅有的是近乎病樣的牛脾氣。

她用力地搖晃成績單，成績單上跳著許多紅字——那不及格的數目字。吃紅字的學科，居然包括圖畫和勞作。

是的，有什麼大驚小怪的呢?小梅有一雙什麼都做不好的笨拙的手。

她氣憤地拿起小梅的書包，抖出了裏面的書籍簿本。小梅的作文本上，盡是錯字和別字，包括頂簡單的字。

是的，小梅有一雙深度近視眼兒，她從沒有看清楚那些字究竟是怎麼寫的，她只是描下了每個字的輪廓。

做爲母親，她發現小梅的缺陷，總嫌太晚了些……

深度近視眼兒，近乎病樣的牛脾氣，什麼都做不好的一雙笨拙的手……

她第一次仔細地看了女兒，小梅是漂亮的:白皙的皮膚，圓圓的蘋果臉兒，一對大眼睛，小巧而微翹的鼻子，兩片形狀美好的紅唇……。可是今天她第一次發現了那雙大眼睛裏呆滯的目光，那張蘋果臉兒上缺少了活潑的笑容……

她的心絃開始震顫，先是微弱地，繼而劇烈地……。她冷落了這孩子嗎？她忽視了這孩子嗎？那又是爲的什麼呢？

二

小梅是個早產的孩子，在她肚子裏待了八個月就出來了，雖然小了些，倒是個眉目清秀的娃娃。

第一次經驗生產，耗費了她不少的體力，在產房又滾又叫，淒厲的號叫和瘋狂的呻吟，幾乎淹沒了孩子墮地的呱呱聲。

「是個女孩子！」中年的助產士對著她說。虛弱的她，竟忘記了失望。她和秀雄本都期望生個白胖的男孩兒！

「孩子很漂亮！」站在嬰兒的床頭，秀雄說，可沒有伸手去抱那娃娃。

她認爲秀雄並不喜歡這個新生的孩子，就爲的是個女孩兒嗎？她不禁怨恨自己那不爭氣的肚子來，雖說是頭胎，不管男孩女孩都新鮮有趣，可是生個白胖的男孩，究竟威風些。

後來她才知道秀雄就是那個樣子，對孩子沒有什麼興趣。每一回她生產，他只是淡淡地到床頭打了個轉，沒表情地望望新生的孩子，近乎應酬地說：

「孩子很大。」

「孩子很結實。」

「孩子很可愛！」

「孩子的哭聲很壯！」

就像孩子與他沒有什麼特殊關係似地。

她也眞會生，一年接一個地……。第二胎生的是小惠，仍是女兒，她不免沮喪地掉下眼淚。好在秀雄倒是很淡漠，彷彿他與一般人不同，不在乎她生不生男孩。第三胎她總算生了個兒子，從今以後可以揚眉吐氣了。她得意地看了秀雄，可看不出他的表情有什麼不同。

「眞是個木頭人！」她在心裏暗罵，可仍是眉開眼笑地生不出氣來。

就這樣開始，她連生了四個兒子。兩女四男，一共六個孩子，夠她忙的了。

一個孩子一個樣兒，尤其是那兩姊妹，小梅和小惠竟沒有一絲相似的地方。一個內向，一個外向；一個圓臉兒，一個長臉兒；一個大眼睛，一個小眼睛……彷彿她們倆存心給遺傳學家開玩笑，否認了遺傳因子的作用。可是姊弟六人站在一起，小惠和四個弟弟，總看得出親屬關係，小梅可就像別家的孩子了。

她開始有心無心地盯著小梅看，說不出什麼心理，該只是偶然態度的好奇吧！

小梅臉上看不出秀雄的影子，那眼睛，那鼻子，那嘴唇，都不是秀雄的。小梅像她，連說話時微皺眉頭，專心時微撅嘴唇的樣子，都是她自己的。幾個小孩兒都像秀雄，只有小梅像她。可是她的臉蛋兒並不是圓的，她的眼睛雖也美，可不是小梅那種雙眼皮的大眼睛。小梅這丫頭，像到誰家去了呢？

公公、婆婆、叔叔、舅舅……仔細地回想那許多面孔。突地她的思考像觸了礁一樣地擱淺了，於是一張陌生的臉，從她記憶深處緩緩升起……圓臉兒，雙眼皮的大眼睛，鼻上一副細框子的近視眼鏡兒。從塵封的記憶深處浮起的臉兒，逐漸地放大，逐漸地清晰，於是她清楚地看見了一張男人的臉。

她的心絃開始震顫，先是微弱地，繼而劇烈地……

那不是一張容易遺忘的臉，那更不是一段塵封得了的記憶……

三

二十歲——是一段黃金的歲月。

她坐在櫃台上，在父親那間規模不小的雜貨行裏，幫著招呼顧客，也打打算盤，記記帳。

年輕漂亮的小姐，猶如盛開的美豔的花，招蜂惹蝶，雖不是她的本意，卻招來了許多意不在購物的年輕顧客。

「小姐，不用找錢了。」常常有客人匆忙地把鈔票塞到她的手裏，就慌慌張張地離去。

在她打開的手掌，除了鈔票，赫然出現摺疊成小塊的字條。

漂亮的小姐：請接受我的讚美，並允許我向妳訴愛。今晚七時，我在××戲院門口等妳，請妳一定賞光！

字條上千篇一律地出現這類的讚美和這類的邀約。她在鼻孔裏哼了一聲，不屑地把那些字條扔進字紙簍。

鏡子裏映著她白皙的皮膚和秀麗的面龐，她驕傲地、冷豔地坐回櫃台上。她年輕、她漂亮——那是一段黃金的歲月。

可是魔鬼終於出現了，他是怎麼樣登場的？想了眞有些不甘心，她使勁地握緊了拳頭，立刻引起了那要命的疼痛……

她扭曲著臉，在額頭上冒出豆大的汗珠，忍受著，忍受著那直刺到心窩裏的疼痛。可是這回她聽到的不是神經在關節裏發作的聲音，她聽到的是憤怒在血管裏狂奔……

那是個英俊瀟灑的男人，穿著筆挺的西服，架著細框子近視眼鏡兒的圓臉上帶著文靜的笑容。

他一出現，她就覺得眼前一亮，竟愣愣地站在一邊，說不出話來。

「小姐，給我那個臉盆，不是，那個畫著一對鴛鴦的。」他說。

一對雙眼皮的大眼睛在鏡片裏含笑地注視著她，聲音是那麼地柔和。

她失去了自己，慌張地取下臉盆，以顫抖的手交給那男人，依舊說不出話來。

「多少錢？」他問，那聲音似乎含有音樂的旋律。

「十四塊。」她沙啞著嗓子，口吃地說。

「不用找了。」他給她二十塊錢，從從容容地離去。

她瞪大了眼睛，看自己的手掌，兩張十元鈔，並沒有夾著字條。

她失望地跌坐在椅子上，第一次咀嚼到可怕的失落的情緒。

第二天那男人又來了，一樣迷人的丰采，一樣迷人的談吐。

他連續地來了幾天，每天都購些日常用品。

「我剛剛搬到這附近來，許多用具還沒有買妥，只好麻煩小姐。你知道一個單身漢要照顧自己，總是很笨拙的。」

他露著白牙，眨著鏡片後面的大眼睛，含笑地說明。

他和她就這樣地處熟了，不靠字條的媒介，她就赴了他的約會。

記不得是第幾次的約會，看罷電影出來，竟碰上了傾盆大雨，烏黑的天，隆隆的雷聲，不時畫過天際的閃電……她縮起肩膀，膽怯地望那密集的雨脚。

「不能冒雨走，淋成落湯雞，怕惹出肺炎來。找個地方歇歇，等過了雨再說。」說著他抓了她的肩膀，走進了一家二層樓房。爬上了那幽暗樓梯，居然是一間舒適的房間，兩把靠椅，一張雙人床，她弄不清楚那是什麼地方。

「嗯，靠近些，有點兒涼不是？」進入房間後，他環摟著她的肩膀，把她拉近了他。

「瞧，衣服有點兒溼，借一件乾衣服來換吧！」

「不用了。」她低聲回答。

「會感冒啊！」他邊說邊動手解開她胸前的鈕釦。

「眞的不用了！」她慌張地推開了他的手，並不明白他要做什麼。

他不理會她，於是在她未弄清楚究竟以前，她已經失去了淸白之身。

說來令人不相信，她竟是那樣地不懂事！現在回想起來，眞教她咬牙切齒。她憤怒地握緊了拳頭，忽又無力地鬆開，正像當年那個無助的她一般。

「不要哭，我非常愛你！過兩天我就會請人去向你的父母求親。」

他撫摸著她的背，重複地說。

其實他該在心裏得意地露牙竊笑吧！欺侮她那樣一個未曾涉世的女孩，竟這樣地容易。

她嗚嗚咽咽地哭了很久，並不是猜到那男人會負心，也不是認識自己喪失了多麼珍貴的東西。她的哭泣只是出於本能，出於女性的本能，在那樣一件事後，女人總要大哭一場的。

回到家，不知道是幾點鐘了，她躡手躡脚地溜回自己的房間，蒙在被窩裏胡思亂想。她所想到的，好的多於壞的，她愛他，也相信他的話。只怪她見識不廣，一種虛有文雅之表的男人，竟把她完全地迷住了。

第二天，見了父母，她有些目眩，想起自己做過的事，臉上更是一陣一陣地發燙。好在他們並沒有盤問什麼，她也裝著沒事。只是心裏暗暗地期待那人來求親。那人，他叫什麼名字來著？記不得，可也忘不了，一個可恨的男人！對了，不是叫劉明華嗎？眞看不出那人會糟蹋了好名字。

劉明華不僅沒有找人來求親，連他本人也沒了影兒，日子一天一天地過去，一個月兩個月地過去……

盼望教她消瘦，失望教她憔悴。她開始明白遇上的是一個色狼，不會有什麼好結果的。可是偏在這個時候，她接到了他的一封信，約她到那家旅館會面。

再不要見面了，何況在什麼旅館。她氣憤地丟了那封信，可是一雙脚竟不聽約束，逕往那罪惡的地方去。

她眞該唾棄那個自己，那個糊塗的，失去了自我的自己。

她不該去的，她比誰都明白。可不是？在那間反上了鎖的房間裏，他再度地侵犯了她。

她沒再哭，看淸他那猙獰的面目，她反倒淸醒了。她不再相信他在耳邊訴說的甜言蜜語。

什麼突然調職了，一時找不到合適的媒人求親了，希望她再等一些時候了……等等。

他不放她走，她只好在那裏，睜著眼睛熬到天亮。

第二天淸晨，踏著朝露，她奔回了家。兩老居然通宵未眠，等那一夜未歸的女兒。

她哭了，一進門兒就哭了，想到雙親的慈愛，想到自己不幸的遭遇，她痛哭了很久。

什麼也沒隱瞞，她說出了一切，包括最糟的，她要聽任父母的發落，哪怕來一頓痛打。她是個壞女兒，破壞家譽的壞女兒。

「哦，小櫻，怎麼可能呢？怎麼可能呢？你還什麼都不懂。」媽用袖子擦著眼淚，嗚咽著說。

可不是？就因爲什麼都不懂，才會上了大當啊！她在心裏回答。

「畜生，天地都不容你！」父親狠狠地詛咒那可惡的男人。

她恐懼地低下頭，等待落在臉上的巴掌。可是父親的巴掌並沒有落下來。當怒火從他眼裏消失之後，他顯得那樣地悲傷和無助。

「小櫻，看來話到了該說的時候了。」父親搓著手掌，一個字一個字緩慢地說。「也許你已猜到，你並不是我們的親生女兒。你的父母住在離此不遠的鄉間。你出生還不到半年，我們就抱養了你，並不是你的父母不疼你，只因為你一出世，你的爸媽就病個不完。一個好，一個病，從沒有過兩個人都好好的時候。俗話說，這樣的孩子與父母無緣，必須送給人家，否則父母難得平安。

你自小就是秀麗的孩子，長得人見人愛，你的父母固然捨不得送掉你，可又逼得沒法子，於是只好嚴厲地挑選收養的人。說也奇怪，所有試著抱養你的人，把你抱回去以後，家裏總會發生些不順心的事。好比雞鴨遭瘟疫了，母豬生子不順利了，摔破玻璃杯碗啊等，雖有大小的不同，總是教人放棄了收養的念頭。這樣地拖了一段日子，我們才聽到消息，我們自己沒有孩子，倒眞想抱著孩子來疼疼。我們一眼就看中了你，你的父母看出我們的誠意，也同意送給我們收養。他們不肯要錢，只要求我們疼你，待你如己出，我們自然答應下來。我們抱養了你，並不像別人家，遇上什麼不如意事，相反地生意反較前興隆，生活更是愈來愈寬裕。這也是咱們的緣份，我和你媽都很開心。我們疼你，我們愛你，更關心你會有個好歸宿……

現在發生了這樣的不幸，我們眞不知道如何對你的親父母交代……」

「說得是哪，你的爸媽要我們好好待你，我們是好好待你啊！眞想不到，眞想不到會這樣……」媽又用袖子擦著眼淚，抽抽噎噎地說。

她說不淸自己當時的感覺，知道父母不是自己的親爹娘，總要引起莫名的反感。她不淸楚自己是不是懷疑過自己的身世，她也不明白親爹娘的愛和養父母的究竟有什麼不同，她更不知道自己糊裏糊塗地被陌生的男人欺騙，是不是由於缺少親情的寂寞心理，要求的補償？……可是在這樣一件事情以後，她畢竟成長了些，如果她眞是個不吉利的小生命，她該感謝抱養了她的這對父母。她對他們本沒有什麼不滿，親生不親生又有什麼關係呢？禍是她自己惹起來的，父母卻爲她傷透了心。只因爲他們不是親生父母，她就該怪他們嗎？怪他們過於疼她，待她過於寬大，甚或怪他們沒有告訴她許多大人的事……

並不，她願意承擔自己的過錯。

「爸，媽，對不起你們！」她平靜地說。她能感覺到自己的語調裏，已有了從前沒有過的沉著，她成熟了。

「只有一個辦法，找個忠厚、樸實的人，儘快地結婚。錯誤不能挽回，可是必須讓它終止。」

經過一番考慮以後，父親說。

秀雄就是他們找來的忠厚樸實的人。他沒有劉明華那股瀟灑勁兒，也沒有那種柔和優美的談吐。他是個木訥的人，而且不解風情。

不過嫁給秀雄，可是她心甘情願的。只要他不追究她的過去，願意接納她，她已經感激不盡了。何況秀雄從沒有懷疑過她，兩個月以後，他們就結婚了。

她把那張架著近視眼鏡的圓臉兒，扔到腦後去，把那段可悲又可怕的往事，塵封起來。

四

爲什麼小梅會像他？像那個造孽的人？

小梅，一個早產的孩子，在她的肚子裏待了八個月就出來……

不，小梅不是早產的孩子，小梅是足月的，不過不是秀雄的，該是那個魔鬼的……

她感到暈眩，她必須躺下來。

從此以後，她再不能平靜地看小梅了，她避開小梅，她冷落那孩子，忽視那孩子……

她怕與小梅連在一起的過去——那可恨又可悲的往事。

現在小梅站在她眼前，她第一次發現了孩子那雙大眼睛裏呆滯的目光，孩子那張蘋果臉上缺少了活潑的笑容。

不用任何人指出她的過錯，她比誰都明白。

她錯待了孩子，小梅，那可憐的孩子！罪是她犯的，不應該由孩子來承擔……給孩子配了一副近視眼鏡兒，架在那圓臉兒上，那張臉更像那個造孽的人了，可是她該忍受的。

眼鏡兒教小梅看得淸楚些，可是無法挽救她那落得太遠的功課。

她開始關心小梅，可是無法改變小梅那近乎病樣的牛脾氣。

她開始教小梅做些女紅，可是無法幫助小梅那什麼也做不好的一雙笨拙的手。

深度近視眼，該是先天的。病樣的牛脾氣和一雙笨拙的手，可是後天環境造成的精神障礙嗎？她不明白。

可是做爲母親，她發現小梅的缺陷，總嫌太晚了些。

三年初中，小梅讀了五年，留了兩回級。

「讀不成書，就讓她待在家裏吧！」秀雄說。

還有什麼法子？反正考不取高中的。

「小梅，假使你不想念書，沒有關係。在家裏幫媽做家事好了，女孩兒家遲早要嫁人，縫衣、做菜，總得好好兒學。」她抑制自己的悲傷和失望，儘量柔聲地說。

小梅以她呆滯的目光看了母親一眼，並不說話。那小心坎裏，究竟藏些什麼心事呢？她納悶了。

日子眞是過得過這樣快嗎？一晃兒，小梅就二十了，二十歲——大姑娘了。這是一段黃金的歲月。

小梅是漂亮的，白皙的反膚，圓圓的蘋果臉，一雙大眼睛，小巧而微翹的鼻子，兩片形狀美好的紅唇……

「大嫂，你家小梅可是愈長愈漂亮啊！」隔壁的李太太說。

「哪兒喲！」她謙虛了一番，可又樂得合不攏嘴。

儘管提到小梅，她的心上總要蒙上一層霧，可是她又何必說出來呢？說小梅那孩子連洗碗也不會，洗一個摔一個嗎？說小梅那孩子連一件小衣服也縫不出來嗎？說小梅那孩子發起牛脾氣來，誰也招架不住嗎？說小梅那孩子拿下了眼鏡兒，連鼻子嘴巴都分不出來嗎？說……

當然不，憑什麼她要說出這些呢？

「大嫂，問你一句話，小梅可是許給了人家沒有？」

「小梅？」她瞪大了眼睛，不解地看了李太太。

「是呀，如果沒有，我想……」

她眨了一下眼睛，總算弄明白了隔壁太太的意思。人家想跟小梅提親了啊！小梅，那個小娃兒……

「當然沒有，她還是個小孩兒呢！」

「也有十八、九了吧？女孩兒遲早要嫁人，只要有個好人家，早些訂下來有什麼關係？不瞞你說我的侄子看中了小梅，要我來提親，希望你無論如何要賞我這個光……」

「內侄今年二十五，剛受完軍訓回來，學的是化學，此刻在肥料工廠做事，月薪還不壞。」李太太繼續說明。

「這個……」她猶豫，不是嫌人家不好，實在是有難言的苦衷。小梅那怪癖，要怎麼嫁人呢？無論如何，也得好好教她幾年再說。

「只要你答應讓他們交往就得了，我知道這年頭兒一切由年輕人做主，何況婚姻也靠緣份，我們只是給他們介紹，成不成，誰也負不了責。」李太太解釋地說。

她還能拒絕嗎？「謝謝你！我和秀雄商量了再回你，一定不辜負你的好意。」她只好這樣回答。

晚間她把李太太的話轉告了秀雄，要秀雄替小梅做主，她的心中總不免有一抹歉疚之感，可是除了秀雄，誰還能替她們做主呢？不管怎麼樣，他們畢竟是二十年的夫妻。

「聽來還不壞嘛？反正小梅總得嫁人，做父母的總希望女兒嫁得好些。」

「當然，只是小梅的脾氣壞，做事又笨，現在嫁人還太早了些。」

「可是機會放棄了也可惜，我們也不是要藏拙，可以教那男孩跟小梅認識個夠，如果他還願意，我們又何必去阻止？」

「話雖然這麼說，我總覺得這個對象對小梅太好了些，兩人的條件太懸殊，總要彼此配合得起來才好。」她有一抹不安，卻說不清楚是什麼道理。

「只是認識認識，還不到論婚嫁的時候，何必這麼認眞呢？讓小梅交交男友，也許對小梅有益。」

可不是？女兒到了二十歲，該是懷春的時候，誰不喜歡有異性朋友，說不定小梅的怪脾氣會變好些。這一想，她的心情也頓時開朗了許多。

「就這麼決定吧，我看我也是勞碌命，總喜歡操心。」她笑著對秀雄說。

「就是啊！女兒都到了該嫁人的時候，也該歇一歇了。」難得地秀雄說出了體貼的話，那麼自然，那麼親切。

她含笑地看了秀雄，不覺眼圈兒一紅，用力吸了一口氣，兩顆淚珠才勉強停在眼角。突地她有了一種衝勁，要把二十年來的秘密，一股腦兒傾洩給秀雄。那秘密對她是太重的負荷，她亟須要找人來分擔。她希望懺悔，然後取得秀雄的寬恕。

「秀雄。」她低喚。

「哦，什麼事？」他答。

她頓住了，他們是一對早就沒有什麼話題的老夫妻，何況他們一直是不慣於用言語來表達彼此的關切，現在她要說出如此重大的秘密，該如何啓口呢？

「我們老了！」她無法說出要說的話，只好掩飾地這樣說。

「可不是？」秀雄安祥地吸著菸斗，習慣地用最少的語言來回答。

她無意地看著他噴出的煙圈，看著他鬢邊開始冒出的白髮，心想他們的生活是平靜的，是安祥的，他的心境也該如此吧？她有什麼權利去破壞他享有的寧靜呢？只因爲要減輕她內心的負擔嗎？她想說出的是駭人的秘密，她怎麼能要求秀雄平靜地接受那事實，而且原諒她？

她發現了自己的錯誤，決心把秘密永遠地埋藏在自己的心底，那是她犯的錯，應該由她自己來承擔……

五

小梅結婚的時候，她流了不少眼淚。誰知道說一說就說成了呢？李太太提的那門親事。

她用心地把小梅打扮起來，帶的是母性複雜的情緒。既高興有了好的歸宿，又捨不得嫁走天天守在跟前的女兒。

「小梅，結了婚就是個大人了，出去可比不得住在家裏，萬事得自己留意，更不要鬧脾氣了。」她抹著眼淚重複地說。

她很傷心，想想小梅才幾歲啊？她根本記不得自己也是二十歲結的婚。想到小梅在小小年紀，就要離開父母，獨自去承擔一個家，侍候公婆和丈夫……她又忍不住簌簌地流下眼淚。實在不必這麼快就嫁了小梅的，何況小梅絕不是個能教她放心的孩子！

小梅——那深度近視眼，病樣的牛脾氣，一雙笨拙的手……那些缺陷並沒有好了多少，要怎麼樣去料理家事，做妻子和媳婦？

「哦，不，不能這麼早就嫁了小梅。」

當李太太要求儘快把小梅娶過門兒的時候，她吃驚地大叫。本來只是說一說，說一說的啊！

「大嫂，我知道你捨不得，可是你總不能把小梅在跟前留一輩子的啊！既然不反對這門親事，小梅就是等於人家的了，他們希望早些娶過去，我看你還是依了吧！」

她該怎麼說明那忐忑不安的心，她總覺得小梅這一嫁，必會是一段漫長的苦日子……那會是沒根據的不安嗎？

「我怕小梅太小，不懂事，不能教公婆和丈夫滿意。」

「大嫂，你可是過慮的了，小倆口兒單獨住在外面，也不管公婆，何況清城那孩子愛小梅愛得什麼似地。」

她於是和那個架著細框子近視眼鏡兒的胡清城，談了很久。細框子近視眼鏡兒，教她不自在，不過人家可不是圓臉兒的，這是個有幾分書卷氣的清秀青年。

「結婚是終身大事，你可弄清楚你眞愛小梅，眞要娶她做妻子嗎？」她問。

「是的，伯母。」

「我覺得你們的認識還不夠，你不覺得你和小梅的教育程度差得太多嗎？小梅只讀了初中，而且讀得不怎麼好。」

「我知道，那沒關係的。」

「我們是疼孩子的，也許我們把小梅寵壞了，小梅的脾氣並不好。」

「我的脾氣很好。」

「小梅的年紀還小，她還什麼都不懂，什麼都不會，我本來不希望這麼早就嫁她。」

「伯母，您放心，我會照顧小梅。」她還該說些什麼呢？那青年看來是十分誠懇的啊！

小梅打扮起來可眞漂亮，那麼年輕，那麼秀麗，眞可以用「出水芙蓉」來形容她的清新和脫俗。

白皙的皮膚，圓圓的蘋果臉，一雙大眼睛，小巧而微翹的鼻子，兩片形狀美好的紅唇……而且那雙大眼睛閃著光輝，那張年輕的臉掛著幸福的笑。

再不是呆滯的目光，再不是欠缺笑容的臉兒了。

她驚奇地讚賞女兒，閃著淚光笑開了。那天她眞個是瘋瘋癲癲的。

她怎麼沒想到胡清城看中的只是小梅漂亮的臉蛋，那青年什麼也沒注意，什麼也沒留心，除了那一張一時教他著迷的臉。

送走了一對新人，她第一次患了以後不斷地折磨她的神經痛。想不出是怎麼引起的，也就是右手腕，突然來了那麼一下刺人的疼痛，她叫不出聲音，只是以全身的力量抵擋疼痛，好容易挨過了，額上背上盡是冷汗。

誰知道就那樣，被可怕的病痛俘擄了，掙扎也沒用，屈服也沒用，疼的部位越來越廣，疼的次數越來越繁，疼的時間越來越長……

小梅在婆家住了幾天，跟著胡清城到南部住所去，小丫頭不愛寫信，她只好在病痛之暇，想像他們的生活。然後小梅突然回來了，挺著大肚子，一個人坐了長途的火車。

「清城要我回來生產，在南部怕沒人照料。」小梅疲倦地說，臉色是那樣地蒼白，身體是那樣地虛弱。

回來生產是放心得多，她同意清城的決定。可是怎麼就小梅一個人回來呢？這麼遠的路程，可不是普通的身子啊！她心疼得很！

「清城怎麼沒有送你回來呢？」她忍不住問。

「他要上班。」小梅乏力地回答，教她不敢再盤問下去。回來才兩天，小梅的肚子就痛了。好險哪！幸好不在路上。送到醫院，痛了幾天，胎兒還生不出來，最後只好送到手術房，剖了肚子，取出了孩子。

那是個大頭的嬰兒，又硬又大的頭，生下來才三天就死了。

「先天性梅毒。」醫師說。

她掩住了口，失聲地叫。

清城，好小子，你在幹什麼啊？

妻子的分娩，新生兒的死亡，清城都沒有回來。

「小梅，清城待你好嗎？」在女兒床前，她忍不住問。

「不錯啊！」小梅答。

她凝視女兒的臉，看不出有什麼隱藏的地方。那麼清城的工夫，可眞不小啊！

「家裏的事，你做得了嗎？」

「也沒什麼事！」

她不解地看了女兒，不知道小梅的意思。難道說女兒過得很愜意嗎？還是愚蠢得覺察不出丈夫的荒唐，總不至於把親娘當做外人，不肯說實話吧？

小梅在家裏待了兩個月才回南部去，清城只來了一封信，小梅便孤零零地搭車南下。她的神經痛可是愈來愈嚴重了，只要想起小梅那小倆口，她就痛，沒命地痛……眞沒理由。

媽，我不知道該怎麼說，可是他眞的變了，不僅是天天三更半夜才回來，而且已經是一個多月了，他沒有……

那塗抹掉的句子，那潦草的筆跡，那紊亂的情緒……這是小梅寄來的第一封信，算一算，結婚該有三年了吧？清城終於明目張膽地來了。

可憐的小梅，才幾歲啊？二丫頭還在念書，根本不知道什麼叫煩惱，你就結婚、生子，而今還發覺丈夫竟不肯來親近了……

對於小梅，她有說不出的歉疚……

小梅的出生固然是她的錯，小梅的生長，小梅的婚姻……她也未能盡責。

做爲母親，她欠缺小梅太多了，那造成了她心靈上沉重的負荷。

那負荷壓得她透不過氣來，而刺人的疼痛——那直刺到心窩裏的疼痛——又來了，這回是在左手肘兒。她扭曲著臉，忍受那疼痛，在那無以形容的疼痛裏，生命似停止了擺動，而無邊的靜止狀態，使她聽見了神經在關節裏發作的聲音。是的，神經在關節裏，橫衝直撞，撞得她血淋淋地……

——原載一九六五年十月《聯合報》

奇遇

孩提時代，他是個討人喜歡的小孩兒，略瘦的臉蛋兒，總是露著羞怯的笑、咧開的小嘴兒，缺了兩顆門牙，正在小孩兒開始掉牙的時期。

他常蹲在我家院子裏，拿泥巴砌房子，他是阿弟的玩伴兒，兩個人都是可愛的一年級生。

「你叫什麼名字？」我故意問他。

他舉起沾著泥巴的髒手，指了指胸前的名牌，臉上有著得意和害羞混合的表情。

「哦，余光志，是嗎？你讀一年級嗎？」

他挺起胸膛，讓小個兒顯得大些，可愛的小男孩頭，用力地一點，仰起的小臉蛋兒、帶著含羞的笑。

「咦，你的牙齒怎麼掉了呢？咬糖果太用力嗎？」孩子的純眞，反逗得大人要捉弄他。

他立刻抿緊了嘴，帶著泥巴的手掩住了小嘴巴，一抹紅暈飛到兩頰，升到耳根。

「哦，我想起來了，是換牙嗎？那麼你已經是個大孩子了！」我不忍再爲難他，故做驚訝地說。

髒手從他小嘴上滑下來，小臉兒洋溢著滿意的笑。

「你的泥房子很漂亮呀，是給誰住的呢？」

他停止了工作的手，做出沉思的樣子。

「媽媽？」我問，他搖頭。

「爸爸？」他還是搖頭。

「那麼是誰呢？」

「奶奶。」他終於開口了，聲音雖然細小，可也十分清楚。

「對了，小光是奶奶的小寶貝兒呢！」我眞的想起來了，他媽媽常常說：「我們小光呀，老喜歡跟奶奶在一起！」

「想到鄉下去看奶奶嗎？」

「想！」他邊說邊點頭。

他是個內向、害羞、純潔的孩子、白皙的皮膚和較小的身材，雖然嫌弱，可是衣著乾淨、出門兒規矩，一看就知道是個有良好家教的孩子。

他又低頭工作了，泥房子有了圍牆，牆頭又插了許多綠葉子。

「那葉子是什麼呢？」

「裏面的樹，從牆頭探出來了！」他說。

我心服地點了頭，孩子們的觀察可眞仔細呢！

門外有了客氣的敲門聲：「我們小光在府上嗎？」女人溫柔的聲音。接著一個衣著講究的女人，從我打開的門兒探進了頭。她看見了在蓋泥房子的兒子。

「我們小光時常來府上打擾，眞是麻煩您們了！」這位多禮的母親、站在門口，客氣地致謝，每說一句話就鞠了一次躬。

我狼狽地跟著行了好幾次禮，小光的泥房子，帶著綠葉子倒下來了，用小手推平那房子，他隨著母親離去，那隻髒手握在媽媽的手裏，一大一小親親熱熱地邊走邊談，那是一幅令人羨慕的母子圖。

一個是可愛的孩子，一個是溫柔的母親。

可是現在什麼都不是了……

我不相信地看了眼前這個歪著脖子，斜著肩膀的孩子，瘦高的個兒，黝黑的膚色，一身髒衣服。我不知道他算是少年還是青年，他正在那個令人尷尬的年齡，比大人想像的要大一些，比他自己想像的要小很多。他睨了我一眼，然後把夾在右手指間的香菸，銜在嘴裏，那動作並不純熟，看得出是初學的。他小心地不把菸吸進喉嚨，避免讓菸嗆了他，可是他不時眨著眼睛，我知道從他嘴裏吐出來的菸，沁入了他的眼角，弄痛了他的眼睛。他裝著若無其事地繼續吸菸，希望教我認爲他是個經常吸菸的成年人。

我又想笑，又想哭，可是我也忍耐著，不讓他發覺我心裏的波動。

我們僵持了好一會兒，誰也不說話，當他不知第幾次地投給我探測性的眼光時，我終於開口了：

「你眞是小光嗎？長得這麼大，這麼體面。」我不讓他發覺他的樣子嚇倒了我。

他的臉上閃過了奇怪的表情，顯然地我的話教他驚奇，也許他已經很久沒有聽過類似稱讚的話。

「你已經學會吸菸了？借給我吸一口好嗎？我想這味道一定不錯，」我羡慕地說。

他帶著防備的眼光看了我，終於不情願地把夾在指間的菸枝遞給了我。

我猛吸了它，故意讓那股濃菸嗆住了我，然後痛苦地咳起來。

「啊，咯、咯、咯……」我咳得眼淚都滲出了眼角，這是眞咳，一點兒不假。

他的臉上浮出了得意的笑，緊繃著的臉，不禁鬆懈了。

「唉，沒想到吸菸還要這麼大的學問，眞是不容易，還是小光行呀！」我還給他菸枝，用手帕擦了眼角。

「女人不會吸菸，沒關係的。」他安慰地說。

他忘記了剛才他以怎麼樣的姿態攔住了我。當時我送走了幾個朋友，正要轉身入門，這個衣衫破舊的少年浪子，突然從電線桿後面閃出身，站到我的眼前來。

「喂，先別進去！老子有話跟你說，你是黃忠的姊姊吧？什麼時候搬到這兒來？還認識老子嗎？」

不用說我有多麼吃驚，這一身浪子打扮，這一口綠林好漢似的開場白，還有那戲劇化的出場……我的臉色蒼白了。

「哼，女人眞沒用！老子也不吃你，也不宰你，只是目前有急需，供點兒錢來就是了！」他口齒伶俐地說。

我凝視這張稚氣未脫，可又失去了孩子純眞的臉，那鼻下有淡淡的黑色，剛開始長鬍子，如果說這張臉上，還有他童年的影子，是不確實的，這一臉的油氣、不潔和不馴，哪是我所認識的呢？可是說也奇怪，那張含羞的臉，缺了門牙的嘴，竟毫無關聯地從我的腦海裏閃過，於是我的齒縫迸出了兩個字。

「小光？」我像是在呻吟。

「好記性，本大爺就是余光志，當年的小光。」

我不該太驚奇，雖然我遇見的場面，和電影鏡頭多麼相似。因爲我早就聽說過小光學壞了，他變成了遊手好閒，結黨滋事的小太保。不過除非是親眼看見，不管我有多麼豐富的想像力，我也想像不出小光會是我所看到的這個樣子。

「來，來，來，裏面坐，好久不見了，讓咱們談談。」我終於抑制了過多的驚訝，把他延進了屋裏。

他緊繃著臉，懷疑地看我，終於陰森地說：「你想打電話叫警察嗎？老子可不吃你這一套。」

「小光，怎麼會呢？」我傷心地叫，然後靈機一動，學著他的樣子，一拍胸口，朗聲地說「人格擔保！」

我這位奇異的客人，總算進來了。現在由於他吃菸的技術博得我的稱讚，他開始放鬆了自己。他環視室內的東西，大聲地攪著玻璃杯的冰塊，大模大樣地說：

「這地方還不錯，黃姐姐，這一向過得很愜意吧！」

「還好，我可惦記著你呢！」

「我不信，這年頭兒人心不古，誰會掛念鄰居的孩子？人家看見了我，都把我當做一條醜惡的毛毛蟲，深怕掉到他們身上來。」

「我不會，你忘了我從前多麼喜歡你嗎？現在你又長得這麼大，這麼俊！」

「嘿，嘿，嘿……」他笑起來，怪不好意思地摸了一把臉。

「你現在住哪裏？不是說你媽走了以後，你跟奶奶住一起嗎？」

「媽？哈哈哈，她當酒女去了，走掉了，哈哈哈，哈哈哈，爸爸說的，哈哈哈哈哈！」他狂笑，那種笑隱含著無比的痛苦，比哭還叫人難受。

我感到一陣心疼，眼前這張狂笑的臉逐漸地退去，我又看到了那個含羞帶笑的小男孩。

「黃姐姐，酒女是什麼？」他媽剛走的那一陣子，他常蹲在門口等他媽，看見了我便痛苦地問。

「酒女呀，酒女是……喂，你看那邊兒蝴蝶眞美，我來抓給你！」我爲難地支吾了半天，最後還是把話題岔開了。

他敏感地看了我困惑的臉，似乎察覺到什麼了，他看也不看那隻漂亮的蝴蝶，逕自走進屋裏。

後來小光的奶奶來把可愛的小孫兒領回去了，臨走時，她帶小光來道別：

「唉，家醜不可外揚，可是別人都已經知道了，我也守不了這個秘密。小光的媽，原先就是個酒女，是我兒子在日本念書時泡上酒吧，迷上了這個酒國的妖精，娶回來的。起初我們還不知道她的底細，看來倒也滿溫柔的，誰知道她做不慣家庭主婦，居然抛夫棄子，又下海執壺去了。說出來眞教人笑話，把我和老頭子氣得半死！唉，……」老奶奶拍著額頭，哀聲歎氣地說。

我眞不敢相信自己所聽到的話，她會是個酒女？

「小光時常來府上打擾，眞是麻煩您們！」那溫柔的聲音，彬彬有禮的態度……她會是個酒女嗎？會是個寧可拋夫棄子，爲人侑酒的輕薄女人嗎？也許她是因爲過不慣此地的生活，也許她是因爲想念家鄉……所以才離去。

「她嫌待在家裏太枯燥、太單調、太寂寞，不如她酒女時代燈紅酒綠，杯觥交錯，酒客相擁的熱鬧、刺激。您想這是什麼女人呀？我那兒子眞是瞎了眼睛，現在鬧出了這麼大的笑話。可怎麼好哇！」老奶奶越說越氣，一激動，眼眶兒就含滿了淚水。

我和媽都不知道說什麼好，只好暗暗地歎氣。小光則仰著臉，熱心地聽大人的話，那張小臉兒，時而漲紅，時而發白，教人看了十分不安。

他在注意傾聽，他在設法了解，本來嘛，他有權利去了解猝然發生的家庭悲劇，他是最大的受害者。不過要了解一切的變故，他究竟太小了些。

「奶奶，媽是壞人嗎？」祖孫倆走出門兒時，我聽見小光在問。他必定是得到了肯定的答案，這知識將對他發生什麼作用呢？

「奶奶，媽是壞人嗎？」我咀嚼著這句悲劇性的問話，忘不了那張發問的小臉蛋。

「眞有意思，母親是酒女，父親是酒鬼，兒子是太保，誰也不輸給誰，多麼相配，哈哈哈！」

狂笑還在繼續，壓倒了那句細弱的問話：媽是壞人嗎？

「你還認爲你媽是壞人嗎？也許有什麼外人所不知道的原因。」

「壞人？哦，不！她只是個膽小鬼，沒膽子的傢伙！你想像不出我把冷冰冰的彈簧刀，按在她脖子上時，她那張恐懼的臉。」

「彈簧刀？你在說什麼？」

「我要殺死她，我請弟兄們幫忙，找了一年多，才找到了她，在什麼閣裏面。我們以全副武裝闖進去時，她正坐在一個胖子的腿上，舉著酒杯邊笑邊飮，我拿走了她的杯子，對她一鞠躬，然後冷冷地說：親愛的雲雲小姐，你兒子來找你了，他來謝你十年來遺棄的恩德，使他得以自由發展，成了個英雄人物。於是我抽出了明亮亮的刀，按在她白皙的頸項。你想像得到她那張驚恐的臉嗎？翻白的眼睛、發抖的嘴唇，她想叫都叫不出來了。那些有錢沒膽的酒客，逃得遠遠地，整個兒酒家，充滿了驚叫聲。老子嘛，乾脆站得高高地，讓大家看得清楚……」

「哦，不，小光不成！」我尖叫。

「有什麼不成的？老子一直希望有那麼一天，把刀子按在她的頸子上，殺不殺死，看老子當時的高興，嚇唬嚇唬她也是好的。可惜她逃回日本去了。」

「是這樣嗎？」我長長地呼出了堵在胸口、吐不出的氣。他逼眞的敍述，使我誤以爲是眞實。

「說老實話，爹也不像話，讓老婆逃走已經太窩囊了，他還陷進酒缸裏，日夜離不開杯子，錢都買酒去了，也不給老子像樣的零用金。偶然酒醒了，還想教訓人，眞要笑掉老子的門牙。我告訴他，老子有墮落的權利，憑他那樣的父親，只配有這麼個墮落的兒子，你說不是嗎？哪有這麼便宜的事，酒鬼還想養出一條龍來？」

「可是你本來就是一條龍嘛！」

「嘿嘿嘿，現在變種了，不往天上飛，只往地下鑽。」他又用力地攪動了玻璃杯子。

我給他加了冰開水，注視著他粗獷的動作，全身上下沒有一絲一毫的秀氣。那個羞怯的小男孩，沒有留下一絲痕跡，我的心有了強烈的震動，孩子何罪，竟變得這樣！

他喝完了那杯水，得意地說：「我身上有個很大的傷疤，你知道爲什麼嗎？給老子揍的，他打斷了我好幾根肋骨，害得我在床上躺了好幾月。」

「打斷了肋骨？爲什麼會打成這樣？」我望著他歪斜的肩膀問。

「只因爲老子拿了他一些錢，弟兄們知道老子家有幾個錢，要我供出來，大家花。」

「弟兄？」

「嗯，老子結拜的弟兄。」

我啞口無言了。男孩子們的世界，竟是這樣地狹小，一個脫軌的孩子，走的全是一樣的路。

「給老子揍沒關係，這傷疤變成了英雄的標記，弟兄們對老子可要客氣三分了，可是他媽的，沒錢還是吃不開，沒錢就要當孫子。」

我把目光從他歪斜的肩膀移到這張滿不在乎的臉上，天哪，我記不清楚他的年紀了，這番言語，究竟是幾歲的孩子吐出來的？

「你好大了？」

「十六，可是人人都說我像十八。」

「不錯，像十八，你在哪兒念書？」

「念書？早就不念了，這個年頭學問值幾塊錢？有學問的人能做啥？老子那些弟兄們，全不念書。」

他以不屑的口吻說。停頓了一會兒，他到底忍不住問：「黃忠呢？」

「讀高中了，在建中。」

「哦？」臉上到底有了一絲羨慕。

「年輕人還是念書好！」

「迂腐，老子最不喜歡聽這種調調。」說著他不高興地站起來。

「再坐嘛，你奶奶還在嗎？你父親爲什麼不給你找新媽媽？」我挽留著說。

「不坐了，改天再來！」他老大不高興地拒絕。我知道我傷了他的自尊，刺破了他僞裝的硬殼子。

「那麼歡迎你再來！…………對了，你不是要錢的嗎？要多少？」

「這個……」他說著抓了一下頭，一絲兒紅暈飛過了他的面頰：「不好意思嘛！」他說。

「沒關係！」

「那麼這樣吧！」他伸出了三個指頭。

我交給他三張百元鈔，他開心地吹起口哨來

我又有了一種慾望，想對他說些正經話，一些勸善之類的話，可是不知道怎麼樣開始，也許說什麼都已經太晚了，只是徒然引起他的反感。

他走出了大門，我終於什麼也沒說。

——原載一九六六年《聯合報》

失落的影子

一

月色很美，又細又彎的月牙兒，羞答答地掛在椰子樹梢，吐放著淡淡的柔和的光芒。地上是一抹淡淡的樹影——瘦長挺拔的樹幹兒，墨筆淡掃的幾撇兒樹葉子——椰子樹連影子都是瀟灑的。

她低著頭，在月下默默地徘徊。寧靜的空間響著她來回走動的脚步聲，可是地上並沒有那來回移動的影子。她沒有影子，她失落了影子，不，也許她從沒有過影子！

灰色的水泥地披著銀色的月光，在那中央，她站住了脚，納悶地瞧著地上。除了那瀟灑的椰子樹影，水泥地的右角還有一片黑壓壓的影子，那是厨房的側影，連屋頂上的小煙囪都清晰地映在地上。

萬物都有影子，獨缺了她的，爲什麼？

爲什麼？滿腦子裝了這個問號，她耐心地瞧著地上，希望一度失落的影子，重會出現在地上。

本來她對「影子」並不重視，沒了影子，也算不了什麼了不得的損失，只是那究竟是反常的事兒，因此她感到著急，也感到恐懼。

突地她那雙凝視著地上的眼睛，因驚愕而瞪大，然後吃驚地踩住地上緩緩移動的影子。那影子從屋影下竄出來，靜悄悄地前進，沒有絲毫聲響。

她的心臟因恐懼而收縮，她不知覺地張開嘴，因驚愕而尖叫。尖叫聲畫破了寂靜的空間，引起了一聲回音——喵——是濃重的鼻音。

緩緩移動的影子，停在她眼前，看了她一下，然後一躍身，跳上了水泥牆頭。

月光照著那隻輕悄的貓，照著那雙發綠光的眼睛。水泥地上映著牠的影子，那弓起的背和兩隻圓耳朶。

一場虛驚，她仰起頭，看看那隻站在牆頭的貓，復又低頭瞧那地上的影子。

心跳逐漸緩和了，於是她又開始她那月下的徘徊。寧靜的空間響著她來回走動的脚步聲，脚步聲愈來愈急促，她焦急地盯著地上，她在尋找自己的影子⋯⋯

空蕩蕩的屋子裏沒有人影，書櫃和玻璃櫃各自立在靠牆的地方。窗邊兒擺著一張長沙發椅，旁邊兒的矮桌上擱著一具電話，黑色的聽筒靜靜地躺在黑色的撥號盤上。剩下的空間，擺著四張沙發椅，中間兒夾著玻璃桌。房間並不大，可也給人空蕩的感覺。該是過度的寂靜和四周蒼白的牆，給人的錯覺吧。

突地牆角傳來一聲噴嚏，於是有個人影在墨綠色的窗簾上蠕動，她的身上穿的是黑底碎綠花的棉袍。她坐在那張長沙發椅上打盹兒，該有很長一段時間了，可是她和那些擺設的傢俱一般，靜悄悄地沒有任何聲響，彷彿她坐在那兒，連影子也未曾留下似地。

現在她緩緩地坐直了身子，用力地搖自己的頭。她的一雙脚因走多了路而酸麻，她的眼睛因瞧久了地面而發疼。她的心臟，有餘悸猶存的緊張，她的喉嚨更因爲著急而發乾……。她不喜歡這個夢，不喜歡這個使她渾身不舒暢的夢！

她繼續搖頭，希望抖落眼前的幻影——在月下徘徊的女人，從屋影下竄出來的影子，一雙發綠光的眼睛……

她還要抖落耳邊的聲音——恐懼的尖叫，鼻音濃重的「喵」音，愈來愈急促的脚步聲……可是她只抖落了鬆鬆地挽在後腦的髮髻，於是一頭長髮散開了，散到她的後頸，也蓋住了她的兩頰。她不理會散開的頭髮，拿起了茶几上的杯子，把杯子裏殘留的冷開水，倒進喉嚨裏去。水是冰冷的，從喉嚨經過食道，到了胃，一路上給她冰冷的感覺，她不禁打了一下冷顫。

她不喜歡冬天，不喜歡伸手觸摸到一片冰冷的感覺。冰冷的空氣，冰冷的傢俱，冰冷的被褥，冰冷的碗筷杯子，甚至於自己的手脚也是冰冷的。爲了抗拒冰冷，她穿了許多衣服，可是笨重的冬衣，又給她不勝負荷的感覺。現在半杯冷開水，更是涼透了她的心。「冬天」是多麼惱人的啊！

不自覺地她又使勁地搖了搖頭，散開的長髮，摩娑著她的面頰，摩娑著她的後頸，給她奇特的騷癢。這種感覺是舒適的，舒適得像兒時依偎在媽的懷裏，享受媽的愛撫。媽的手始終是溫暖的。那雙溫暖的手在她的頭上輕輕地來回摩娑，讓她有一種幸福和滿足的感覺。

二

「阿雪啊，不要再和阿金鬥了，咱們身分不同，咱們惹不起他。」媽在她的耳邊呢喃。

「可是媽，他欺負我！」在媽的懷裏，她噘起了嘴。

「唔，是嗎？可是妳還是不能和他鬥，咱們身分不同，咱們惹不起他。」還是那一句話。

其實不用媽來吩咐，她早就知道她們惹不起阿金，儘管她並不懂什麼叫「身分」，可是她和阿金不同，倒是天經地義的。阿金是頭家娘的心肝寶貝，而她只是頭家娘眼裏的小混帳。

「小混帳」，頭家娘就這麼叫她，天知道那是什麼意思？

「媽，我並沒惹他啊，是他先來……」

「是嗎？那就好了，咱們身分不同，咱們惹不起……」沒有等她說完，媽就又習慣地重複那一句。

每次撫摸她的頭，媽總不會忘記這樣叮囑，媽的語氣是溫和的，沒有怨天尤人的不平，也沒有自歎命苦的哀傷。有的只是長期處在逆來順受的境遇裏，養成的認命的淡泊。

可是她——一個稚齡的孩子，哪裏會了解媽在痛苦裏熬出來的好性子呢？

所以儘管媽一再叮囑，遇到阿金要搶她的小麻雀時，她還是忍不住做了微弱的抗議。那隻從窩裏掉下的小鳥兒，明明是她先發現的，憑什麼要給阿金呢？

在竹林下面的泥地上，那隻出生不久的小東西，正在著急地掙扎。微弱可又緊張的「吱吱」聲，把她從竹林外面的小路上引進來，她小心翼翼地握住了那隻小鳥兒，帶著驚喜和好奇，目不轉睛地注視著小麻雀緊閉的眼睛，和只有短毛的翅膀。

「給我看！那是什麼東西？」在她背後突然響出阿金專橫的聲音。

「一隻小麻雀，從窩裏掉下來的。」她回答。心裏卻在惋惜怎麼這樣沒運氣，就給阿金撞上了呢？她不喜歡阿金，不喜歡他的專橫和不講理。可有什麼法子躲開這個小霸王？她想。

「麻雀？眞有趣，給我！」阿金說。

「是我的。」她握緊了手裏的鳥兒，小聲地抗議。「怎麼，老子吩咐，妳敢不給！」說著阿金從後面，抓住了她的肩膀，搶去了她手裏的鳥兒。

「是我的，是我的！」她哭著抗議。

可是阿金揚了揚手裏的鳥兒，留下了得意的「哈哈」笑聲，便沒入竹林深處去。

「夭壽子，絕代子……」對著那背影她大聲地罵著自己也不懂意思的話。

「孩子，妳在罵什麼啊？」挽著一大籃洗好的衣裳，從河堤上出現的媽，驚愕地執起她的手問。

「罵阿金，他搶了我的鳥！」她委屈地說。

「阿雪，快住口了，別罵這些咒人的話，給頭家娘聽見，還得了啊！」媽驚恐地說。

她不解地看了滿臉驚恐的媽，嚇得忘記了哭泣。

其實媽那種提心吊膽的神情，在她並不陌生，可是每一回看見了，她的心臟仍要猛然地跳動。

媽是可憐的，即使幼小的她，也有這種感覺。媽有永遠忙不完的工作，忙得她在天上還見不到一絲曙光的時候，就得起床。她不喜歡媽的早起，儘管媽總是輕輕地從床上爬起身，然後躡手躡脚地走出房門。可是倚在媽的懷裏睡覺的她，總是立刻就覺察到了。尤其在冬天，在薄薄的硬木板床上，蓋著一條單薄的被褥睡，只要媽一離開，沒有了媽的體溫，她立刻就凍得瑟瑟發抖。

「媽，不要這麼早起來吧！」她曾經對媽說。

「傻孩子，那怎麼成呢？」媽總是溫柔地回答，一隻手更不會忘記在她的髮上輕輕地摩娑。

媽那隻經常做粗工的手，必是粗糙的；冬天暴露在冷空氣裏的手，也必是冰涼的。可是在她的感覺裏，媽的手始終是溫暖而柔軟，那該是崇高的母愛，帶給她心頭的溫暖吧！

媽起床後她很少能繼續睡覺，她常常睜著眼睛看天花板，雖然屋裏很黑，她什麼也看不清楚，可是她知道早幾年就該重鋪的茅草屋頂，呈現著可怕的灰黑色，經常漏雨的幾處地方，在晴天還看得見從屋外漏進的陽光。四面的土牆也剝落了許多處，露出土裏的竹篾。這間涼颼颼的屋子，在冬天是特別難挨的。

其實頭家很有錢，在他這棟漂亮的磚砌房子裏，她們母女的住處，是唯一的破爛地方。

「還不如牛欄哩！」阿金說。

阿金也不明白爲什麼他的爹要留下這麼一間破爛屋子，可是後來她倒明白了，那是因爲頭家，不，應該說是頭家娘，認爲只有這樣的破爛屋子，才配給她們母女居住。

媽在厨房裏起火，她聽得見木柴著火時的劈啪聲，她似乎也聽見了媽在剁豬菜的聲音。燒飯、挑水、剁豬菜，餵那一大窩的豬和滿地拉屎的雞、鴨、鵝……這些都是媽在早飯前的工作。另外還得抽空去侍候頭家娘梳洗。

提起頭家娘，她的心裏最恨。對於阿金，她不過是不喜歡罷了，可是對於這位滿臉橫肉、全身胖得像肥豬一般的女人，她的感覺是不折不扣的一個「恨」字。

媽的工作如果沒有夾著頭家娘的嘮叨和咒罵，總要好過一些的啊！

「人死了不成！端一盆洗臉水就要這麼久的時間？」

大清早，那尖細嗓門兒，比綢布撕裂的聲音，還要刺耳。

她忍不住滑下床來，每天都這樣，這聲綢布撕裂的聲音，是她起床的信號，她實在不能再在床上待下去。

媽不喜歡她早起，也不准她出去亂闖，媽說她礙眼兒，必須悄悄地躲在一邊兒，尤其不要叫頭家娘看見。

可是下了床，她決定繞到頭家娘的屋後去瞧個究竟，她知道媽進了頭家娘的房門，就不容易出來。儘管鍋裏的水在開，菜要燒焦，都沒法兒脫身。這樣頭家娘就可以再提高嗓門兒大罵：

「妳這死人，妳這木頭，白吃了幾十年的白米，菜也不會燒，糟蹋了好東西，眞可惜！」

她悄悄地繞到頭家娘屋後的竹林去，那防風的竹林在高處，躲在那兒，她就可以從後窗看見屋裏的情形。

頭家娘背著她坐在椅子上，前面的矮几放著媽端來的洗臉水。媽站在床邊摺疊被褥，那是一張雕鑲著花鳥圖案的漂亮古床。她可以瞧見暗紅色古床上複雜的彫刻，不過哪是花，哪是鳥，就辨不清楚了。

「媽，頭家娘的床眞漂亮，雕的是什麼啊？」她問過媽。

「是花鳥。」媽不經心地答了以後，復又緊張地問：

「妳怎麼會看見頭家娘的床，不是溜進她的房裏吧？」

她搖了搖頭，可又忍不住得意地笑，媽不會知道她有這麼個偷看的好地方啊！雖然看見的並不是什麼好玩的事兒。

頭家娘圓鼓鼓的臂膀似在輕微地抖動，大概在用力洗臉吧！媽那單薄的雙肩，也在輕微地抖動，該不是由於摺疊被褥的工作引起的，媽是冷嗎？可不是？瞧那一身單薄的衣裳！可是她比誰都明白眞正教媽發抖的該是頭家娘那雙挑剔的眼睛。

「好了，別在那裏磨半天！要妳疊被，可不是叫妳繡花兒啊！」

頭家娘到底叫起來了，還是那尖銳的嗓子，唯恐左鄰右舍聽不見她罵人的犀利舌鋒。

媽站起身，依然低著頭。

她感到不平，上一次她明明聽見頭家娘在罵：

「慢走，這樣就算好了嗎？被也不平，蚊帳也沒掛好！」

今天可又不同了，反正快也不成，慢也不成。

頭家娘把手裏的一把黑梳子交給了媽，媽站到頭家娘的背後，替她在後腦挽一個髻。頭家娘拿一面鏡子不停地照著，邊照邊不停地搖頭。媽就不停地更換站的角度，努力要挽出一個令頭家娘滿意的髮髻來。

媽的衣角不斷地磨擦著古老的梳妝枱，磨擦著那旁邊的藍色瓷製花瓶，花瓶不住地搖晃著，活像風前的燭火。

「媽！小心一點，花瓶要掉下來了！」她在心裏著急地叫。

媽聽不見，那衣角又擦了一下花瓶，花瓶猛烈地晃起來，過了好一會兒，總算又逐漸地停止了擺動。她鬆了一口氣。

可是頭家娘又搖了一下頭，媽的衣角便又擦了一下花瓶……「哐啷」一聲，終於掉下來了。

她還來不及驚叫，頭家娘肥胖的手掌已經用力地打在媽的兩頰。她看見媽瘦弱的身子在搖晃，像剛才那隻花瓶，耳朵似也聽見了兩聲輕脆的巴掌聲。媽也會倒在地上，而且碎成一片一片嗎？正如剛才墜地的花瓶……

她掩起了臉，從竹林裏跑出來，她沒命地跑，好像有人在追趕她。

回到那間黝黑的破爛屋子，她才注意到臉上竟是溼漉漉的一片。倒在硬木板上，她的身子瑟瑟地抖個不停，對於一個小孩兒，她所見到的是過於可怕的鏡頭！左右開弓地落在媽臉上的巴掌是夠教她心悸的，只要想起頭家娘那隻肥胖有力的巴掌，她會在夢裏驚醒。

媽是大人，頭家娘憑什麼可以打呢？在她的認識裏，挨打的只有小孩兒啊！她怎麼會知道那些巴掌，並不是第一次落在媽的臉上，當然也不會是最後的一次。

親娘的挨揍激起了她胸口的憤怒，她憎恨頭家娘，憎恨那強暴。她可憐的媽，那個命苦無告的媽。不過壓倒這一切情緒的還是恐懼，無可如何的恐懼，她怕頭家娘，怕那個隨時可以打人的頭家娘。

媽常說：「阿雪，妳是個礙眼兒的孩子，最好悄悄地躲起來，千萬不要叫頭家娘看見！」

她該記住這句話，雖然她並不明白自己爲什麼礙眼兒，和怎麼樣礙眼兒。

從媽驚恐的臉上，她想起了自己曾感受到的恐懼，她再也不敢留戀被阿金搶走的可愛的小麻雀了。乖乖地用手背擦掉了臉上的淚痕，便拉著媽的衣角回去。

繞過植在屋子周圍的竹林，她們走進了廣大的曬穀場。她的眼睛快，一眼就瞧見了站在正廳台階上的頭家娘，本能地她放開了抓住媽衣角的手，想著該悄悄地躲起來，可是太晚了，頭家娘已經大聲地叫了：

「喲，妳們這一大一小，挽著衣籃蕩到那兒去了？怪不得洗那幾件衣服，就要磨大半天！」

媽不作聲，放下了那沉重的衣籃，拿起竹竿，開始晾衣服。她正想伺機溜走，不巧阿金從外面奔進來，一手揑著那隻可憐的小麻雀。

「媽，什麼叫夭壽子和絕代子？小混帳這麼罵我！」阿金大聲地對著他媽告狀。

頭家娘的臉色頓時發青，媽晾衣服的手開始發抖，她自己也緊張地直打哆嗦。看來是闖了大禍了，她呆呆地站在那裏，像個生了根的人，連快點兒逃走的念頭都沒有起過。

「好啊，小混帳，沒想到妳人小鬼大，妳敢咒我的阿金夭壽、絕代，好大的膽子啊！難道妳不知道妳們母女兩條狗命，全是我們郭家施捨的？」

頭家娘把兩隻手揷在應該是腰身，而今卻肥胖得辨不淸是不是腰身的地方，滔滔不絕地罵起來。

「阿蓮，當妳死不要臉地懷了這個孽種的時候，要不是我收容你，你不變成叫化子才怪呢！也許挺著大肚子，在野地上餓死了，哪裏還有今天的太平日子！我們給你餵飽那個小混帳，你倒敎她來咒我們阿金……」

頭家娘擺動著肥胖的身子，邊走邊罵，笨重的脚步聲，嚇走了正在優閒地踱步的雞羣，引起了「咯咯」、「咯咯」的喧嘩聲。罵到「咒我們阿金……」時，頭家娘已經到了媽的眼前，於是擧起了那隻權威的手掌，「劈啪」兩聲，打在媽的臉上。

她嚇得閉起了眼睛。

「阿雪實在不懂意思，小孩子嘴巴沒遮攔，隨便罵些聽來的話，並沒有惡意。頭家娘大恩大德，請饒恕阿雪……」

媽細小的聲音，帶著拚命爲女兒求饒的懇切，她膽怯地睜開眼睛，看見媽正跪在地上。

「你倒會推得一乾二淨，那小混帳是存心咒我們。如果阿金有個三長兩短，可要找你那小混帳賠命了。我們郭家一向規規矩矩做人，待下人也寬厚，沒想到偏偏碰上你們這沒良心的，阿金是我們獨子，如果有什麼……」說著說著頭家娘居然放聲哭起來。

「頭家娘，您不要傷心了，我來請菩薩，把一切災難應在我的身上。女兒不成器，做娘的要擔當一切罪過。我們好好兒爲阿金消災……」

「這就對了，女兒不成器，做娘的不能逃避責任，你這就給我好好兒訓一下那個混帳東西！阿金，去找根鞭子來！」頭家娘到底破涕爲笑了。

阿金一向幸災樂禍，這下可也被他媽弄得目瞪口呆，聽見了母親的一聲吩咐，趕忙跑去找鞭子。

鞭子找來了，媽發抖的手接住了那根竹鞭子，朝著女兒一步一步地走來。媽的步履是那麼地沉重，臉色也十分難看，眼光是悲切的，嘴唇是顫抖的……她看了不自覺地後退。

「阿雪，以後要規矩一些！」媽以沙啞的嗓子，訓了她一聲，鞭子就用力地落在她的屁股上。

「哇！」她忍不住大聲哭起來，辨不清是因爲疼痛，還是由於傷心。

媽抓著鞭子的手，停在半空。

「怎麼，打不下去了？」頭家娘冷冷的聲音。

媽的鞭子又落下來，一下，兩下，三下……她數不清究竟是多少次了。

「用力一些！」頭家娘又叫。

媽咬著牙齒打下來，鞭子和眼淚一起落在她的身上。

她大聲地哭叫，身子則本能地在閃避。媽的鞭子和緩下來。

「走開，讓我來！你那一塊肉就捨不得教訓，難怪會養出這麼個混帳東西！」頭家娘狠狠地罵，於是落在她身上的鞭子更密，也更重了。她沒命地哭，可是漸漸地沒了力氣，腦子也逐漸變成了空洞的一片，茫然地不辨痛楚。

「好了，好了，郭大嫂，會把人打死了！」

「小孩兒嘛，教訓一下就好了，別太認眞！」

「阿蓮啊，你也不快點兒向你頭家娘討饒！」

「頭、頭家娘，您大慈大悲，就饒了阿雪一條命吧！」

最後她聽見的那幾聲嘰喳聲，像來自遠處，斷斷續續地飄進了她的耳朵。

她再度恢復知覺的時候，是躺在那張硬木板床上。一盞小小的油澄掛在剝落的土牆，燈蕊不時在搖晃著，投在屋裏的那一小圈光暈，也跟著不停地搖晃。搖晃的光暈，在地上和牆上映出許多搖晃的影子，那些影子時而大，時而小，時而前，時而後，活像吃人的怪物。

媽呢？一時膽怯，她想起了媽，媽不在，大概工作還沒有做完吧？現在她感覺到一身痛，於是她想起了那一場駭人的毒打，不由得渾身打顫。媽怎麼也會打得那麼狠呢？

——她眞不懂。

「阿雪，妳可醒來了！」媽捧著藥草進來，一看見她蠕動的頭，便驚喜地叫。

「阿雪，媽狠著心腸打妳，就是希望頭家娘不要自己動手，沒想到她還是自己來了，妳不怨媽吧？」

她無力地搖頭，現在她明白了，媽是不得已的，媽必是打在手上，疼在心裏，瞧媽那哭得紅腫的眼睛就知道了。

「林家阿婆說這藥草很靈，我再給妳敷些。可憐，打得這麼慘！」在她的唉唉呻吟聲裏，媽終於給她敷好了新採來的藥草。清涼的藥草敷在火燙的傷口，她覺得舒服些了。

「阿雪，別再和阿金鬥了，咱們身分不同，咱們惹不起他！」媽摩娑著她的頭，在她的耳邊呢喃。

「嗯！」她應了一聲，不再是勉強的承諾，她已經有了切實的認識，一場毒打換來的。

「咱們是下人，下人的孩子尤其礙眼兒，千萬要記得悄悄地躲起來，不要拋頭露面的惹人討厭！」媽又說。

她默默地點頭，並沒有想到問明理由，在她「應該」怎麼做，遠比「爲什麼」來得重要。媽的話是對的，她最好是悄悄地躲起來，不要有任何聲音，如果走在太陽底下，最好也不要有影子，因爲有了影子，就算不出聲音，也會惹人注意，惹人討厭的啊！

三

那是一行寂寞的葬列，一具普普通通的棺材，幾個稀稀落落的人。

她走在棺木旁，驚愕超過了悲哀，呆滯得沒有眼淚。

「可憐的阿蓮啊，這麼年輕，怎麼就走了呢？」

「可憐的阿蓮啊，怎麼忍心抛下女兒走啊？」

「可憐的阿蓮啊，看到妳那小女兒，怎麼不教人傷心落淚？」

「可憐的阿蓮啊，在地下可要好好兒保祐女兒啊！」

行列裏的婦女在邊哭邊唱，那哀傷的音調和語詞，盪漾在空曠的田野，聽起來格外教人心酸。

她那一時呆滯的情感，逐漸地恢復，於是每一聲「可憐的阿蓮啊！」的哭聲，便猛擊著她那顆脆弱的心，不一會兒，淚水便把她的臉蛋兒整個淹沒了。

墳地在一片水田之側，是一塊長著野草的荒地。新挖的穴，露出紅色泥土，等著到來的棺木。

「歇一會兒吧，還有半個鐘頭才是落土的時間。」頭家舉起了手腕，看了看錶說。

棺木被放在穴邊，大夥兒挑著樹影下坐下來，雖然是春天，在太陽下走了許多路，臉上身上可全是汗水了。她沒有加入大家，一個人怔怔地守在棺木邊。

「看阿雪的樣子，多像沒影兒的人！老是那樣靜悄悄地，親娘死了還不敢痛痛快快地哭它一場。郭大嫂連這小孩兒都折磨得魂不守舍嗎？」

「可不是？她們母女倆動輒得咎，只好悄悄兒的不教那個母夜叉注意。」

「郭大嫂也眞不通，氣怎麼能出在阿蓮身上，自己管不住丈夫，還找阿蓮出氣，也不想想最可憐的還不是阿蓮？」

「就是啊！郭大哥也不是人，玩那可憐的小姑娘，糟蹋了人家一輩子，還沒有膽子出來說一句公道話，任那斬千刀的老婆折磨阿蓮，孩子也不敢認。」

「噓，郭大哥不是在那邊嗎？」

「我才不怕，今天我要替死人申冤！」

她茫然地聽著阿婆們的話，並不了解她們在說什麼？阿婆，她管鄰近那些好心的女人叫做阿婆，她們的年紀都比媽大，可是媽倒比她們先走了。

「阿雪，到這邊坐吧，別在那兒曬，當心暈過去喲！」李家阿婆來到她的身邊，撫著她的肩膀，把她帶到她們圍坐的地方去。

一棵大榕樹，密集的樹葉，飄盪的氣根，她們坐在那樹根上。

「阿雪不要傷心，妳媽死了，我們會照顧妳，再不叫妳頭家娘欺負妳！」

她點了點頭，新的眼淚滾出了眼眶。

「妳媽死的時候，跟妳說了什麼沒有？」

她搖頭，她什麼都沒說，死的時候還是睜著眼睛的。

她不明白媽爲什麼會突然死去？那一天她幫著媽在菜園子裏澆菜，媽用兩隻桶子裝滿了水，從河邊兒挑來，她用葫蘆瓢舀著水，澆在剛發芽的白菜上面，突地媽手裏的扁擔掉在地上，媽也跟著倒下去。她的驚叫聲，引來了在隔壁園子裏工作的人，大家幫著把媽抬回屋裏休息。媽的臉色是那樣地蒼白，額上也冒著冷汗。

「可是中暑？」

「大概是吧！不過天氣並不怎麼熱啊？」

「阿雪，把窗子打開，讓屋裏通通風，醒來的時候，給妳媽喝些冷開水。」

答的人和問的人一樣沒把握。

把驚恐的她留在屋裏，人們就走了。

她開了窗戶，端來了一張木櫈子，在媽的床前坐下來。她怔怔地看著昏睡的媽，膽怯地握住媽的一隻手，那隻手雖然乾枯而粗糙，可還有一些暖意。

媽並沒有動靜，她只好繼續凝視媽的臉，於是她發覺媽比她想像的要蒼老多了，那樣地乾枯，那樣地多皺紋。是無休止的操作和無休止的咒罵造成的嗎？不知不覺地她掉下了兩顆辛酸的淚珠。說也奇怪，她對媽知道的並不多，媽有沒有自己的家？爲什麼沒有離開過頭家呢？這不是怎麼好的工作，何況頭家娘又這麼兇，這樣狠！至於她，還有兄弟姊妹嗎？父親呢？是誰？在哪兒？

她突然有了這許多問題，可是昏睡的媽，並不能答覆她。如果媽醒了，會告訴她嗎？她忽然很想念媽的聲音，「阿雪啊！」媽總是那樣柔和地叫，尤其在晚間，母女倆躺在一張硬木板床上，享受唯一的不受頭家娘騷擾的時間時。不過媽並沒有向她娓娓道及身世，只是說一些告誡的話罷了。

「阿雪啊，別和阿金鬥了，咱們身分不同，咱們惹不起他……」

「阿雪啊，妳是個礙眼兒的孩子，千萬要記得悄悄兒躲起來，不要叫頭家娘看了討厭……」

那是媽說了又說的話，她雖然聽膩了，可也覺得十分親切。

媽，我一直是聽您的話啊！她對著昏睡的媽說。

可不是？自從罵了阿金兩句話，引起了一頓毒打以後，她是什麼麻煩也沒有惹過。那頓毒打，已是好幾年前的事兒了，可憐的小麻雀，竟被阿金捏死，命運比她還慘。

窗外逐漸黑下來，暮色的陰影已經落在地上的每一個角落。她們那間黝黑的屋子，可黑得更快。

她執著媽的手，伏在媽的身邊，不知不覺地睡去。

醒來時，天色已經發白，公雞在「喔喔」地啼個不停。

睜開惺忪的睡眼，她一時想不清爲什麼會坐在椅子上睡，可是看見媽時，她立刻想起來了。

「媽！」她緊張地叫。

媽睜著眼睛看她。

「媽，您醒了！」她高興地說。

媽沒有回答，臉上也沒有表情，一雙眼睛怔怔地看著她，那眼神木然而奇特。她的一隻手不知怎麼也被緊握在媽的手裏，明明是她握住媽的手的啊，怎麼會顛倒了呢？

「媽！」她又叫了一聲。

還是沒有回答，突地她感到一陣心跳，於是她感覺到媽那雙握住她的手是冰冷而僵硬的。

「媽死了！」她終於發現了這可怕的事實，於是她暈過去……

「妳不知道嗎？阿蓮死的時候是睜著眼睛的，一隻手還抓著阿雪的手不肯放！」

「嗯，她是死不瞑目。留下了阿雪，她怎麼放得下心呢？可是怎麼好把阿雪帶走啊？」

「可不是？我對阿蓮說，妳是怕阿雪留在這兒受苦嗎？放心好了，我替妳把那個負心的男人找來，教他好贖罪。如果他不幹，我會找人來對付他。」

「郭大哥呢？」

「他倒也內疚，在阿蓮屍前滴下了兩滴眼淚，只是這個人窩囊，怕老婆。」

「既然怕，又何必當初呢？還不是看阿蓮無依無靠，好欺負！」

「可不就是個賤男人。……結果阿蓮呢？可閉了眼睛，放開了阿雪的手？」

「郭大哥在她屍前說：『阿蓮，放心走吧，阿雪我一定會好好照顧。』然後我扳開了她的手指，闔上了她的眼皮……」

「眞可憐，沒想到她會這樣就走掉！」

「可知道生的是什麼病？」

「說是心臟病，我看還不是給她頭家娘折磨死的！」

「郭大嫂今天怎麼也不來送葬啊？難道這點兒人情也做不到嗎？」

「她呀？躺在床上叫『阿蓮啊，別來找我，不是我有心折磨妳，誰叫妳先來搶我的丈夫呢？』聽說阿蓮是睜著眼睛死，她就嚇得不敢下床，妳想，如果阿蓮要找人算帳，不該第一個找她嗎？」

「看來還有一些良心，聽到人死了，可就心虛了！」

阿婆們妳一句我一句的又說個不停，雖然說的全是她媽媽的事，可是她並不能把注意力集中在那些話題上。她感到疲倦，也感到茫然。阿婆說媽想把她帶走，如果媽不肯放手，她是不是就要跟媽一起走呢？怎麼走？也要「死」嗎？不過在她看來死並不可怕，就拿媽來說，即將安息的這地方，不是比她們那間破爛屋子好多了嗎？頭上是晴朗的天，天空是舒暢的，周圍還有綠油油的水田伴著，春天，墓前也該有盛開的野花吧？何況逃開頭家娘的嘮叨和咒罵，耳根可要清靜多了。

如果她死了，她的墓也要和媽排在一起。

「阿雪坐過來一些。」和媽最熟的李家阿婆，突然拉了她一把。

她向阿婆挪近了一些，腦子裏則想，那時候她和媽並排躺在坑穴裏，媽還會說「阿雪啊，不要再和阿金鬥了……」嗎？

「阿雪，我們想告訴妳一件事，看來妳媽並沒有對妳說過……」阿婆說。

猛地她那飛翔的思維被收回來了，她直覺地意識到阿婆要說的是一件重要的事。

「妳知道嗎？妳的頭家就是妳的父親。妳媽來這兒工作的第二年懷了妳，那時候妳媽大概只有十六、七歲，還是個不懂事的丫頭，當然壞的是頭家——妳的父親，他欺負了妳媽。不管怎麼樣，孩子已經在肚子裏了，可怎麼辦呢？妳媽並沒有可以回去的家，也沒有人替她找頭家理論。據說妳外祖母在妳媽很小的時候出走，妳外祖父一個人在外面經商，把妳媽寄在遠房親戚家裏，後來不知怎麼的跑到這兒來做事。反正平時就沒有個歡迎她回去的家，碰到這種時候，更是走投無路了。妳們頭家娘原來脾氣就暴躁，知道發生了這件事，氣得直跺脚，口口聲聲要趕妳媽走。後來頭家向頭家娘認了罪，說好說歹，她才答應把妳媽留下來。妳媽養出了孩子，可也受了一輩子的罪。沒想到妳頭家娘心眼兒那麼小，就記得要折磨妳媽，也不想想『孽』是她丈夫造的……。」

阿婆頓了一下，用手背擦了一下眼角。另外兩個阿婆，也拉起了衣袖，擦了眼睛。

她怔怔地看著爲她媽媽流眼淚的老婦人，一時也弄不清楚自己心頭的感覺。

她們在說什麼呢？頭家就是她的父親？怎麼會呢？

頭家——那個喜歡把雙手反背在後面，低著頭走路的人——在她是十分陌生的，她甚至於沒有在靠近的地方看過他，更不要說和他說過半句話了。

頭家是很有錢的，他住漂亮的房子，穿著漂亮的衣服，雇著許多長工，種許多的田。她和媽是窮苦的，只是頭家僱的可憐的傭人。頭家怎麼會是她的父親呢？阿婆一定是弄錯了。

「阿婆，頭家不是我的父親，他那麼有錢，我們這麼窮！」不知不覺地她把自己的疑惑說出了口。

「唉，難怪妳媽沒同妳說，妳還太小，妳聽不懂。頭家是妳的父親，他欺負了妳媽，妳媽就生了妳，頭家娘看了很生氣，就反過來欺負妳和妳媽。」阿婆又說。

這話是有些奇怪的，爲什麼頭家欺負了媽，頭家娘還要來欺負她和媽呢？不過她也覺得有些明白了，媽不是常說她是個礙眼兒的孩子嗎？一切都是爲了她，媽要不是生了她，就沒事兒了，頭家娘不正是爲了媽生了孩子，才來欺負媽的嗎？

——悄悄地躲起來，不要教頭家娘看了討厭——媽的話是對的，她是個礙眼兒的孩子！

頹喪地她抬起了頭，看了媽的棺木，那棺木是紅漆的，媽穿了唯一的漂亮衣服，躺在裏面。突地她又有些傷心，一顆淚珠掛在眼角，視線便逐漸的模糊。在那模糊的視線裏，她看見了反背著手，在墓穴附近踱著方步的頭家。她停止了哭泣，帶著奇異的眼光看他。「父親」？那人會是她的父親嗎？如果是，她不是應該恨他嗎？他欺負了媽，害得媽和她受盡了折磨。不過她現在突然記起了一件事，媽死後，頭家第一次來到了她們那間破爛屋子，他在媽的屍前站了很久，樣子還蠻傷心的，臨走時，還在她的頭上摸了一下，那又是爲的什麼呢？

「大家過來，要落土了！」頭家停止了踱方步，大聲地叫。

樹蔭下的人站起來了，阿婆們又「可憐阿蓮啊！」地哭起來。

長工抬起了棺木，在坑穴上徐徐落土，然後兩把鋤頭，就把坑穴周圍的泥土，掩到坑上去。

阿婆們的哭聲更悲切了，眼淚又開始在她的臉上氾濫起來。幾粒穀子，兩個銅板，兩根釘子，被遞到她手裏來，她學著大家把那些東西撒到墓上的泥土裏去，於是最後一鏟泥土把坑穴塡平了。

如今她眞個是孤苦伶仃的孩子了，可要記得悄悄兒地，不要惹人討厭才好。

「可憐，像個沒影兒的人！」阿婆們指著她單薄的背影說。

四

房門掛了一塊紅布，擺了兩桌喜酒，添財就算把她娶過門兒了。

她才十八歲，是個娃娃新娘。

賀客散後，他掀起了門簾兒，站到她的跟前來。

「妳叫阿雪？」他問。

「是。」她紅著臉，小聲地答。

他毫不客氣地審視她，過了半晌說：

「郭大伯告訴我，妳是個不說話，專做事的女人，這很合我的意思。我不喜歡想干涉男人的女人，也不喜歡整天嘮嘮叨叨的長舌婦，女人只有安分守己地做事的時候，才是可愛的。」

他的表情很嚴肅，聲音也很有威嚴，她完全被懾服了，呆呆地看著眼前這個粗眉大眼，一身粗獷味兒的男人，她說不出半句話來。

這男人和頭家不同，頭家對頭家娘可不是這種態度啊！頭家娘專管頭家，嘴裏也成天兒嘮嘮叨叨地說個不停，頭家可也沒有發作過。

不過她也沒什麼不滿意，反正她是個慣於服從的人，從沒有想過要干涉什麼人，何況不聲不響，只管做事，本是她的習慣動作。只是她原以爲「結婚」多少會改變她的生活，因爲結了婚，她是一個「家」的主婦，她總要管管家，而且也該爲自己的家，出點兒主意。這和當人家的傭人，該是不同的，哪能夠悄悄兒地不露影子呢？

沒想到一切還是老樣子！

她的丈夫希望她仍是一個沒影兒的人！

每一天她起個大早，忙裏忙外，不停地忙。在鄉村，在農家，女人有永遠做不完的工作，不過她熟悉那些工作，也忙得很帶勁。只是日子過得太沉默了些，添財沒什麼話跟她談，更不會想到跟她商量些什麼。她呢？說話一向只是爲了回答人家的話，哪有自己先開口的道理？

她這個新的家，一共就是兩個人，添財大權獨攬，嚴厲而幹練，沒有一絲要她操心的地方，也沒有一事容她插足。

可是添財是值得她崇拜的，他是個好農夫，祖傳的幾分水田，被他經營得有條有理，每一寸地都細心地翻耕過，每一根草都用心地拔除掉。下種的苗是上好的，從山泉引來灌溉的水管，是他精心設計的。

難怪頭家替她訂了這門親事的時候，曾經鄭重地對她說：

「阿雪，我對不住妳媽，所以我對妳總要盡一點兒心力，女孩兒家，找一個好丈夫比什麼都重要。現在我看中了廖添財，這青年和別人不同，將來一定有出息！」

她低著頭漲紅了臉，心裏可也十分感激，她相信頭家說這一番話的誠意。雖然她媽媽去世以後，她的生活並沒有什麼改變，她慢慢兒地接了媽的工作，依舊從早忙到晚。可是頭家和頭家娘待她可就好得多了。

頭家在她不再是個冷漠而高不可攀的雇主，頭家娘那綢布撕裂般的聲音也緩和多了，眼光更不是專門挑錯兒的了。她該感謝媽在地下的保祐，這一切不都是媽賜給她的嗎？

「阿雪，這是個好對象，添財早死了爹娘，家裏沒什麼牽累，又有祖傳的水田，不愁吃穿。這下妳可以做女主人了。」頭家娘也親切地對她說過。

雖然她並沒有做什麼女主人，添財也無意封她爲什麼女主人，不過她應該滿足的，她有了自己的家和自己的產業。

結婚的第五年，添財突然賣掉了田地，想要跑到大都市去闖天下。事先沒有任何的預告，他突然說：「阿雪，快收拾東西，咱們要搬到城裏去。」他說得不慌不忙，彷彿他只是在說要上街買點兒什麼。

「好。」她習慣地回答了一個字，心裏卻是又驚又憂，實在忍不住了，於是一句問話便脫口而出：

「田呢？」

「賣了！」

一共只有兩個字，那就是一切的答案。

她第一次有了想要表示意見的慾望，無論如何她不同意添財的做法。他們是農人，生在農村，長在農村，向來靠田吃飯的，城裏不是他們這種鄉巴佬可以呆的地方，跑到城裏去幹什麼呢？不管怎麼樣，這樣匆忙地賣掉了田，總是太草率了。

可是她沒說什麼，添財說話的表情向來是嚴肅的，那聲音更有懾服人的力量，不容有任何的異議。

她默默地收拾了東西，於是帶著正會淘氣的兒子，跟著添財搬到了城裏。

五

「天冷，多穿些衣服去！」她對著兒子的背影說。

「媽，不要囉嗦好不好？冷不冷我自己知道。」

她無可奈何地搖了搖頭。兒子已經十七歲了，和老子一樣，是個頂怕嘮叨的孩子。走到門檻兒，兒子突然回過頭來。

「媽，有沒有錢，給我一百元！」命令式的口吻。

「沒有，爸爸說，你要的錢直接跟他拿。」她的語氣帶著歉意，雖然她並不懂兒子要這許多錢幹嗎？

「呸。」文彥不屑地吐了一口水，終於出去了。

空蕩蕩的屋子，剩下她一個人了，她實在不知道該怎麼去消磨這許多的空閒時間？

她想念鄉下生活的忙碌，那時候總有許多做不完的事，怎會想到世上還有教人閒得發慌的日子！

添財不再是個農夫了，他是個成功的實業家，大公司的總經理。

頭家說：「這青年和別人不同，將來一定有出息！」

想不到頭家眞有眼光，倒給他說對了。

他們北上時，戰爭剛結束，日本人全被遣送回國。空蕩蕩的大都市，工商業全部停頓了，這正是百事待興的時候。處處要人才，事事要人才，現在想想，添財確是有遠見的。

拿了賣田的錢，添財開始了食品工業，從醬菜、醬瓜開始，到醬油、味精、各種罐頭，事業慢慢兒擴張，正趕上大都市缺乏食品的時候，銷路特別的好，添財生長在農家，對於食品的加工，不太外行，於是事業就越來越發達了。

添財在事業上的成功，著實教她驚異，她做夢也沒有想到他們會有這樣一天——在口袋裏裝著用不完的錢。

不過添財是鎭靜的，他像是早就看準了自己會發財，而且本著他在農村克勤克儉的習慣，限制家庭的開支，不許揮霍。家裏的布置，除了業務上的必要，裝了一具電話以外，也沒有什麼時髦的傢俱。電視——這新玩意兒，添財是最反對的。

她一向不出門兒，也不跟任何人打交道，實在也沒什麼物慾，添財的作風，並不教她有任何的不便。最令她頭痛的倒是那一大堆空閒的時間，那一大堆無所事事，無可忙碌的空閒時間。

她該做什麼呢？如果多生幾個孩子，那麼就可以忙孩子了——她常常爲此抱憾。可惜她生文彥的時候，沒有養好身子，也不知怎麼就不生了。現在文彥已經長大，正是那怕人管、怕人干涉的年紀，何況這個粗眉大眼的大男孩，除了健壯的身子，還有他老子的脾氣。文彥喜歡獨斷獨行，從沒有把做娘的放在眼裏。

送走了父子倆，在空蕩蕩的房裏，伴隨她的只有孤獨了。

她習慣地把自己埋進沙發裏，開始跌入無邊無際的回憶裏。

她曾經在回憶裏找到了安慰，因爲她畢竟可以慶幸，自己已不是那個可憐的孩子了。

可是漸漸地她又發覺現在的自己和過去的自己並沒有兩樣，從前她是個沒影兒的人，不被人重視，不被人關懷。如今她仍是個沒影兒的人，不被人重視，也不被人關懷，所不同的只是她已擺脫了無休止的操作。

太多的空閒，供給她思考的時間，於是她發覺了自己同樣可悲的境遇。

可不是？添財什麼時候關心過她，重視過她呢？在他眼裏，她只是個不聲不響，只管做事的女人，不是妻子，也不是別的什麼。從前他所要求的是她所提供的勞力，而他成功的今天，她的勞力也就變得不値錢了。她被扔在空蕩蕩的房裏，被遺留在無邊無際的寂寞中。最可悲的是兒子居然也沒有把她放在眼裏，那個喜歡穿瘦褲管，吹著口哨出門兒蕩的孩子，從沒有想過會有什麼事兒，需要徵求媽的同意。

在這個家，她依舊是個沒影兒的人，她的存在，從沒有得到過家人的注意……

她做了將近四十年的沒有影兒的人！

這是個可驚的事實！也是個不能容忍的事實！

為什麼她不主張自己的存在呢？向她的丈夫，向她的兒子，不，叫全世界的人知道她的存在。

為什麼不？

她要尋回失落的影子，她要堂堂皇皇地站在人們的前面，她要表現自己，她要主張自己的存在。

一股狂熱的情感，突然從她心靈深處湧起……

她被自己可驚的念頭嚇倒了，她搖頭，想要驅逐那可怕的革命性的思想。

可是她沒有成功，她趕不走那股狂熱的慾望。她開始做奇異的夢，在夢裏，她徘徊在月下，著急地尋找失落的影子。她的一雙脚因走多了路而發酸，她的眼睛因瞧久了地面而發疼……。她不喜歡這個夢，不喜歡這個使她渾身不舒暢的夢。

她要的是行動，果敢的行動，而不是在夢裏徘徊——用力地甩了披散的長髮，她告訴自己。

窗外有人在走動，急促的脚步聲，夾著女人尖銳的叫喊聲：「小偷，小偷！」

她站起身，於是從窗口看見了鄰居的一個太太，氣急敗壞地追趕出來。

她沒有看到小偷的影子，而巷子裏已經擠滿了聞聲趕出來的人們。

「在哪兒？」許多人的問聲。

「跳，跳進那一家院子去了，一定還沒有走，躲，躲在那裏！」那個太太舉起一隻手，指了前面一棟日式房子，上氣不接下氣地回答。那個牆並不高，雖然牆上植了許多碎玻璃片。

「快去抓啊！」

「不知道有沒有帶兇器？」

「還是叫警察來吧！」

「我們大家守在這兒，他逃不出去就是了。」

「哪一個警察局近？」

「誰跑得快？去通知一聲！」

「還是打電話吧！」

「誰家有電話？」

七嘴八舌的說話聲，清晰地傳進她的耳朵。聽到「電話」兩個字時，她的心臟猛地加快了跳動，她看了看擱在矮几上的電話機，身子居然抖起來。

機會來了，一個機會——表現自己，主張自己的機會……

她的身子抖得更厲害了，可是一種自己從未體驗過的勇氣，從她體內湧出來。從窗口探出了半個身子，她使出畢生的精力，大聲地叫：

「我家有電話，是要叫警察來抓小偷嗎？」

全巷子的人把視線集中到她的身上來，她感到目眩，感到渾身在發燙。

她抖著手指，撥了電話號碼，然後匆匆地挽起了鬆散的髮髻，走出了門，趕到人們圍看的地方去。

警察要來了，且來看看小偷的眞面目。

「謝謝您！」那位喊小偷的太太，沒忘記她打電話的功勞，挨到她的身邊說。

她囁嚅著說了句客氣話，心裏是又得意，又羞怯。

穿制服的警察抓小偷，似乎並不費力，才看見進去，立刻就押著一個年輕人出來。

那是個粗眉大眼的大男孩，穿著卡其布學生服，背著草綠色的書包。

「文……文彥！」她呻吟，這究竟是怎麼一回事？

「媽！」那個年輕人看見了她，住了脚，輕聲地喊。

這是多麼驚奇的剎那，全巷子的人，再度把視線集中到這一對母子的身上，誰也說不出話來。

這靜默的剎那，幾乎同於永恆。

她，癱瘓了，她不知道從雲間鑽出來的太陽，正在地上映出她清晰的影子……

——原載一九六六年《皇冠》雜誌

人生？

轉角那間空了很久的大房子，突然有了嘈雜的人聲，一個穿西裝的紳士和幾個粗大的男人，在有缺口的矮牆裏，指手畫脚地說些什麼。

第二天，在頸間或腰間掛著毛巾的一羣工人，便開始忙碌地拆除那間木造房子。黑色的屋瓦和破舊的木板，被一塊塊地拆下來，只剩下幾根棟樑，院子裏的視界，頓時開朗了許多。當最後幾根柱子也被取下來時，工人們竟動手挖掘牆角蒼鬱的榕樹。

來往的路人都好奇地伸長脖子，看看破牆裏的拆除工作，而不一會兒，那歪倒的牆也被拆掉了，露出了一片不算小的空地。

這塊新空地的斜對面，是一間小小的雜貨鋪，長形的玻璃櫃裏擺著毛巾、牙刷、肥皂等等的日常用品。牆壁的木架框上，一邊是酒類、醬油及醋，另一邊是各種奶粉和罐頭。進門處有幾個方形瓷缸，放著鹽巴，白糖和黑糖，大口的玻璃瓶是孩子們愛吃的各類糖果，黑色的油桶裏還盛著花生油。於是小小的店面，已經擠得幾乎沒有通道了。

店裏是這般擁擠，而老闆娘偏偏喜歡捧著鼓起的大肚子，從裏面的櫃台，辛辛苦苦地擠到門邊兒來。

「站在門口，視野究竟廣些，看看來往的人，找個熟悉的打打招呼，順便聊聊天兒……這也算是生活的調劑。」她常常這樣說。

可是今天她站在門口，可不注意路上的行人了，斜對面兒的工程，吸住了她整個兒注意力。

「好端端的房子，就這樣拆掉，未免太可惜了！」她望著堆在地面上的屋瓦和木板，忍不住惋惜一番。有了那些屋瓦，她們可以修理屋頂的破漏處，有了那些木板，也可以在後面搭一間簡陋的房子，不知道屋主人預備把那些東西運到什麼地方去？

「趙太太，你在看拆房子嗎？蓋一棟房子要那麼久的日子，沒想到拆房子倒這麼快，還不到一天工夫，你看乾乾淨淨的了！」

一個長髮的女孩招呼她，不等她回答接著又說：「你快了吧？好大的肚子喲！還有這雙脚……」那女孩摸著自己收縮的腹部，眼睛瞧著她那雙血管浮腫的脚，青色的血管鼓在泛白的皮膚上，怪顯眼的。

「喲，何小姐，你是打哪兒來的呢？怎麼連脚步聲也沒聽見？你猜那地方要蓋什麼樣兒的房子？」發了幾句問號，指了指斜對面兒，她又自顧自的說下去：「我這肚子呀，還有兩個月呢！天氣這麼熱，確實難熬。……怎麼你怕了？誰也逃不過，結婚生子，女人的命運。」

何小姐紅了臉兒，又禁不住好奇心的驅使，盯著她鼓起的肚子問：「小傢伙在裏面動嗎？是怎麼個感覺？」

「動呀，動得兇呢！簡直可以說是拳打脚踢，把我的肚子當做運動場了。這孩子太好動，將來出來，一定也難管得很！」她撫著肚子，很自信地說。那副充滿自信的樣子引起了何小姐由衷的讚佩。

「你才生過一個孩子，就會判斷肚子裏的孩子是怎麼個性格，眞了不起！阿福也是這麼愛動的嗎？」

「不，他可文靜多了，生出來也是這樣，你瞧，我在這兒，他一個人在屋裏玩，也不鬧人呢！不過男孩子呀，野些也好，太乖了，將來怕混不到飯吃。」

「趙太太，你眞會說笑，還不到一歲的小孩兒，你怎麼知道他將來有沒有辦法？我猜阿福一定很有福氣！」

「你那位才有福氣呢！你們才是眞的快了吧？記得可別挑我坐月子的時間，你那杯喜酒，我喝定了。」

人生？

何小姐白淨的臉，紅到耳根去了：

「趙太太，絕不敢漏了你！」何小姐小聲說完，就逃也似地離開了。

她覺得好笑，那股少女的羞澀，給人多麼新鮮的感覺，她幾乎忘記自己也有過那麼一段時間，一段令人懷念的美好日子。

剛和龍海認識的時候，她不也是那樣的嗎？羞人答答地不時在臉上泛起紅暈來。阿海低頭看她，她臉紅了，阿海伸手去握她的手，她臉紅了，阿海的臂膀環住她的，她臉紅了，兩個人挨得近近地坐在一塊兒，她臉紅了……。在那使人心跳的「約會」裏，在她憧憬的「愛河」裏，她簡直是個紅臉的姑娘。她紅著臉兒步上禮堂，紅著臉兒被送回新房。

「阿英，你眞是個可愛的新娘子！」當龍海說著擁抱她時，她的臉更紅了。

沒想到那份羞怯，還是少女獨有的。她不禁伸手在自己的臉上摸了一把，於是映在鏡子裏的自己，便出現在她的眼簾裏。一張臘黃的臉，瘦削的，布著點點雀斑，每當有身孕時，就有這種黑斑出現在她臉上，眞是可惡的事！還有那雙浮腫的眼皮，懶洋洋的眼神……她忍不住搖了搖頭。

她的模樣兒改變得多麼厲害，她想像不出在什麼樣的情形下，那可人的紅暈會爬到她那張臘黃的臉上來？即使來了，必也不能添加少許的嫵媚。

想到這兒她意興闌珊地踱回了自己的店鋪。

結婚會使人蒼老嗎？結婚會使迷人的「愛情」失去了蜜樣的成分嗎？她有些兒茫然……。

晚飯擱在櫃台上，看著店鋪，又看看馬路，她和龍海索然無味地吃著。小孩子在推車裏睡著了，仰著髒兮兮的臉，困難地伸著四肢。

「那邊兒轉角在拆房子，你注意到了嗎？」她望著外面灰暗的一點說，那兒早就歇工了。

「嗯。」

「你知道要蓋什麼嗎？」

「準是高樓大廈什麼的。」

「在巷子裏蓋大樓有什麼用呢？又不能做什麼大生意。」

「住家呀，現在不是流行蓋公寓嗎？四、五層樓高，每一層住一家人。」

「哦，是這樣子的嗎？」她想到了報紙上刊登的許多國民住宅呀，高級公寓呀的廣告，心頭不覺興奮起來。如果那地方出現了美侖美奐的大樓，搬來了幾家高級人士，這條巷子必定會熱鬧些。那麼她站在門口，看到的就不是那些緊閉大門的房子了，每一層樓的窗戶，必定是多彩多姿的。而且店裏的生意也會好些，那時也該和龍海研究如何擴張店面了。

「如果蓋的是公寓，那太好了！」她說。

「有什麼好？」龍海迎面澆她冷水。

「有什麼不好？」她不願意說明心裏那些有關公寓的聯想，怕會引起龍海笑話，便故意嘟起嘴說。其實她的心境已不如白天那麼壞，她幻想建立在那塊空地上的漂亮樓房，自顧自的做起夢來。

這也難怪，結婚以後，爲了增加收入，開了這麼一爿雜貨鋪，她的世界就被限定在這條巷子和自己的店鋪裏，要看店嘛，哪兒都不能去。面對著狹小而單調的世界，她的心在渴望變化，那麼一棟公寓的興建，對她來說，怎的不是一件大事呢？

「阿海，你說……」

「什麼事？」龍海已經放下了碗筷，埋頭在晚報裏，這時頭也沒抬，只是回答了三個字。

「你確定蓋的是公寓嗎？」

「我是猜想，其實關我們什麼事？」

「怎麼不關我們的事？房子就蓋在我們斜對面兒，好歹也會影響我們。」

「影響我們？就算眞的影響我們，我們也管不到啊，難道有人來徵求你的意見不成？」

阿海總是這樣不耐煩，跟他說話，只不過三、兩句，就教他不耐煩了。

「你們女人，怎麼這樣沒話題？只會張家長，李家短，就沒有一個引人興趣的話題嗎？」他常常這樣說。

什麼叫引人興趣的話題呢？她的世界就在這條巷子，除了巷子裏的張家、李家發生的事兒，她能說些什麼呢？柴米油鹽，孩子，市場的菜價……阿海更不會有興趣的，好不容易來了一件大事——公寓的興建——他依舊不肯和她談談。

她忍不住會想起結婚前的他來，當時的阿海，說話細聲細氣的，彷彿聲音放大了，就會嚇著了她。偶然她說些什麼，他總是歪著腦袋，仔仔細細地聽，深怕聽漏了一個字。那時候，他多麼喜歡和她在一起！她總是在他的左一句央求，右一句請求下，才答應和他出去玩的。她忘不了她點頭時，他臉上泛起的光采。

對他說：「阿海，你改變了！」簡直是多餘的。

她知道他的回答，因爲她已經聽熟了。

「怎麼能不變呢？現在我們要生活，著著實實地生活。沒錢能生活嗎？沒工作能賺錢嗎？哪有時間像過去一樣談情說愛呢？女人喜歡做夢，老喜歡說婚前怎麼樣，婚後又怎麼樣，說有什麼用，本來就不同嘛！」

人生？

其實婚前他不是也在生活嗎？他不是也有一份工作嗎？可是他有時間去和她談情說愛……

不過她不想反駁，反駁也沒用，她知道。

主要是心情不同了，從前不住在一起，所以偶然的「約會」會使彼此興奮，那短暫的相聚，也顯得甜美而令人留戀。

現在他們天天在一起了，「相聚」不僅不足以引人興奮，甚至於有些厭煩了。同樣的臉，同樣的家……而那張臉蛋並不姣好引人，那個家也不是有什麼羅蔓蒂克的氣氛。

她不禁又想起了自己——臘黃的臉，瘦削的，布著黑色的雀斑。加上那鼓起的大肚子，血管浮腫的雙脚，懶洋洋的步伐……

還有他們那間黝黑而狹小的房子，擺滿雜貨，有著沖鼻的菸酒味……

有什麼好說的呢？現實就是現實啊！這不是她的過錯，不知道是不是龍海的過錯？

是他提議要結婚的，而結婚使她蒼老，結婚使迷人的「愛情」，失去了蜜樣的成分。

她懶洋洋地站起身，把碗筷收到厨房裏去。

「先把孩子安頓一下吧，睡著了！」龍海對著她的背影叫。

那孩子，她想，來得太早了。而肚子裏的這一個，來得更是太早了些。結婚不到兩年，他們快有兩個孩子了，而龍海不停地叫：「沒錢能生活嗎？沒工作能賺錢嗎？」至於她自己，也為了同樣的理由，守在這爿小雜貨鋪裏，客氣地招呼來買東西的顧客。

斜對面兒的工程，進行很快。才看到挖掘地下室，打著赤膊的工人，挑出一擔又一擔的泥土，牛車轆轆地拖走了一車又一車的泥土，而地基已打好，鋼筋也被豎立起來了。

「是蓋五層樓的公寓，將來要分層出售。」消息靈通的人士傳出話來。

「果然是公寓！」她興奮地接受了這肯定的答案，更是不厭其煩地捧著鼓起的大肚子，從那擁擠的店裏，擠到門邊兒來看。

工程的進展頗敎她滿意，可是建築用的沙土、小石子都堆在路旁，留給行人的路越來越小了。車輛、行人，常常在門口停下來，等著次序從那狹小的路口過去。雨天踩了一地的泥巴，濺了一地的泥水；晴天灰塵飛揚，弄髒了店裏的玻璃櫃，木框架子和各種貨品。釘釘鐺鐺的施工聲音，更是十分吵人。她雖然不由得常常皺眉頭，可是逐漸成形的建築物，使她保持了孩子樣的好奇，她熱心地注意工程，繼續馳騁想像力，來描繪完工後的建築物。

生產後，坐月子，她更是少不得要問龍海工程的進行，龍海也注意到她對施工中的建築物，近乎異樣的關切。

「這麼關心，倒像你是那房子的主人了。」

她無力地笑笑，眼睛倒是奕奕有神的。

「告訴你吧，五層樓，已經成形了，樓梯在兩旁，陽台在前面。」

「漂亮嗎？」

「完工後自然很漂亮。」

她滿意地笑了。

四個月後，她終於看見了那棟完工的新房子。磨石子的牆，綠色的欄杆，對開的百葉窗，面對馬路的陽台，白色的花磚，紅漆的大門……五層樓房在那轉角地方，驕傲地睥睨四周。

「果然很漂亮！」她微微地歎氣。

「你看那房子漂亮嗎？」晚上她忍不住又和龍海談起。

「不錯，設計還滿新穎的。」

「樓下一層要賣二十萬元呢！」

「哦？這麼貴。」

「聽說已經賣得差不多了，這塊地方交通方便，周圍又安靜，買的人自然就多。」

「不知道是什麼樣的人在買公寓？希望大家都有起碼的公德心才好，不然五家人擠在一棟樓房裏，有得瞧了！」

「怎麼說呢？」她不懂意思。

「你看到沒有？房子倒完工了，路旁那一堆建築時留下的泥土、石塊等等垃圾，可沒有人清理呢！屋主人大概認爲房子脫了手，已經不關他的事，買的人更不會覺得他們應該來清理這些東西。」

她沒做聲，那一堆觸目的垃圾，她也看到，因此龍海這席話，很快地教她感到不安。她怕她對那棟樓房懷抱的夢樣的憧憬，會有幻滅的一天。

卡車、三輪貨車、吉普車、三輪車、汽車各種交通工具把新遷入公寓的人們的傢俱運來了。五層樓房，逐層地亮起燈光，窗邊也垂下了重重的布幔。

許多遷進來的人家，帶來了他們寵愛的狗，這些狗在夜裏，著了魔似地狂吠。往往這一條狗的叫聲，引起了那一條的，那一條的又引起了這一條的。寂靜的夜間，狗們的齊吠聲，不僅刺耳，還給人異樣的恐懼。

「哪兒來這麼多狗？叫得人煩死了！」她歎氣。

「公寓。」龍海狠狠地答了兩個字。

「難道每一層人家都養狗不成？」

「怎麼不呢？養狗是時下有錢人的流行，誰不趕時髦呢！」

這些狗們在白天還時常出動，在主人的牽引下，慢條斯里地散步，也順便在路上解決大小便，當她看到店門口那黃褐色的東西，不禁要開口大罵了。想想當初聽說要蓋公寓，居然興奮得什麼似地，簡直瞎了眼哩！

不久以後，深夜的鬧聲，又增加了一樣。那是「嘩拉嘩拉」的洗牌聲，如果逢到週末或假日，那聲音會徹夜不停。忍不住出門兒一瞧，可以看到那五層樓房的一層，或數層，透過布幔的燈光，和在裏面晃動的人影。

「眞有勁兒，打通宵！」他翻個身子說。

「從沒有想到洗牌聲有這麼吵人！」她埋怨。

「這是深夜，你知道嗎？連汽車都不跑了，洗牌聲怎麼不吵人？」

白天，她要是站在店門口，她不能不看到公寓前面那具氾濫成災的垃圾箱——溢出垃圾箱的紙屑、果皮、煤碴子、剩菜、飯粒，在那上頭穿梭的紅頭蒼蠅……五家人用一個垃圾箱怎麼夠呢？可是公寓裏的人們，緊閉門窗，似乎沒有人注意到門外那具可怕的垃圾箱，也許注意到了，可是沒有人願意管。

「趙太太，看什麼呀？」何小姐路過她門口，招呼她。

她指了指斜對面兒，沒說話。

「眞髒！」何小姐也皺了眉頭。

「我滿以爲巷子多了一個公寓，會熱鬧些，沒想到除了吵鬧、骯髒，並沒有增加什麼。」她感慨。

何小姐沒說話。

「對了，樓房已經蓋好，你那杯喜酒呢？該請了吧！」她轉變了話題。

何小姐還是沒說話，她注意到這女孩的臉上黯淡了許多，便機警地不敢再問，也許那樁婚事已經吹了。「人」的「事」，總不如「建築」那般容易進行的吧？

其實她對公寓的憧憬，何嘗不是幻滅了？新蓋的樓房，不但沒有增加她生活的樂趣，反而騷擾的叫她不得安寧，而她的世界依然狹小而單調。唯一的變化是孩子由一個變成兩個了，而第三個似乎又開始在她的肚子裏成長。

「這就是人生吧？」她撫著自己的腹部，無可奈何地說。

——原載一九六七年《冰山下》（商務印書館人人文庫出版）

這一代的婚約

有風的晚上，路上揚著白色的灰塵。灰色的雲，也在輕輕地移動。

我把手臂插在他的臂彎裏，默默地隨著他走。我不知道他要去哪裏，也懶得去問他。不管怎麼樣，這是和他的最後一次約會，不問好歹，順著他點兒，準不會錯。

我奇怪我們爲什麼不講話，我們總該把握這最後的一次機會，好好兒話別的，我們該有很多話要說，雖然我不知道自己該說些什麼。

他應該知道呀！——可是他只是一個勁兒的走，彷佛忘記了語言的存在。

我的身子挨著他，可是我的心卻飄忽不定，我一會兒望望從雲與雲間探出臉兒來的青空，盯著那眨眼兒的小星星，猜想天的那一方，該是怎麼個世界？一會兒又想到在高跟鞋裏發疼的脚，埋怨他不懂得找個地方休息一下。

我並不想設身處地想想他此刻的心境，女朋友要走了，他將被遺留在這兒，這處境不能算好，也說不上頂壞，他犯不著爲此太難過的。

當初魏立天一個人走掉了，我也沒有太傷心，雖然我每年都去考「托福」，看看闖得過闖不過這道關卡，可是我沒有太賣力。走得成，自然可以和魏立天在一起，走不成，也還有別的男人。我用不著死死地纏住魏的。

「蓮，用功點兒，我在那邊等妳！」臨走時他握緊了我的手說。

「好的，我盡力！」我回答，我的語氣遠不如我的語言來得堅決。

我沒有把握自己能否通得過那要命的「托福」，記那些冷僻的單字，設法記下錄音帶放出的快速度的文句，都是些無聊的事。我不認爲我有什麼必要把心血全花在那上面。如果我能不費力而通過，我自然不放棄出國的機會。人人都走，我沒道理孤零零地留下來，何況看那黃金王國，置身在花花綠綠的世界中，必定是件有趣味的事。可是要付出很大的代價，那又另當別論了。

像是一年裏的例行公事，每年我都要去考一趟「托福」。

「蓮，考得怎麼樣？我在等妳，希望妳快些過來！」每當我考完，他總是給我這樣的信。

「馬馬虎虎，是否通得過，沒有把握。」我的回信是淡漠的。

我不是不想他，更不是不想嫁給他，可是我知道他不會全心全意地等我。「非君不嫁，非卿莫娶」，這等誓言是不合現實的，當然也不合時代的要求。人總是要適應環境，隨時改變主意才行。

果然不出所料，沒過多久，我就接到陳的來信：

「蓮，快來吧！魏立天在猛追新來的一位Miss，還是某官員的千金呢！她一來就轟動了全部的中國男孩子，大家都展開了攻勢。妳得趕快來盯住魏立天才行。」

陳既是我要好的女同學，又和魏立天在同一個大學讀書，而且大家都認為我是魏的妞兒，遲早要嫁給他的。本來我自己也這麼想，可是看看情形，這也未必能成為事實。看到這樣的信我並不著急，回想他的求婚，也沒有什麼特別的印象。是在那棵挺拔的椰子樹下呢？還是在盛開的杜鵑花叢下？

他環住我的肩膀說：「蓮，說妳愛我！」

「我愛你！」我照著他的吩咐說，茫然地認為自己對他的一份情感，就是「愛」。那是真正的「愛」呢？還是年輕人自以為是的「愛」，我並不清楚。

「那麼嫁給我！」

「好的。」我爽快地答應。

於是他托起了我的臉，吻住了我的唇。我閉上眼睛，想陶醉一番，可是不知怎麼我的眼瞼印著天上稀疏的星星，那星光微弱，彷彿就要喪失了光芒。我急於要知道那幾顆星星，是不是終於喪失了光亮，於是我推開了他，急急地睜開了眼睛。

「等我們出了國就結婚。」

「好的。」我仰望著天空回答，發現那些星星依舊放著微弱的光，我放心了。

那算是求婚的話，我們就算有了婚約。

不過我要是出不去，他自然可以追別的 Miss，他沒有爲我打光棍的道理。

可是陳又來了信：

「那位 Miss 走了，魏立天碰了釘子。」

於是我又接到了魏的來信。

「蓮，英文讀得怎麼樣？盡力準備，千萬要考取托福，我在等妳！」

「考就考吧！」我對自己說。

如果魏追不到別的 Miss，我依舊是他的妞兒，這也沒什麼不好。可是我不知道自己能不能出去，如果出不去呢？我也得有我自己的打算。

當我睁大眼睛，環視四周時，我便發覺了賴景文，而且開始接受賴所獻的慇懃。

女孩子總得要個護花使者，魏立天既在海的那一邊，我沒有把賴景文拒之千里外的必要。

看電影、吃館子、純吃茶、郊遊……年輕人的玩意兒，戀愛的進行曲。

我們處得不錯，賴景文確實不壞，雖然他的肩膀有些歪斜。

除了歪斜的肩膀，他有一張很男性的臉。

我不由得側過臉，看了看走在我身旁的人。

昏暗的燈光照出他的側臉——挺直的鼻子和方方的下巴。那濃濃的眉毛，可隱藏在陰暗裏了。

不過我看來也不能嫁給他了，明天我就要起飛，遠離他而去。想不到那要命的「托福」，這一次居然也奇蹟般地通過了，我實在沒理由留下來。

「蓮，快來吧，飛到我的懷裏來！真高興妳通過了托福，我等妳等得好苦喲！」

我想起了今天接到魏的來信。

看來我是要飛進魏立天的懷裏了，雖然我不相信他等我等得好苦。他一定不知道陳是我的同學，早把他幾次三番地追Miss和碰釘子的經過告訴了我。可是我有什麼必要說穿它呢？

挽著我走的人，突然不走了，我發覺他的目光掃向我的臉部。我也把詫異的目光投向他，可是我的視線掠過了他的肩膀，看見了轉動的五彩霓虹字燈，那是「天鵝」兩個字，我們常來坐的音樂咖啡廳。

「要進去嗎？謝天謝地，我這一雙脚，快要走不動了。」我沒等他說話，就推開了那扇玻璃門。

室內燈光幽暗，盆栽的葉子，觸摸我的鼻尖和面頰，癢癢的。

一落座，我就疲倦地把頭部枕在他的肩窩裏。

「兩杯咖啡，濃一些，不加糖。」他吩咐侍役。

「我那一杯要加糖，甜一些，還要牛奶。」我訂正。

侍役在昏暗裏輪流地看了我和他，可是他看不清我們的表情，我們也看不清他的。

「去！」他不耐煩地揮手。

「何必折磨自己，喝了濃咖啡，晚上要失眠了。」我輕輕地捏了捏他的手背。

「今天我只配喝苦咖啡。」

「幹嘛這樣說？」

「蓮，妳說過妳愛我？」他環住我的肩膀。

「是的。」

「妳說過妳要嫁給我？」

「是的。」

「妳沒忘記？」

「當然！」

「可是妳一定要走嗎?」

「爲什麼不呢?好不容易才通過了鬼托福,有什麼理由放棄?你不也是想走的嗎?說不定明年我們就在新大陸見面了。」

「是的,也許。」他把尾音拖得長長地。

「何必哀聲歎氣的,出去有出去的生活方式,不出去有不出去的生活方式,不見得出去就比不出去的好。可是居然能走,你說我爲什麼不出去看看呢?」

「可不是?」他又歎一口氣。

我知道他在想他的那一張X光片子,一大一小的肺,在片子上顯得多麼畸形!其實他的人健壯得很,可是看片子的人看不到人,只有從片子上想像實際的人,於是運用的想像力越豐富,越覺得那張片子的所有人是個嚴重的肺癆患者了。

「沒想到小時候得了一場肺炎,會害我一輩子。」他說。

「眞奇怪,爲什麼害了肺炎,那隻肺就會停止生長呢?」

「媽說從前沒有特效藥,一隻肺葉,完全給侵犯了。」

我伸手去撫摸他的胸脯,隱約地觸摸到根根肋骨,他的胸脯就是一大一小的,弄得肩膀也有些歪斜,除此之外,他算得上是個很帥的男人。

「不要失望,耐心地做那什麼 animal test 吧,只要他們證明沒有病菌,不就好了?」

「不是做過好幾次了嗎？」

「也許你應該親自去給他們看看你本人，這麼大，這麼壯，怎麼會是個癆病鬼呢？」

「趕去香港嗎？拿什麼理由申請出境？去了又找什麼人？」他的聲音有些生氣了。

他是在跟我生氣嗎？當然不是，他是跟自己過不去的，不過最好別惹他，我沒再說話，我們倆的話題就這樣斷了。我隱約地感覺到他閉了眼睛，靠在椅背上，我便老實不客氣地又把頭部枕在他的肩上。

唱機裏放的是歌劇《蝴蝶夫人》，不一會兒，我們就沉浸在音樂裏了。

好一陣子我沒有動彈，可是逐漸地我有了莫名的不安。我輕輕地移動了枕在他肩窩裏的頭，蝴蝶夫人哀怨柔婉的歌聲，唱得人迴腸盪氣。我覺得自己的頭，正像蝴蝶夫人梳得高高的日本頭，假髮和衆多閃亮的髮飾，壓得我透不過氣來。如果我的頸上枕著那麼重的頭，身上也穿著把胸口束得緊緊的日本和服，我怎麼能夠引吭高歌呢？

「我眞的唱不出來！」我說。

「噓！」他眼睛也沒睜開，就阻止我說下去。

「可是我眞的唱不出來。」我重複。

「這是最動人的一段，妳最好別作聲。」他壓低了嗓子說。

「好吧！」我同意了。

可是就這麼一丁點兒工夫的分心，我已經無法回到音樂的氣氛裏。置身在歌聲之外，我自然地想到了歌劇裏的人物。

「平格頓！」我輕喚。在舌尖細細地品嘗這三個字的發音，像不像一去不返的薄倖郎呢？可惜我一點兒也感覺不到。那麼我遇見了他——一個英俊瀟灑的美國海軍，我也會愛上他嗎？漂亮的男人有一股難以抗拒的誘惑力，可是他如果一去不返，我不會癡癡地等待他的。走了就走了，不值得你牽腸掛肚的呀！糟糕的是當年的蝴蝶夫人並不懂這個道理。

「她犯不著爲那個人自殺的，不值得。」我自言自語。

可是她自殺了，柔婉悽愴的歌聲，突然以幾個撼人心絃的強烈音符結束了，她拔出的匕首，終於刺進了她那容不了太多痛苦的胸腔。

樂聲戛然而止，我的心湖卻從那最後幾個音符開始激盪。

自殺？人爲什麼會自殺呢？這動人的行爲究竟在什麼樣的條件下才會發生呢？

……一個負心的男人，一個心碎的女人，是這樣的嗎？如果是一個負心的女人，一個心碎的男人呢？這一掉換，會有什麼變化嗎？

我想偏過頭去看看他，彷彿他的臉上會有什麼答案似地。正巧他深深地吸了一口氣，我的頭在他的肩窩裏，浮起後又下降。

「你說平格頓會自殺嗎?如果負心的是蝴蝶夫人而不是他?」我問。

他詫異地看我,顯然沒有聽懂我的意思。

「你說平格頓會自殺嗎?如果負心的是蝴蝶夫人而不是他?」我重複。

「妳問得多麼可笑!」他激動地說:「蝴蝶夫人就是蝴蝶夫人,她深情似海,不會變心的。妳沒有聽到她徹夜祈禱的動人歌聲嗎?如果她會變心,世界上還有什麼可以信賴的呢?她不會變心,她也不能變心,不然蒲奇尼要怎麼樣寫出這齣偉大的歌劇來?這動人的故事,這豐富的情感,這痛苦的愛情……一樣也不能少。」

我抬起了頭,訝異地看他,也許還有許多隻眼睛,從幽暗的卡座上,望向這邊來,因爲他的聲音實在太大了。

用得著這麼激動嗎?我只是想知道如果負心的是女人,那麼男人會不會因而自殺?可是我不想再問了,我不想聽他用這麼大的聲音說話,我有點兒懊悔,把留在祖國的最後一晚,消耗在這座咖啡館裏。倚在他身邊的時光固然値得我留戀,《蝴蝶夫人》這齣動人的歌劇,也使我百聽不厭,可是這一切都不適合我現在的心情,此刻我應該躺在床上,看著空蕩蕩的房間和放在床頭的兩隻大皮箱,細細地咀嚼離國前夕的滋味兒,甜的、酸的、苦的、辣的……我應該把它辨認淸楚。出國夢已經做了好幾年了,眞沒想到當你已經絕望的時候,那不可能的事兒,卻又變得可能了。

這意外的消息，帶來的除了驚喜，還夾著更多的困惑，尤其在我和賴景文要好的現在。

「讓我們再試一次，如果都不成，我們就結婚。」當一年一度的出國熱，隨著夏天的來臨而捲起一陣旋風時他說的。

如果一個成而一個不成呢？我在心裏想。可是我沒有說出來，就以往的經驗，我的顧慮，簡直是多餘的，我們一定又是一起敗下陣來，而我們所能做的事，只是執起對方的手，互相安慰一顆受了創傷的心。而相同的創傷，定又把我們拉得更緊了。

我不明白自己是不是眞的喜歡他，這個胸脯一大一小，肩膀有些歪斜的人，是聰明而自負的。

他已經擁有碩士的頭銜，雖然是土產的。但是他寫出來的 paper 很夠份量，在研究所裏倒也算是很受器重的一個。

「如果讓我出去一趟，苦讀它幾年……」他自負地說。

沒有人懷疑他這句話，憑他的聰明和努力，他是會有成就的，可惜他一直走不成，只爲了那一大一小的肺葉。

「不能走也沒關係，憑我這般苦幹，自能摸出個道路來。」簽證不成時，他倒也能不頹廢地說。而他的口氣也一點兒沒有酸葡萄的味道。

他說話時，喜歡微微地牽下右邊的唇，給人的印象是驕傲的。

這也難怪，想想他那篇得意的論文發表時，各地來索取 paper 的信件是怎麼稱呼他的呀！Profesor Lai 或是 Dr Lai 都是這樣子寫的。

「喂，你的論文簡直是轟動一時嘛！Profesor Lai！」我開玩笑地說，把信件遞給他。

「哈哈哈……」他爽朗地笑，笑聲裏沒有做作的謙虛，只有自然流露的快樂，當自己的工作被別人賞識時的那種快樂。

我看不懂他那篇論文，尤其是那一大堆公式的演算，簡直像是一篇有關數學的文章。

我總是不願意爲麻煩的事情費腦筋，不管那是一堆生字，或是一串公式。

「和妳在一起，會使人忘記憂慮，忘記工作的辛勞。」賴景文說。

「就因爲我有一張單純的腦袋嗎？」我問。

「不，因爲妳有個可愛的性格。」他回答。

是這樣子的嗎？我有點兒不懂。

我記不清楚和魏立天之間，有沒有過相同的對話，和他分離已經太久了，他說過的話，彷彿不是我在這一輩子聽到的。

不過我記得他寫在信上的話，今天才接到的。

「蓮,快飛來吧,飛進我的懷裏來!眞高興妳已經通過了托福,我等妳等得好苦喲!」

好甜蜜。

如果我問:「假使我一直通不過托福呢?」

不知他要怎麼回答,不過我不會問他這句傻話的,不管怎麼樣,他絕不會說:

「我去追別的妞兒,好歹得逮一個來。」

可是事情就這麼絕,他沒逮著別的妞兒,我的托福倒已經通過了。我們倆又要拴在一起了。

香噴噴的咖啡端來了,我拿起調羹,輕輕地攪動著。

「蓮,一路順風。」他端起杯子說。

「謝謝你!」我也端起了杯子。

拿咖啡當酒,互相啜了一口,一股離愁突然來到。

「說眞的,我不知道自己爲什麼要走。」我困惑地說。

他盯住我的眼睛沒說話。

「我眞不知道。」我再一次無助地說。

「妳知道的,人人都走,妳爲什麼不走,何況魏立天在等妳。」

「可是我不是爲了魏立天才走的,我考托福,只是想知道我是不是也通得過,儘管我不去賣力。」

「我知道我爲什麼要走，我要去讀學位，也去學習許多新的東西。」

「是的，你有目的，你有抱負。我沒有，什麼也沒有。」

「有的，女孩子們出去，給男孩子們添了希望。打光棍兒的憂慮就減少一分了。」

「我知道我很平凡，我不想成大功，立大業，那太苦了。那些事留給你們男孩子們吧。」

「是的，男孩子們要奮鬥，爲博得女孩子們的喝采而奮鬥。」

「應該讓你走，而教我留下來。」我說。

「不，最好我們一起走，不然就一起留下來。」

「可是太晚了，我明天就要起飛，我不預備爲任何人改變這個決定。」

「當然！我不會自私地要求妳留下來。」

「景文，你以爲我在玩弄你的情感嗎？」我問。

「當然不！」

「我不知道我該怎麼說，可是我待你是誠心誠意的。我們在一起的日子過得多麼美好，如果不是我突然能走了，我一定是嫁給你。相信我們倆會過得很幸福，你有才幹而我欣賞你。可是我既然能走，而要我留下來，在我畢竟是遺憾的事，人總希望使自己少有遺憾，不是嗎？」

「是的。」

「我希望出去看看，看那個廣大的世界。如果走不成，我會死心，走得成，我可就沉不住了。」

「是的。」

「自然我這一去，就要接受魏立天，可是和你在一起時，我並沒有想到這一層，我幾乎把他忘記了。我說愛你，是眞實的，相信我！」

「我相信。」

「我無權在你和魏立天之間，做個決定，因爲我根本不知道我能否成行。我的命運操縱在造物者的手裏，他讓我走，我嫁魏立天，他不讓我走，我嫁給你，你會怪我嗎？」

「當然不，可是付出去的情感，不是想收回就能收回的。我們畢竟好過一陣子，甚至於談到了婚嫁，即使在現在，我們的情感也不錯，你教我怎麼忍受這突來的變化？」

「是的，這很難。」我再度拿起了調羹攪動著，咖啡從杯子裏濺出來。我端起來喝了一口說：

「我知道你會忘記我的，上帝賜給我們適應現實的能力，你可以和別的女孩子好起來，而且和她結婚，你想想我們所裏不就有好多女孩子嗎？也都不錯的，你可以……」

他皺著眉頭喝那濃濃的苦咖啡，我不敢說下去，怕又惹怒了他。雖然我不是故意，可是我畢竟使他痛苦。

他一口接一口地喝那苦咖啡，臉上的表情正如那杯咖啡，是苦澀的。

杯子空了，他放下來，開始把玩那小巧的杯子。

我不知道他在想什麼，只是盯著他看。他的兩道濃眉聚在一起，方方的下巴，顯示了他的倔強。他臉上最漂亮的還是那道挺直的鼻子。

現在我對他的情感，遠比魏立天要濃厚，可是我卻決定遺下他，飛到太平洋的彼岸，投進魏的懷抱裏去。這決定是奇怪的，我有些不了解自己。可是從另一個角度來說，這個決定也很正常，任何女孩子是我，也會做和我同樣的決定。

我不明白愛情是什麼？更不知道做「去留」的決定時，是否要根據愛情？可是我並不能確定我愛賴景文，是不是比魏立天要多些。

我和魏立天也有過美好的日子，雖然距離現在很遠。

花前月下的散步，濃蔭下的情話綿綿，快樂的郊遊，許許多多的情書……。我們還是可以重拾舊日的美夢的。

賴景文自然也不會苦苦地念著我，他會很快地和別的女孩子好起來，然後寄給我一張紅色的帖子。一定是這樣的，我不必爲自己的決定而感到內疚。

於是我想起了自己剛才對賴景文的問話：

「如果蝴蝶夫人負心，平格頓會自殺嗎？」

現在我明白了這個答案，不會，平格頓絕不會自殺。同樣地蝴蝶夫人如果生於今世，也不會為了一個薄倖郎而自毀生命，那是愚蠢的。

我該相信自己，人總是要隨時適應環境才好。

我的心舒坦了許多，賴景文也放下了在手裏把玩的杯子，聚在一起的眉毛，已經分開了。他若有所思地看我，我也平靜地接受了他的視線。

他開始緩緩地說：「妳是對的，妳明天就要走了，我還提妳從前說過的話幹什麼呢？何況我早就知道妳先認識了魏立天，妳既然能走，自然要和他在一起。」

「是的，可是我還是要表示我的歉意。」

「不必了，妳走後我只好另外找個女孩子，妳說我們所裏的女孩子很多，可是究竟哪個對我比較合適呢？希望妳給我意見。」

我不覺綻開了笑容，他這一番話，總算掃掉了我心中的牽掛。

「讓我想想看，要講漂亮的話，應該選擇張小姐；要論才幹，該是范小姐；要性情好，就數李小姐了。」

「假使我又要漂亮，又要才幹，又要性情溫柔，那怎麼辦呢？」他笑著問。

「不要這麼貪心，你只好三者選一了。」

「不，總該三者合一才好，我不必太漂亮的小姐，可是太醜也不好，性子一定要好，人也不能太笨。」他堅持。

「這麼說還是李小姐好，張小姐愛擺小姐架子，范小姐雖然很能幹，可是喜歡管人，李小姐滿清秀的，性子好，人也還伶俐。」

「那麼就決定李小姐了。」

「是的，李小姐不錯！祝你一追即成。」

「謝謝！可是你得告訴我怎麼樣開始？」他做出沒主意的樣子。

「咦，當時你和我是怎麼開始的呢？」我反問，不信他會沒主意。

「這個？不記得了，而且妳容易和人接近嘛。」他裝傻。

「我容易和人接近？其實也不見得。不過追女孩子，我的意見是不要操之過急，見機行事，因人而異，不一定有什麼錦囊妙法。」

「好吧，讓我試試看。」他抓著頭髮說。

「祝你好運！」

我舉起了空杯子，他也把空杯子端到唇邊去，於是我們倆相視而笑；突地，我感到一陣激動，他含笑的眼睛便在眼前逐漸地模糊……

一直到唱機裏放出了「珍重再見」的歌曲，我才收回自己，笑了笑，我站起身，他挽起了我的手，也笑了笑，我們便推開門走出了「天鵝」。

——原載一九六七年十一月《純文學》雜誌

寂寞的月

那是一彎寂寞的月，沒有繁星的陪伴，孤零零地斜掛在灰濛濛的天上。

在那淡淡的月光裏，他看不清遠山的輪廓，連近處沒了燈光的高層建築物，也只是一片黑黝黝的影子。而他確信這樣的夜才是適合於他的。

病房裏，罩著氧氣罩，媽躺在白色的被單上……

「大概挨不到天亮的。」主治醫師說。

他默默地點頭，心裏並不十分難過。望著病床上枯瘦的老婦人，他只是想到媽快要結束她的苦難日子了，她總算走到了生命的盡頭，痛苦將隨生命的消失而逝去……

那是一條痛苦的生命——他敢確信。

病床上是一張爬滿深刻紋路的蒼老虛弱的臉，那張垂死的臉上，已經窺不出半點兒「倔強」的痕跡。可是外婆在生前常說媽是倔強的。

「不要固執了，就是你這牛脾氣害死了你自己。」

當他還很小很小的時候，偶然來看他們的外婆，總是對著媽這樣說。

他並不覺得媽有什麼固執和倔強的地方，尤其在夜裏，母子倆睡在一條被窩裏，聽見媽咬著嘴唇悲切地哭泣時，他更是同情那可憐的媽媽。外婆必是錯怪了媽的。閉著眼睛，裝著熟睡的樣子，聽著從媽齒縫裏漏出的嗚咽聲，他也莫明其妙地傷心起來。媽在哭什麼呢？那定是很大的悲哀，而他是無從了解的。

「媽，你很不快樂嗎？」他曾經鼓起勇氣這樣問。

午飯後，正在躺椅上打盹的媽，吃驚地瞪大了眼睛看他：「孩子，你在問什麼呢？」她邊揉眼睛邊詫異地問。

他沉默了，他直覺地認爲不能讓媽知道，他聽見了媽在深夜裏的哭聲。可是媽爲什麼哭呢？大人會哭究竟不是尋常的事。在媽哭聲的背後，他隱約地感覺到一個男人，是爲了他嗎？那個男人他該叫做爸爸嗎？

「媽，是爲了爸爸嗎？」這句問話脫口而出。

「哦！」媽叫了一聲，似呻吟，又似喟歎。

他知道給他猜對了，就是爲了那個男人，因爲他不肯同他們住在一起。

自從他上學以後，他的知識增加了不少。他知道一個家庭裏必須有一個男人，那個男人叫做爸爸。瞧，小英、小華他們家，哪個不是這樣的呢？而有爸爸住在一起的家，媽媽是又和氣，又快樂的。

他並不十分喜歡媽，她顯得有些古怪，媽不笑，眉間總是幾道豎立的皺紋。媽也從不擦胭脂、塗口紅，打扮得漂漂亮亮地……顯然她一點也不快樂。而且她的脾氣多壞啊，對他不是打罵，就是不理睬，她根本說不上是個和氣的媽媽。可是他不怪她，媽那古怪的樣子和夜間的哭聲慴服了他，他知道媽有許多傷心事，那必是爸爸惹起來的。

「媽，爸爸爲什麼不同我們住在一起呢？」他忘記了即將飛來的責罵聲，傻乎乎地問。

「不要給我提那個男人！」她從椅子上跳起來，好像她坐的那把椅子突然長出了針刺，疼得她不得不儘快地跳起來。

「而且他也不是你的爸爸。」她又狠狠地接下去。

他愣了，那是什麼意思呢？如果媽爲了一個男人而傷心，而那男人又不是他的爸爸？難道他是沒有爸爸的嗎？像隔他們兩家的小美一樣。可是人家對小美總是指指點點地罵她是「私生子」，那彷彿是一件很糟糕的事，害得小美常常躲在屋子裏，不敢輕易地出來。

老師，什麼叫做「私生子」呢？他問過他的級任老師，一個很年輕、很和氣的女老師。

在走廊被他叫住的老師，紅著臉，摩娑著兩手，活像他害羞時候的樣子。

「私生子啊，就是——」老師頓了半天，才又吞吞吐吐地說：「就是沒有爸爸的孩子，他們的母親沒有結婚就生了他們，所以他們沒有爸爸。」

他點了點頭，記住了那幾句，雖然一點也不懂意思，可也不敢問下去，瞧，老師那樣子多怪啊，也許他問了不該問的問題。

現在他突然擔心起來，如果他沒有爸爸，他也算是「私生子」嗎？那是多麼糟糕的事！好在並沒有人在背後這樣羞他，是因爲人家都不知道嗎？

只有媽知道這些秘密，他以詢問的眼光瞥了媽一眼，可是媽閉著眼睛，疲倦地靠在椅背上，眉間又浮著那深深的皺紋。他只好墊起脚尖，悄悄地到外面去。

太陽閃著光，灼熱地曬到他的光頭上，赤脚走在石板路上，直燙到脚心，可是他一點也不在乎。經過小美家時，他停止了脚步，從籬笆縫裏他看見了小美的媽，斜躺在睡椅上，一隻手拿著紙煙，正從塗得紅紅的嘴裏，噴出一圈圈的煙圈。那煙圈輕飄飄地上升，在空間飄盪片刻，再慢慢地化去。看來比吹肥皀泡沫要好玩多了。

他正看得出神時，發現小美隔著籬笆，也悄悄地看著他。

一種淡淡的哀傷，使得他樂於和這不幸的女孩親近，於是他向小美招了招手，兩個人便一起走到河邊去。

河水很淺，河的兩岸是竹林，他和小美並肩坐在竹影下的一塊大石頭上。

「小美，你眞的沒有爸爸嗎？」

小美眨了一下長睫毛，點了點頭。

「那麼你媽是沒有結婚就生了你嗎？」

小美睜大了眼睛看他，然後低聲說：「我不知道。」

不錯，她怎麼會知道呢？他也不知道媽有沒有結婚，如果知道，他就曉得自己是不是「私生子」。

「小美，我告訴你一句話，你不要同別人說。我好像也沒有爸爸。」他以一種吐露秘密的莊嚴神氣說。

小美搖了搖頭，她頭上的兩條辮子也跟著搖擺。

「不，你有的，只是你爸和你媽吵了架，他們不肯住在一起。我聽人家說。」

「可是媽說那男人不是我的爸爸。」

「哦？」小美的眼睛睜得圓圓。

「小美，你想我是不是和你一樣是『私生子』呢？」

小美伶俐的眼睛又眨了一下：

「我不知道。可是你大概不是的。我媽總是打扮得很漂亮，因爲有很多男人要來找她。媽說那些男人會給她錢，她要用那些錢來養家。媽還說我的爸爸大概是那些男人裏面的一個，可是她不知道究竟是哪一個。你媽和我媽不同，你媽不是沒有男人來找她嗎？而且她天天要上班，我媽說假使她也能上班就好了。」

這一回是他瞪大了眼睛。可不是？他的媽和小美的媽多麼不同，他不可能和小美一樣是個私生子。他有點放心了。

「可是你媽好，你媽又漂亮，又和氣。她還常常跟你說許多事嗎？譬如說爸爸啊，什麼的……」他羨慕地問。

「嗯，她跟我談很多，有許多我根本就聽不懂。有一次她說如果沒有我，她就要去死。她死的時候，還要買很多很多花來裝飾房間，打扮得漂漂亮亮地……。你知道什麼叫『死』嗎？你媽是不是也想去死呢？」

「我不知道，她什麼也不對我說，可是我想她是的。她很傷心，常常在半夜裏哭。我一直奇怪爲什麼我從來沒有看見過我的爸爸。——你想你的爸爸嗎？」

「想有什麼用，我根本就沒有。」小美的眼圈兒紅起來，傷心地低下頭。

他突然難過起來：「小美不要傷心，讓我們做好朋友！」他緊握著小美的手激動地說。

儘管他並沒有弄清楚自己的身世，可是他知道自己和小美同是不幸的孩子。當時他只有九歲。

現在他是二十五歲，而媽躺在病房裏，罩著氧氣罩，逐漸地死去……

「大概挨不到天亮的。」主治醫師說。

他瞪著天上那彎寂寞的月，灰濛濛的天上仍然沒有一顆星星。

他突然想起了小美，那個可憐又可愛的女孩子。她在哪兒呢？現在該是個漂亮的大姑娘了！還有她的媽呢？該不至於離開人世了吧？

她說過她死的時候，要買很多花來裝飾房間，打扮得漂漂亮亮地……。那是很美的，他想。

現在他的媽要死了，不知道她可願意化妝得漂亮一些，至少她不反對他拿花來裝飾房間吧？

「子宮癌」是媽的病名，對於單身的他來說，這個病名是不大好啓口的。可是最遺憾的該是媽自己吧，她還是個姑娘身，怎麼願意死於這個病呢？雖然促進她死期的是長期的心臟衰弱。

他第一次看見媽的丈夫是在他十六歲的時候。

放學回來聽見屋裏陌生的聲音，他不敢貿然進屋，只好佇立在門外。說話的是個男人，有低沉的嗓子。

「說來說去就是一句話，請你答應離婚。這種名義上的夫妻關係有什麼意思呢？離婚之後，你可以自由嫁人，何必誤了青春？」

「可不是？何況你們連一次夫妻關係也沒有，徒然掛著夫妻的名義，多麼不方便。」這回是中年女人的聲音。

「我想你們不必再費口舌了，如果我能答應，十幾年前我就答應了，何必拖到今天？可是我就是不能答應。」媽堅決地回答。

「你這又何必呢？膽養費要多少好商量，瞧你這日子，過得比寡婦還不如。」那中年女人又勤慰地說。

「我就是要爭這一口氣，讓他知道世上還有誰做出比他更缺德的事。他們家拿花轎迎了我過去，兒子卻在拜了天地以後就沒了影兒。害得我在新婚初夜獨守洞房還不打緊，鬧出這麼大的笑話，教我把一張臉往哪兒擺？我這是母夜叉還是醜巫婆，要他來這般待遇？」

「我道歉，我道歉，一千個不是，一萬個不是，全怪我不對。你知道家父嚴厲，不顧我的反對訂了這門親事，我只好……」

「你說得倒輕鬆，我就該平白教你誤了一生不成？反正我這一輩子已毀了，我也不教你堂堂正正地娶個如意人。不管怎麼樣我是你們彭家的媳婦，明媒正娶，正正式式地拜過天地的，誰也不能替代我。」

「當然，可是……你這樣也沒什麼好處，不如……」

中年女人仍試著說些什麼，可是媽把她的話打斷了。

「大嫂，你也不必再替他說話了，我說過我只是要爭一口氣，你想不到我是流了多少眼淚，才認了自己的倒楣運。」

說話聲間斷了一會兒，他彷彿聽見了一聲長長的歎氣。之後，客人像是起身告辭了，他躲閃在門後。從屋裏走出了一男一女，那個男的身材魁梧，穿得十分考究。他帶著複雜的情緒瞪著那男人，直到那人的背影從他的視界消失。

他總算看見那個人了，那個叫媽在半夜裏哭泣的人！可是那個人並不是他的爸爸，只是媽名義上的丈夫。什麼叫名義上的丈夫呢？當時他不懂，現在他懂了。

「媽，」他悄悄地進屋後，輕聲地喊。

媽靠在椅背，像個癱瘓了的人，既不動，也沒什麼表情。他不敢驚動她，放下書包，竟也發起愣來。

「說來說去就是一句話，請你答應離婚。」那男人說。

那人第一次出現，竟是爲了要求離婚。

「如果我能答應，十幾年前我就答應了。」

沒想到媽婚姻的秘密，會以這種方式突然展現在他眼前。

「可憐的媽」，在他不斷起伏的心湖裏，這是他唯一能把握的情緒。其實他了解的並不多，可是他意識到，當媽不斷地說出「不」字時，她是把一串一串的眼淚，往肚子裏吞的。

「不要太固執了，就是你這牛脾氣害死了你自己。」這是外婆說過的話。

也許外婆是對的，如果媽不曾固執地拒絕那人的要求，也許她會覓得新的幸福。可是媽卻不斷地鞭策自己，以自己的一生去懲罰那個嚴厲地傷害過她的男人。在「女人即弱者」的時代，媽意外地表現出了女人的堅強，與其說媽固執，不如說媽是有志氣的。

現在她要死了，在那彎寂寞的月消失之前，媽那未曾享受到歡樂的生命，也許已經離去了。

「孩子，謝謝你陪伴我這麼久。我是個不快樂的女人，你跟了我，也不曾享受過快樂。」

在她害病以後，她曾經柔和地對他說過。她那一向繃得緊緊的臉，出現了一抹罕有的微笑。他感到目眩，更感到一絲莫名的哀傷，他寧可看到媽那呆滯的神情。

「我有過一次名義上的婚姻，而我以全身的毅力去維持了這名義。我什麼也沒有得到，可是我出了一口氣。

有人罵我心腸硬，有人笑我傻，有人同情我，也有人認爲我教訓了壞男人。我不知道究竟怎麼樣？現在我只感到疲倦，疲倦極了！」

說完她閉了雙目，彷彿她已經用完了所有的力氣，就要倦極而去。

「媽！」他著急地叫。

她緩緩地睜開了眼，細聲細氣地說：

「也許你已經知道，我並不是你的親媽，我只是你的養母，而那個人也不過是你的養父，他並不知道有你這麼個養子。你還有親媽親爸，可是我不知道他們是誰，也不知道他們在哪裏？你被棄在托兒所的門口，而我收養了你。一個棄婦收養了一個棄兒……希望你不至於太反對。我沒有能好好地照顧你，因爲我的心情不好，不過在我的感覺上你是我的親生子，而且你也是我唯一的親人……」

這一番話在他聽來不該是太大的打擊。私生子，養子……他曾經對自己的身世做了最壞的猜測，可沒想到會是個「棄兒」，那比什麼都壞。

他感到頭部劇烈的震動，和胸口難耐的窒悶……

一個棄婦收養了一個棄兒——那該是上天最好的安排。

「媽，養育之恩，重於一切！」他從可怕的悲哀中掙扎著說。

媽沒有答，她已經倦極而睡去。

他靜靜地忍受那淒慘的命運，他的悲哀裏混合著極度的憤怒，是對那未曾見面，無從想像的狠心父母所發的怒火。

不過他已經慣於逆來順受，在他不斷的抑制下，可怕的怒火也慢慢地消失了，最後剩下的只是淡淡的悲哀……。他從沒有奢望過自己有較好的命運，棄兒就棄兒吧，他得以享受溫飽，長大成人，未嘗不是幸運，他寧可感謝，而不想去咀咒。

外邊起了微風，天上薄薄的雲在微微地移動，那彎寂寞的月似在搖晃中。他凝視著，希望微風會吹散雲層，讓星星露出臉兒來。

薄雲微微地動，可是並沒有星星。突地他想起了遺棄他的父母，也許只有母親，因爲那個被逼得遺棄親兒的人，或許是個未出嫁的媽。不知怎麼他的體內湧起了一種對親情的眷戀。「媽！」他輕輕地喊，帶著嬰兒懷念親娘懷抱時的感情。

病房的門開了，著白衣的護士匆匆地出來，向他招了手。

他吸了一口氣，然後輕輕地，可是大踏步地走進病房。

氧氣罩已經沒有了那輕微的顫動，他執起了媽柴樣乾枯的手，眼淚竟像決了堤的水，不斷地湧出來。

護士伴著主治醫師，匆忙地回來。醫師簡單地診了脈，輕輕地說：「過世了！」

他喊了將近三十年的媽，終於走了，帶走了她那一代的婚姻悲劇……

——原載一九七六～一九七九年間《中華日報》

命運的鞭子

「拍達，拍達，拍達……」碎石路上響著她和余太太兩個人的脚步聲——輕微而單調——是拖鞋打在路面上的聲音。

她低著頭，看著自己的脚尖走路，那脚並不乾淨，蒙了一層灰塵，脚指間還夾著泥沙和小石粒。她本來就沉重的步履，走起來也就更加的緩慢了。艱難地拖了一小段距離，她才停止了脚步脫下了鞋子，輕輕地抖了抖，又把脚丫子甩了甩，才又把拖鞋穿回去。她的動作是遲緩的，間還故做優閒地仰望了藍色的天空，彷彿要藉那短暫的一瞥，來拖延她到達目的地的時間。

她和余太太之間已經有了不小的間隔。

「怎麼了？時間不早，可不能慢吞吞地走啊！」余太太回頭，用她慣常的尖嗓子叫。

她感到委屈，就像無端受了譴責一般。壓抑著對余太太產生的莫名的怨恨，她在嘴裏含糊地應了一聲，然後把身子微微傾前，懸起了腳跟，開始跑。她跑得不規律，脚步時而大，時而小，教人一眼就看出那不是個常做運動的人。

「不是我要催你，這時候太太們都趕著上菜市場，教人家等我們也不好意思，如果趙太太等得不耐煩，出去了，你這一趟不等於白跑了嗎？」余太太對著氣喘吁吁地趕上來的她說。

可不是？她立刻感到羞慚，她有什麼理由怨恨余太太呢？事情是她願意謀的，可是臨了兒仍是去不掉無謂的虛榮心，於是她下意識地延宕著……

「對不起！」她對余太太歉意地點點頭，一邊不住地喘氣。眞是不中用，才跑了幾步路，就喘成這個樣子了。

「你沒事吧？洗衣服可是花力氣的玩藝兒！」余太太看見她不住地喘氣，不免擔心地問了一句。嗓門兒雖然還尖，可也聽得出是關心的語氣。

「我很好，只是很久沒跑步，沒想到呼吸會這麼緊促！」

她裝著輕鬆的樣子，勉強調整了呼吸回答。她突然有了一種顧忌，怕余太太會臨時改變主意，不敢把趙家洗衣的工作，介紹給她，因爲她的身子看來是那樣地不適於做粗活兒。這種心情是夠矛盾的，她剛剛還對洗衣的工作感到委屈，如今卻又害怕失去了那並不爲自己樂意從事的工作。

「明兒就不必去了！」明煌一進門兒就說。

用圍巾擦著手，她迎到前廳來，一時可沒聽清楚他的話。

「不必去？是休假嗎？怎麼沒聽你提起？」她詫異地問。

「休假？別做夢！裁了。」明煌大聲地吼。

多躁的脾氣！她想。別在這個時候招惹他才好，多年的結婚生活，教她把明煌的性子摸得很熟。

回到廚房，在鍋子裏注滿了油，要燒的是糖醋排骨肉——明煌愛吃的菜。過一會兒，好菜下肚，氣也就消了，誰知道他是不是又挨了上司的悶棍子？

油在鍋子裏沸騰，排骨肉在黃褐色的油裏上下起伏，鍋子裏發出熱鬧的「喳喳……」聲。

「休假？別做夢！裁了。」

咦？明煌剛剛不是這樣說嗎？裁了，什麼意思？突地她的腦子捕捉到剛才沒聽懂的話。右手拿著筷子，左手托著盤子，她氣急敗壞地趕到前廳來。

「你是說裁了？」她問。

明煌把自己埋在沙發裏，兩手交叉在胸前沒理她。

「你剛剛是說裁了?」她提高了嗓子。

「嗯,裁了!」那聲音很低,低得不容易聽見。

可是在她那是一句震撼心靈的話。

「裁了?哦,不,你不是說不會裁到你嗎?」

「誰知道?反正明兒就不必去了。」他粗著嗓子叫,壓抑著要爆炸的憤怒。

她呆在那兒,瞪著兩眼兒看他,希望他會否認剛剛說過的話。

裁了?不可能的,不是他說錯,就是她聽錯。

晚餐桌上,她端出來的是一盤過了火,炸黑了的排骨肉。

「媽,那黑黑的是什麼?」老二不知趣地問。

「別吵,乖乖吃。」她沒好氣地說。

「弟弟,不要說話。」老大究竟懂事些,覺察出飯桌上的氣氛不對,對弟弟使了個眼色。

她端著飯碗,對著飯桌發愣,不是排骨肉炸黑了倒胃口,只是心事一直集中在那一點上——明煌這一失業,他們這一家子可要怎麼過日子?

桌子對面,明煌捧著飯碗,也在發愣,兩道濃眉蹙在一起,中間兒是幾道深深的豎紋。

現在她記起來了，半個月前明煌曾經提起過，也是在晚餐桌上。

「最近許多人在傳說，機關裏要大量地裁員，弄得人心惶惶。」明煌說。

「裁員？會裁到你嗎？」她緊張地問。

「論年資，論工作能力，論工作部門，都不該裁我。除非他們要關門兒，不再需要人！」他很有把握地回答。

她那顆懸起來的心，便立刻安定下來。可不是？明煌在那兒將近十年，以能力強，工作效率高，深得上司的賞識。何況負責的又是重要部門的工作，怎麼會裁到他呢？她眞不必「杞人憂天」了。

可是怎麼回事兒？明煌說，裁了，明兒就不必去了。難道說他們眞是關了門兒，不再需要人了？

她以詢問的眼光看了明煌，希望他會有所說明。可是他兩眼直視，嘴巴閉成一條縫，此刻正放下了還是滿滿的飯碗，離開了飯桌。

她的視線緊緊地跟隨他，直到看見他重又把自己埋在沙發裏，才收回了視線。飯桌上只剩她一個人，三個小鬼不知在什麼時候溜走了？

她站起身，機械地收拾碗筷。

出門兒時，他丟給她一隻紙袋，遣散費——兩個月的薪金。

接了那只薄薄的袋子，她不知不覺地舉起一隻手，按住了太陽穴。頭暈得很哪！

出去的人，天黑也沒有回來。哪兒去了？準是找事去的吧？

「明煌在家嗎？」來了客人。

不是別人，是明煌的好友——尙志強。

「尙先生，請裏邊兒坐。明煌一大早就出去，還沒有回來呢！」

「昨兒回來，發了脾氣嗎？」

「臭著臉，悶聲不響。您可知道怎麼也裁了他呢？他原說不會有問題的。」

「可不是？誰都沒想到裁員名單裏會有他。」

「我說是不是他那機關關了門兒，不要人了？您別笑話，不是我吹牛，明煌做事，不是人人都誇他的嗎？」

「我想……」尙志強猶豫了一會兒，然後說：「大嫂，您也別說出去，這只不過是我的猜測。明煌爲人太剛直，少不得會得罪人。而且這次裁員，風聲走漏得早，心裏有數的，誰不去奔走鑽營，拉幾個大牌人物擋擋？冗員非裁不可，該裁的又不能裁，您想，這不就裁到另外一批人的身上嗎？」

「那太不公平！」她爲明煌叫屈。

「誰說不是？可是有什麼法子？」

她沒有應，不是語塞，只是覺得說了也沒用，反正一句話——有什麼法子？而且明煌也未免太傻了些，做事老是一絲不苟，畢竟是公家的事，何必太認眞呢？到頭來，反而砸了自己的飯碗。

「說眞的，大嫂，您也該勸勸明煌，水是往下處流的，一個人逆著水，能幹出啥事來？砸了飯碗，連肚子也不能塡飽，這一下還苦了老婆孩子呢！」

尙志強這幾句話，正說到她的隱痛處來，她只覺得喉嚨哽塞，說不出話來。

「尙先生，您不是不知道，明煌就是這脾氣，是就是，非就非，脖子又硬，從不懂得逢人敷衍，遇事通融的道理。做了這麼久的事，人也沒有變得圓滑，您說，我能勸他些什麼呢？」過了半晌，她才這樣說。

眞的，她能勸他些什麼？明煌的個性強，說了，反敎他不高興。

尙志強也沒有高見，默默地看了她一會兒，只能輕輕地說：「大嫂，要苦了您了！」於是在一聲歎氣之後，走了。

明煌回來得晚，氣色雖不好，人倒鎭定了許多。

「出去轉了轉，回來晚，沒敎妳擔心吧？」沒等她開口，他就先溫和地說。

「轉了些什麼地方？」雖有千言萬語湧在胸口，她卻只能挑了一句最簡單的話來問。

明煌不答，只問「還有洗澡水吧？」

「在大鍋子裏。晚飯吃了嗎？」

「嗯！」

他匆匆地住裏走，彷彿要避開她的詢問。

「尙先生剛剛來過。」她對著他的背影說。

「有事兒嗎？」他回過頭。

「他知道你給裁了，來看看。還要我勸你……」

「勸我什麼？要我學學八面玲瓏的做官術是不是？」明煌搶先說，然後自嘲地哈哈大笑。那笑聲在寂寞的空氣裏迴盪，盪出明煌近似絕望的悲痛情緒。

「余太太，說來不怕您笑話，您可知道有什麼事兒可以讓我幹幹，好賺些錢來。不瞞您說，明煌這半年閒在家，我們眞個是坐吃山空，沒法子過下去。」

在心裏想了又想，想了又想之後，她終於向余太太說出了心事。

那是眞話，明煌的收入本來就不多，一點兒積蓄，還是她克勤克儉省下的，現在眼看就要用完了。

「你是說想謀一份差事？可是你這個家要交給誰呢？」余太太尖著嗓子問。

她的心裏有一絲不快，不過多年的交往教她明白余太太的爲人——那是個心直口快，可又熱心助人的好鄰居。

「家自然要管，我是說有什麼零活兒幹幹，好歹得有些收入……。明煌找了這麼久也沒差事，我這個沒有一技之長的人，更不會有機會。我是說零活兒……」說著她覺得一陣心酸，於是把語尾含糊地在嘴裏帶過去。

「何太太，眞是難爲你喲！謀事兒確實不容易。你沒看到林家大兒子在大學裏讀了外文系，畢了業在家裏蹲了一年多，才在觀光飯店裏找到了茶房的工作。茶房喲！」

她怎麼不知道？當時她還爲那個一表人才的青年叫屈，沒想到林先生林太太還高興得合不攏嘴。可不是？工作本沒有貴賤之分，何況觀光飯店的薪金並不壞。

要當一名茶房，明煌嫌太老些，不知怎麼，她因此覺得寬心些，無論如何，可不能要明煌去當茶房啊！

「找零活兒當然容易些，只是都不是什麼體面的工作，要你來幹，未免太委屈了些。」

「這時候哪還能挑剔工作的好壞？您就說出來，我聽聽。」她急切地說，這麼快就有了眉目，教她異常興奮。

「前幾天在市場裏碰到了趙太太，她的傭人又走了，趙太太說，受夠了傭人的氣，不想再雇人了，不過一個人實在忙不過來，想找個洗衣服的……」

洗衣服的——她的心猛地往下沉，並不是說洗衣服有什麼不對，只是心裏究竟沒有準備。茫然地想著要做些零活兒，可沒有想到會是洗衣服這粗活兒！

「我問過專給人家洗衣服的阿婆，她說已經洗了好幾家，洗不了這麼多。我正想到哪兒去找人，不知你可願意？洗衣服的行情我也打聽過，每人每月三十元，不論大人小孩兒。趙家是兩個大人，三個小孩兒，一個月可以拿一百五十元。如果還能找個三、兩家，收入也不太壞，而且頂多花你一個上午的時間。」余太太仔細地說明。

說實在話，她並不起勁。這是何等境遇的改變？小孩兒小的時候，她也請過傭人，雇過洗衣服打雜兒的……。雖然自己並不曾瞧不起那些人，可是反過來要自己來幹，到底覺得委屈。

看見她不作聲，余太太繼續說：「我知道你的心情，如果不是你說要找零活兒幹，我也不敢對你提起。不過細細地比較，你會覺得這工資還不壞。或許你先洗個時候，待有了好些的工作，再辭了也不遲。」

「沒有的事，你就介紹我去洗吧！是不是從明兒開始？」

給余太太猜到了心事，她反覺得不好意思，便立刻下了決心說。事實上她也沒有餘暇多做考慮，眼看著日子就沒法兒過，還捧著無謂的自尊心幹什麼？而且，而且這工資並不壞，何況工作原沒有貴賤之分！

「喏，就是這一家。」在一棟精緻的日式房屋前，余太太對她呶了呶嘴說。

「趙太太！」余太太邊喊邊開門，開的是側門兒，小小的。她和余太太彎著腰進去。

「來了！」趙太太在屋裏應著，不一會兒就出現在廚房門口。

「余太太，麻煩你了。傭人一走，一個人實在忙不過來！」說著趙太太把視線移到她身上來。

那並不是什麼盛氣凌人的眼光，可是她立刻低下頭，臉上只覺得熱辣辣地。心裏敏感地意識到自己的身分——洗衣婦——不是嗎？她熬不住心頭羞憤的感覺，幾乎想掉頭而去。

「這是何太太，我特別請她來幫忙。」

余太太的尖嗓子把她喚回現實的世界，她鼓足勇氣，抬起頭，對著趙太太點點頭。趙太太穿件素色的旗袍，頭髮燙得短短地，顯得很年輕，瓜子臉兒上五官配得很勻稱，唇邊一顆美人痣，十分迷人。那同樣的一顆美人痣，她在哪兒看見過呢？對著趙太太，她不由發起愣來……

「何太太，要拜託你了。」這時趙太太微笑著對她說。「要洗的衣服都放在這桶子裏，洗衣板和肥皂也在旁邊。洗好晾在這邊兒竹竿上。」

趙太太邊說邊指點。其實小院子裏一覽無遺，就是不給她說明，她也猜得到該怎麼做的。

拿個盆子放在水龍頭下接水，她開始把髒衣服倒出來。水龍頭矮，她必須蹲著洗，覺得很不習慣，她家裏有個高度合適的水槽，洗衣服倒是滿方便的。

「何太太，我買菜去，如果你洗好，我還沒有回來，走的時候，把門帶上，那是自動鎖。」趙太太在手裏挽著菜籃，和余太太邊說邊走出去。

「趙太太和我很熟，如果有什麼不方便，儘管說。」余太太說著也和趙太太一起出去。

屋裏似乎沒有別人，趙太太把她一個人留下，教她十分驚異，這是對她表示信任嗎？如果是，那麼她那顆瀕於破碎的自尊心，將得到少許的安慰了。

她把肥皂搭在髒衣領上，慶幸自己遇到了不壞的雇主。這開始還不壞，想著，她心裏的彆扭也就跟著逐漸消失。

她洗得很仔細，肥皂和自來水也省著用。別像她自己雇過的人，衣服洗不乾淨，肥皂倒是抹了一大把，自來水也沒命地放。

「嘿！動物園，動物園，爸爸要帶我們去動物園。媽，你要不要去？」

「媽，我的新衣服呢？」

「媽，我要帽子。」

「弟弟穿錯了我的襪子，媽，你來看！」

「爸爸，快一點，太晚了，車子擠，怕搭不上。」

星期天，趙家很熱鬧，嘻笑聲夾著小孩兒喊媽的聲音。要出門兒去了。

「來了，來了，不要窮喊了！」趙太太洗了黏在手裏的麵粉，趕過去看。

她蹲在水龍頭下，洗的正是一件小男孩的衣服。肥皀泡蓋住了她的雙手，又從她指間流出。

看著那肥皀泡，她想起剛剛留在家裏的自己的孩子。星期日——對孩子們已經沒有什麼意義了。她記不清楚究竟有多久，沒有帶孩子出去過？

「榮芳，我生日時你買給我的那條領帶呢？」男人的聲音。

必是趙先生吧？幾天來她還是第一次聽見了這聲音，至於人，還沒有見到過哩。

「嗯，在這兒！」趙太太回答。

她想像得到趙太太說話時的嬌憨和嫻淑的態度。他們該是一對恩愛夫妻。

她喜歡看趙太太，漂亮的女人，不僅男人喜歡看，女人也一樣喜歡看。不過她願意說明，她喜歡的是趙太太的氣質，那種沒有適當的言語形容的，給人好感的氣質。

她有個好友，也有這種氣質，也長得這樣漂亮。分別十幾年，也不知道如今在哪兒了？

那個朋友叫榮芳，一個好名字！

突地她的思潮擱淺了——趙太太不也叫榮芳嗎？剛才明明聽見趙先生這樣叫的。

一種巧合，眞正的巧合……

「這一下清靜了，大人小孩兒全走了。我得趕緊包餃子，玩累了回來，像一羣餓狼似的。」

趙太太在厨房的窗口，露出臉兒，笑著說。

那瓜子臉兒五官配得很勻稱，唇邊一顆美人痣，十分迷人。同樣一顆痣，她在哪兒看見過呢？

她想起來了，在她的同窗好友的臉上，那叫做榮芳的同學的臉上。

她的心臟猛地加緊了跳動。顫抖著聲音，她問：

「趙太太，娘家貴姓啊？」

「我姓張，何太太，你呢？」

「我，我姓——李。」躊躇了一會兒，她撒了個謊。

「您，娘家也在台北嗎？」她再問，聲音抖得更厲害。

「不，我娘家在新竹。」趙太太抬起了臉，稍帶詫異地回答。

她趕緊低下頭，用力地洗著手裏那條卡其褲。

可是她沒有力氣，在一刹那之間，她全身的力氣都被抽光了。

不是巧合，那是同一個人。

細細地品味，她可以從趙太太的臉上看出昔日的影子。就是她——榮芳，她舊日的好友！

而她居然在舊友的家裏洗衣服，這是何等難耐的境遇！

她低下頭，不敢抬起臉來。

其實趙太太怎麼認得出她呢？她那一臉的憔悴和一身老媽子打扮，不要說和十幾年前的少女模樣兒有多大的變化，就和半年前的她來比，也有太大的不同了。

可是她哪能注意到這些呢？

兩隻手在機械地搓洗，臉上在熱辣辣地燒，胸口起伏的更是自己也無法辨清的複雜情緒……

她不明白自己是怎麼樣洗好剩下的衣服，走出了趙家的門。

「拍達，拍達，拍達……」碎石路上響著她無力的脚步聲——輕微而單調——是拖鞋打在路面的聲音？

不，那是「命運」無情的鞭子，打在她瘦弱的身上……

弱點

凌亂的辦公桌，不足以表示他心中的紛亂，他突然覺得掙扎的無意義和奮鬥的空虛……

許是到了下班的時間，他已看不見從走廊經過的人影，而剛才路過的辦公室，也多半是空的。

他不記得在老闆的辦公室待了多久，他據理力爭，不肯在那張考績單上簽字。在美國待了二十年，如果說他悟出了什麼道理，那就是犯不著在這兒當個唯唯諾諾的奴才。雖然做奴才，也不見得被人瞧不起，有時候還會官運亨通。不過那種機會永遠輪不到他，既然輪不到，那又何必低聲下氣，過那仰人鼻息的日子？

他常常想，美國是一個很奇怪的國家。在學校唸書的時候，他一直以爲這是個機會均等、唯才是重的國家。只要有能力、肯吃苦、肯苦幹，必定有出頭的日子。

可是現在他所處的社會，完全不是那麼回事：

這是個階級分明、掌權者專制的地方——至少他服務的公司是這樣！

他把雙脚擱在辦公桌上，仰靠著椅背，發起呆來……

「安地，來一下我的辦公室！」

老闆利用對講機，傳達這個命令的時候，他正埋頭在堆積如山的資料裏，苦索著分析的方法。他永不明白明明要他分析的資料，為什麼不採取他的意見。從實驗設計的時候，就考慮到分析時必須要顧及的因素。老闆不採用他的建議，完全是為了要老闆的權威，表示他才是決策者。於是資料下來時，經常是漫無條理，殘缺不全，給他的工作平添了無數的困難。

現在他的工作被中斷了，但是他樂得站起身，暫時離開他那頭痛的工作。雖然他不知道老闆要找他做什麼？

做老闆的偶然也會親自下駕到他們的房間來，一方面表示作風的平易近人，主要目的是做突擊性的查勤。

他走出自己的房間，經過了電腦室，和秘書室，才到了老闆的大辦公室，推開了那扇在門扉上註明著老闆的頭銜和姓名的門，他走了進去。

老闆的圓臉兒，露著微笑，把一雙眼睛擠得細瞇瞇的。

他想不出有什麼值得老闆開心的事，但是面對一張笑臉兒，總比愁眉苦臉強。

「有什麼事嗎？」他問，也在臉上擠出了一朵笑。

「看一下這個，不要忘記簽名！」老闆揚了揚手中的紙張。

他接過了那一小疊紙張，匆匆地瞄了一下。原來是考績單，又是一年了，到了那個一年一度犒賞員工的時候。

考績單的第一張和第二張，密密麻麻地寫下了他的貢獻，他完成的工作。

他不敢相信老闆眞的照實把他的貢獻一一寫下去。何況他去年的貢獻又特別大。如果是老猶，憑這些成績，就可以三級跳，跳到他老闆的頭上去。

他最得意的一項是憑他的數學能力，用公式和計算，推算出一個實驗的模型，證明無須採用公司歷年的實驗規模，把人數和材料減少一半，也可以達到同樣的目的。這樣子他使公司省下幾百萬的費用。當時他的老闆就沒誇他半句，稱讚他的是上層的平時不易見到面的大官兒們。但是他們之中，也沒有一個建議發給他奬金，或是升他的官兒什麼的。但是他本人因爲第一次有機會讓高階層的大官兒們，看到了他的能力；不像往常一般，全被老闆搶去功勞，因而陶醉在成就感和口頭讚語之中，想都沒有想到這是個要求酬勞的好機會。不過一年一度的考核，應該認可他的成績，升等、加薪等等，更是少不了的啊！

他翻閱了頭兩頁，心裏開始猜想，他期望了很久，而早就該輪到他的職位，說不定今年會實現了。眼前這個老闆，也許比他猜想的要有良心。

到了第三頁，他迫不及待地看老闆寫的評語和對升遷的意見。

「阻止安地楊博士得到更高的評價，並給他升職的唯一的原因，就是在語言上的障礙。」

看到那句話時，他感到全身的血液開始逆流，使他氣得說不出話來。

「又是老調重彈，故技重施！難道他們就想不出其他不同的辦法來阻止我的升遷嗎？」

他在心裏大罵，忍不住怒目對著老闆：

「請你說明這句『語言上的障礙』究竟是什麼意思？」

「就是那樣嘛，有什麼可說明的？」

老闆的表情在不耐煩裏透著那麼一絲冤枉人時的心虛。

「我的意思是給我具體的例子，我有什麼語言上的障礙……」他氣呼呼地翻回到第一頁的考績單，繼續說：

「你不是明明說我提出了卓越的報告嗎？」

「我承認你寫得好，但是『寫』與『說』是不同的啊！」

「這兒你不是也承認我領導我的小組如期完成了好幾種研究，提出了超水準的報告嗎？如果我有語言上的問題，我怎麼能把我的意思表達清楚，聯絡與我在工作上有關的人員，共同完成了這麼多計畫？」

「……」

「我要你給我具體的例子，說明我有什麼樣的障礙，如何妨礙了我的工作……」

「我並不是說你做不好你現在的工作，我只是說你不合適做更高級的管理工作。」

「爲什麼？如果我把現在的工作做得很好，當然有權利要求升職！」

「你不合適！」

「爲什麼？」

「就是不合適！」

「我要具體的理由！」

「我的觀察，我的意見，就是具體的理由。」

「我想那是主觀的，也是不公平的！」

「我很公平，我不是承認了你所有的貢獻嗎？」

「承認了貢獻，不但沒有酬勞，反而用一句話就把我所有的貢獻，一筆勾銷，這算是公平嗎？」

老闆突地站起身，搶過了他手裏的考績單，圓臉兒上早就沒有了那朶笑，高大的身子有點顫抖。他指了考績單上要簽名的地方說：

「在這兒簽名！」

「我不同意，我不能簽名！」他拒絕了，憤怒使他再也煞不住自己。他的腦筋也顧不到這樣做是不是會砸爛他的飯碗。

「你是在向我挑戰嗎？」老闆板起臉，冷冷地說。

「不敢，我只是要求公平！」

「我看這樣好了，反正已經不早了，你這就回去，冷靜一番。明天再來簽名好了，考績單我收在這兒。」

老闆突然緩和了語氣，自打圓場，然後從桌子後面繞出來，替他開了門，其實是在下逐客令。

他沒講話，回轉身子，就走出了門。

「歷史會重演……」不知是哪個聰明人說了這麼一句話。他個人的經驗，不斷地證實這句話的可靠性。

拿語言做藉口，不給他應得的升遷，這並不是第一次。

在他第一次服務的公司，那個年輕的老闆，就是每年都用這個法寶。起初他還當眞，自認爲自己的英語，講起來是不如老美的流利。於是他參加了專門訓練演講的俱樂部，大大地努力起來。他本來英語能力就不錯，字彙豐富，文法準確，人更是外向，從來不怕講話。於是一年不到，就拿到了好幾次冠軍。由於他皮膚不白，也不是土生土長的，記者們對他的成績，大感驚訝，居然在報紙上大大地報導起來。他禁不住內心的得意，希望他的老闆會知道他的努力，曾經把剪報和獎牌，帶去給老闆看。

那個年輕得志的老闆，大模大樣地拍了他的肩膀，讚賞地說：

「好極了！好極了！」

但是那一年的考績單，老闆照樣在需要改進的項目裏，塡了「語言」兩個字。

第二年如此，第三年如此，第四年也如此。他終於明白，當他的老闆塡那個項目的時候，是從來不用大腦的。老闆隨隨便便地寫那兩個字，是因爲他的皮膚不白，也不是土生土長的。拿「語言」來擋住他，在他們看來是天經地義，順理成章的事。

那只是藉口，不在乎他的英語好到什麼程度，或是糟到什麼地步。

多麼令人洩氣的事！

多麼令人憤怒的事！

那時他還不敢和老闆理論，每一次拿了考績單，經常氣得發抖，還是簽了名了事。心裏還是努力說服自己，接受這個事實，接受這個不公平的安排，只因爲我們是寄人籬下，跑到人家的國家「吃頭路」。

每一年有一次，老闆放他出去開會。在那種學術會議的時候，他也會碰到一些自己的同胞——同樣的膚色，同樣矮小的個子……

大家自然會聚在一起，於是你一句、我一句地探聽對方公司的情況。

「你一年可以出來開幾次會？」有人問他。

「只有一次！」他回答。

「我們也是。」有人附和。

「我們是兩次……」那個問話的人歎著氣說：「我一直不滿意，因爲我們公司的人，有許多是出去四、五次的。沒有想到你們只有一次。」

「我們那兒，老闆經常出去，自然不必提，老美出去的次數也比我們多。」有人答腔。

「我們那兒，是老猶第一優先……」

「我們也是，老猶第一，老美第二，老印第三，老中最後……」

「奇怪，爲什麼老印總比我們吃香……」

「因爲他們個子高大，而且英語流利……」

「流利個屁，腔調很怪，誰也聽不懂他們講些什麼，而且膚色黑的像老黑一樣。」

「有學位的老黑，機會可比我們好多了……」

「可不是！」

於是大家歎了一口氣。

「你們不要怕，如果一句話不吭，會永遠被壓在下面。只要自己覺得成績優越，就要去爭，去抗議……」一個年紀稍大的，以老資格的態度說。那人兩鬢微白，自稱姓鄭。

「萬一砸了飯碗呢？」

「不會的，據理力爭，不行就要換工作。」

「找不到事呢？」

「別那麼洩氣了，不找，怎麼知道找不到呢？等眞找不到再認命還不遲。找到了，不就可以昂頭濶步地離開那個鬼地方嗎？」

「沒有用，天下烏鴉一般黑，老中得到的待遇，總是差不多。到哪裏都一樣！」另外一個老經驗的搖頭說。

「我那個老闆，每一年都拿語言做藉口，不給我好處。你們的會不會？」他向大家請教。

那個建議他不要怕換工作的老鄭，看著他說：

「他們就找不出更好的理由，眞是好笑！」

「我待了五年，每年都說我『語言要改進』，我在外面拿了幾個演講冠軍回來，老闆還是說『語言要改進』。」

「那是藉口，看來你只有換工作一條路……」那個鄭姓老經驗，給他下了結語。

「其實就算是我們講話不流利，有腔調，對我們的工作也沒有影響啊！爲什麼他們老在『語言』上面大做文章？」有人換了討論的角度。

「你不知道，他們在語言上吹毛求疵，就是不要升你做 Manager 呀，他們要切斷你上升的可能性。你想『語言』有問題的人，還能做 Manager 嗎？他們只要把我們放在基層，做最繁重的工作，好處只留給他們自己。」

「所謂僧多粥少，上面的職位也不多，他們認爲保護自己是天經地義的。這就是你拿十個冠軍，也改不了他的評語的原因。他們不在乎你講得多好，他們要的只是藉口。何況每一部門的經費有一定的數目，他給你的評語好，就要給你升等或加薪。給你加多了，留給他們自己的就少了。結論當然是他們要多加錢，你就要少加，要你少加，評語就要壞……」

「其實他們怎麼能這樣明目張膽？聯邦法律規定不能歧視……」又有人換了角度來看問題。

「你想打官司嗎？你永遠贏不了，首先你要有成千上萬的錢，律師費很貴哪！你還要有許許多多的時間跑法院，跑得多了，任何工作都保不住了。就算你這些都不成問題，你哪兒去找人肯上法庭去給你做證人？你要怎麼樣證明被歧視的事實？在法院，口說是無憑的，只有具體的證據，才被接受。就算你也做到了這一點，你又怎麼有把握，陪審人員會公正，眞正替一個老中伸張正義？」

於是又有人長長地歎了一口氣。

「有打官司的錢，不如去做生意，不但不必受氣，還有發財的機會！」這算是新的意見了。

「早知如此，何必苦苦地去唸這個鬼學位來？」

「你有錢做生意嗎？」

「沒有。」

「那麼這個鬼學位，不是給你帶來一張飯票嗎？」

大家你一句、我一句地說，最後以長長的歎氣聲結束。

不過出去見見人，交換交換意見，終究是好的。他總算明白他個人的遭遇，也就是他的同胞們的遭遇。他也知道了抗議和爭論的必要，然後換工作，也許是唯一的解決方法。

當他那個年輕得志的老闆，再度把那張不經大腦而年年如法炮製、如法使用的評語，交給他的時候，他說話了：

「我在你的領導下工作了五年，難道你認爲我的語言能力，完全沒有進步嗎？」

他的老闆驚訝地看了他，那臉上無辜的表情，似乎表示他從沒有做過虧心事！

「如果我的語言沒有進步，如果我的語言妨礙了工作，你爲什麼不叫我走路呢？」

這個年輕的老闆，總算明白了他的意思似地在臉上堆出了笑：

「安地，氣什麼？這只是評語啊，這是官樣文章，我每年要寫一次，沒什麼意思。」

「對你沒什麼意思，對我妨礙很大。我的薪水升得很少，我的職位從來沒有動，不是你的評語造成我的致命傷是什麼？我看到別人每年就升一次，我是五年不動……」

「唉，你離家這麼遠，有一份工作養家，不就是很好了嗎？想想，你若待在你自己的國家，哪有你今天的享受？汽車、洋房和美國高度的文化……」

「我求公平的待遇！」

「公平的待遇？」那個年輕的老闆，不相信地反問，彷彿他提出了很過分的要求。

然後老闆在臉上浮出了敷衍的笑：

「好的，我會考慮！」老闆不情願地說，然後揮手表示他們的談話已經結束，要他出去。

一年後，他離開了那個地方。

當他把辭呈放在老闆的桌子上，走出來時，他在背後聽見了老闆自言自語地說：

「奇怪，他為什麼要走？一個東方人，不是最順從、最知足的嗎？」

老闆的話在他背後跳動，六年來他第一次昂首濶步地走出了那個辦公室。

不錯，他是個很有耐心的人，但是他忍了六年，那是太長了，早超過他應該忍受的程度。

他從南部北上，到了東北部的工業州。

那家公司的人員很少，他們的部門，只有他和那個乾瘦的老闆兩個人。他的工作量，比從前增加了四、五倍。因為沒有別人分擔，工作量還在直線上升。

本著新人除了工作能力，還要以勤勞來奠定自己的地位，他咬著牙關拚。唯一的安慰是他的老闆也跟他一起做許多事情，還放手讓他做，使他有了許多表演的機會。

一年下來，他有些懷疑自己是不是也跟那個老闆一樣，變得又乾又瘦……

好在那個平時沉默寡言的老闆，居然批了一筆獎金給他：

「你的工作能力，遠超過了我所期望的。」在那乾瘦的臉上，曇花一現地露出了一點笑意，他的老闆這樣說。

「謝謝！」他簡短地回了一句話，天眞地以為終於遇見了識馬的伯樂。如是這樣，就算忙碌不堪，也算有了代價。健康的損毀，似乎也不必計較了。

然而龐大的工作量，終於使上級承認了加人的必要。於是新人便一個一個地補上了。起初加的都是初級人員，自然歸他指導，他也就成了初級主管。他做得很好，他不用老美的方法，以兇狠的方式去鞭策；他採用的是東方作風：平易近人，體貼而親切。幾個助手跟他合作無間，老闆從來沒有一句批評。許多事，依舊放手讓他去做。

可惜「好景不常」，兩年以後，公司聘了一個也具有「博士」頭銜的人。那人在畢了業之後，不知在哪兒晃了一年，就應聘到他們的公司來。職位與他相同，一來就把他手下的幾個助手挖過去。

「從今以後，我們設立兩個組，你的人分一半給吉姆。」老闆對他這樣說。

當時他不明白這句話所代表的眞正意義。心裏只想工作有人分擔，也未必不是好事。手下人多，也不好管，平分就平分罷！

但是等到人事發表，他手下五個人，新人得三個，他只有兩個。

「豈有此理！」他在心中罵。就算人不能畫一半兒，各得兩個半人，但是他先進入公司，與老闆兩個辛苦地把這個部門建立起來，也算得上是功臣，哪有他的人比新人少的道理？

他本想去吵，或者說得好聽一點，就是去問個明白，但是他沒有這樣做。事後回想，他仍不知是去吵了的好，還是這樣把氣吞了的好？因爲不管怎麼想，公司不可能因爲他去抗議，就會改變已經發表的人事。如果他覺得下不了台，也許就在那一刻，就要被逼著做「去留」的決定。走了，等於砸了飯碗，從今以後該如何過日子？那麼多的分期付款的帳單，要如何去應付？如果非要硬著頭皮待下去，不如不聲張的好……

但是沒吵的結果是對方得寸進尺，越來越囂張。

上任沒幾天，那人居然向老闆要求，與他對調辦公室，原因當然是他的辦公室大了一些。

他眞搞不清楚那些人怎麼想得出來，說得出來，也做得出來？難道他的皮膚不白，他們就認爲他沒有感覺？不會受到傷害？

那天老闆裝得若無其事的樣子，到他的房間來，輕描淡寫地說：

「吉姆想跟你換房間，你說怎麼樣？」

「換房間？爲什麼？一個年輕小伙子，旣沒有工作經驗，也看不出有什麼學問，怎麼一來就在打我的主意？」他氣得渾身顫慄，怕說出來的聲音也會抖，於是一個字一個字慢慢咬著說：

「爲什麼？」

「我也不清楚，大概是因爲他喜歡你的辦公室。」

「我倒不在乎哪個辦公室好，但是我在這兒待了兩年多，東西也堆了不少，我不願意搬。」

「居然你不在乎哪個房間好，就成全人家罷！」

「很抱歉，我懶得搬來搬去！」

他看見老闆的臉上出現了明顯的不快，但是老闆似乎也找不出什麼理由來強迫他，站立片刻後，也就悻悻地走開了。

他可沒有勝利的快樂，心裏還一直氣了很久。他知道許多老美認爲他們來自窮困、落伍的國家，如今在所謂的世界一等強國找到了事，生活有了著落，就應該心滿意足。希求與學識、經驗和能力相配的職務和薪水，甚至於因爲貢獻大而要求升遷或加薪，是不安分的要求。

「勤勞、安分、不找麻煩，這就是你們東方人的可愛處！」他一個朋友曾經這樣說。

他簡直不知道那算是稱讚還是侮辱。

調換辦公室的事，沒人再提，似乎就那樣過去了，但是麻煩出在後頭。

他很快就發現雖然他的人比吉姆少了一個，他的工作，可比吉姆多得多了。

那一天，他看著那張新的工作分配表，揣摩著老闆的心思。

工作多，雖然忙，但是建功的機會也多。因爲如果想加薪或是升職，最好要有許許多多可以記錄下來的貢獻。如今老闆指派他的工作比吉姆多，難道老闆有意給他機會嗎？

不太可能！

那麼是什麼原因呢？

他仔細地看那張工作分配表，不一會兒也就恍然大悟了。乖乖，吉姆得到的「計畫」雖然不多，可都是幾個最重要的——幾個可以建功，可以邀功的重頭戲。反觀自己，囉囉嗦嗦地列了一大堆，雖然複雜，重要性可差多了。

「×××」他在心裏罵了一句，卻不知道如何反擊，事實上根本就沒有反擊的可能性。

他知道自己被綑綁在那張工作分配表裏，他看得見他將來的日子會忙碌不堪，可又看不見一絲希望。

爲什麼老闆要對那個新來的吉姆這麼好呢？那傢伙一來就撿了「組長」的頭銜，他自己則工作了七年才得到。老闆還把他的人員撥給吉姆，並且向他施壓力，要他和吉姆對換辦公室，現在幾個重要的「計畫」也全落在吉姆的身上。

是這個吉姆有什麼來頭呢？還是只因爲他們有相同的膚色？

也許兩個理由都是，吉姆不僅有來頭，而且是他們自己人，不像他只是個外國來的移民。

他早就發現，大部分的老美，根本就不記得他們也是外來的移民。也許不是第一代，但是二、三、四代的移民，可就沒有疑問了。

他沒有多少時間盯著工作表發呆，因爲那個乾瘦的老闆叫他過去。

「估計一下，你要多少時間來分析這些資料？」老闆在他桌上堆積了如山的紙張。

他看了那龐大的數目，再想自己只剩下兩個助手，知道需要的時間比從前多。

「四、五個月」他說。

「我想不要那麼多，兩個月就好了！」老闆不同意。

「那是不可能的！」

「怎麼不可能？兩個月把它做起來！」

「你不是要我估計嗎？我的估計是四至五個月。你說『兩個月』是不可能的，如果你一定要堅持你的意見，爲什麼又要我估計呢？」他無意頂嘴，只是想著不把話先說清楚，往後的麻煩更大。

老闆露出不高興的臉色，那又瘦又乾的臉，皮膚鬆鬆地，兩眉間的幾道豎紋，格外明顯。

「兩個月。」斬釘截鐵的聲音。

「如果那是命令，我只好盡力而爲！」他回答。

老闆沒有講話，那樣子好像是在生氣。

他搞不清楚，爲什麼吉姆一來，老闆對他的態度就變了？本來總是讓他放手去做，他也從來沒有偷過懶。這一次，爲什麼一定要把期限定得這麼短，還沒有開始，就知道沒有完成的可能性。……而且說話的樣子，硬繃繃的。

總而言之，苦難又開始了……

每一個星期五，老闆來查他工作進展的情形，然後頻頻搖頭，表示對他的不滿：

「太慢了，這樣子怎麼能在期限內完成？」

他本來想說：「那個期限，本來就不可能達到。那完全是不合理的。」可是他把話吞了下去，免得老闆拿他的話做把柄，說他從頭就認爲不可能，根本就沒有賣力，而且他實在怕老闆講話時的那種火藥味。

「自己在什麼時候，得罪了他不成？」他懷疑，可是他想不出半個可能性。

他只好在下班後加班，他的助手也陪他加班，雖然他並沒有這樣要求。他們似乎也發現了老闆的態度有些古怪，實在有窮找麻煩的味道。

又是一個星期五，老闆又把他那張又瘦又乾的臉，拉長了說：

「太慢了，那樣子怎麼能在期限內完成？」

他沒有說話，只是開始在週末也加班。他的助手有時候來，有時候沒來。不來時他們會很不好意思地說明理由：「我和我太太早安排好要去看我岳母。」

或是「家裏有許多事情要料理。」

或是「明天需要在家裏修車子。」等等……

他不怪他們，誰的家沒有許多事要在週末料理呢？他家的水龍頭，就等著他去修理。他那一部車子，也該換油了。那些事情，他一向是自己做的。他們誰也不能說動不動就把車子送進汽車修理廠去，那種費用是相當可觀的。

又是一個星期五，老闆把他的兩手抱在薄薄的胸前，在那乾瘦的臉，露出了滿臉的不快說：

「太慢了，那樣子怎麼能在期限內完成？」

「我在盡力，我下班後加班，週末也在加班，本來就不可能達到。」

老闆那乾瘦的臉突然發出兇光，狠狠地說：「工作時間長，沒什麼可誇的，你要講究工作的效率！」

突地他感到全身的血管在擴張，血液加快了流速，他差點要破口大罵，但他忍住了。

老闆走後，他打電話給「職業介紹所」，要他們給他留意工作的機會。

這之後他不再說話，一任老闆以那種餓貓戲弄老鼠的態度，在每一個星期五，享受那苛薄的遊戲。

「不知畢爾是什麼意思？這也不是什麼了不起的計畫，爲什麼要趕得那麼快，逼人逼得那麼兇？」又是一個星期五，老闆離開後，他的一個助手這樣說。

「奇怪，如果眞是那麼重要，應該把吉姆的人也撥過來，大家一起趕。他們那邊現在不是閒得很嗎？反正大家都在同一條船，我們趕不出來，老闆也不好看！」另一個助手說。

他想告訴他們：「老闆是在整我，也連累了你們！」

可是他沒說出來，目前兩個助手還乖乖地做，如果看出了情況，說不定會棄他而去，留他一個人去挑整個包袱了。人總是很現實的啊！

想到老闆在整他，他心裏忽然難過起來，他不知道老闆爲什麼要整他？想到第一年，他們倆並肩而做，雖然不能說是有福同享，有苦同擔，至少老闆並沒有存心找過他的麻煩，一年過了，他領到一筆獎金和老闆的口頭稱讚；兩年過了，他是個組長，帶領五個助手。現在快滿三年了，來了一個新的同事，他失去了三個助手，而老闆變得毫不講理……

他無法了解老闆的變化，爲什麼一個人說變就變呢？這個「變」是在吉姆來了之後發生的，所以必定與吉姆有關。可是他依然不解，吉姆之來，爲什麼要叫他受罪？

他本來以爲老闆欣賞他的工作能力，也知道他做事勤勉，他對於兩年來的職位和薪水，也沒有怨言，滿以爲這樣做下去，還會有更大的發展，現在看來，一切都難說了。

他突然想起在某次學術會議遇見的一個同鄉這樣說：

「這邊的主管雖然權力很大，可也不能亂開除人。不過他要你走路的時候，可也不難。他會處處找你麻煩，逼得你無法再待下去，於是你只好自動求去，他也就達到了目的。」

當時他對這句話，沒有太多的了解，現在印證到自己身上，卻感到不寒而慄。

「就是這樣！」他對自己說。

「老闆要我走路，所以他先把我的人挖走，再要我的辦公室……如果我跟他吵……」

他忽然發呆了。

「那麼我就上了他的圈套？可是沒吵，他就逼得更兇了，現在他在工作上找麻煩，故意把工作完成的期限定得這麼短，害我日夜加班，忙得死去活來，週末也沒了，家裏的瑣事也顧不了，還要每週一次聽他刮鬍子……」

於是他回想起老闆每次來查問的態度：

「他根本沒有替我設法，如何能夠按時完成工作，他幾乎是幸災樂禍地看我沒命地趕工，也無法達到目的。」

「可是為什麼呢？難道僱吉姆來，就是要頂我的嗎？一定是的，所以吉姆才要我的人和我的辦公室。可是吉姆是什麼人呢？顯然在經驗和學識方面，是遠不如我的呀！公司為什麼要以『次貨』來頂『上貨』呢？我敢毫不慚愧地自稱『上貨』……」他想。

不管如何，他很高興自己已經和職業介紹所聯絡過了。反正找到了事，立刻走，沒找到以前，盡力而為……。這樣一想，他的心也就舒暢了許多。

往後的日子，他工作得更賣力，為的是不要他的老闆太得意，認為他壓根兒無法如期完成工作。他也不要那個黑心的老闆，找到他任何的把柄。

於是他夜以繼日地趕工，工作終於完成時，距他開工剛好三個月，比他老闆無理的要求，晚了一個月；比他合理的估計，快了一至二個月。快完工的幾天，他幾乎是睡在辦公室，根本沒有回家去。

當裝訂好的十大冊分析報告、資料、圖表等等，運到他老闆的辦公室時，老闆乾瘦的面孔，表情冷淡，兩片嘴唇微微地動了一下：

「沒有按時完成！」

他沒有期待任何的嘉許，所以並沒有失望。而且心中禁不住有一種「終於做完了！」那種輕鬆和愉快。

「我們幾天沒睡好覺，今天能不能准我們早點回家去休息？」

他沒等老闆回答，就通知了兩個助手，一起回家休息去。他知道沒有人像他那樣賣過力，加班加到那個地步，三個人在三個月裏，做完了那一大堆資料分析。他是很驕傲的，他不在乎老闆肯不肯講一句慰勉的話。

幾天後，職業介紹所通知他，有一個公司對他有興趣，要找他去面試。

幾個月來未曾感到的快樂，從他體內冉冉升起……

如果這邊的公司不稀罕他的貢獻，總還有人會要的吧！失去多時的信心，逐漸回到他的身上。

面試費了一天工夫，他自覺應付自如，大半問題，他過去都碰到過、做過，也解決過。他自己慶幸這會是他駕輕就熟的工作，對那個公司來說，能僱到他也是幸運。他的學識和經驗，正是他們所需要的。如果他們僱人，是爲了人才，他應該是人選。不過他也知道，公司僱人，也常常爲了別的原因。他不知不覺地想起新來的吉姆——那傢伙，就不知道是什麼原因進來的？

「如果你加入我們的公司，相信我們會得益很多！」

面試結束的時候，那個可能成爲他老闆的人，推了推鼻樑上的細邊眼鏡說。那人個子高大，可是聲音細細小小的，也叫做畢爾，跟他現在的老闆一樣。他有點兒介意，但是畢爾是那麼通俗的名字，每天都可以碰到好幾個，那不會有什麼意義的。而且在面試之後，儘管人家說了一大堆好聽的話，也不見得會下聘，實在是不必要杞人憂天了。

離開了那個設址在大都市近郊的公司，他駕車回來。雖然很疲倦，但是他發現自己在哼著歌，心情比在趕工的時候，好得多了。

面試後兩週，他接到了那個公司的人事處打來的電話：

「我們決定請你參加我們的公司，正式的聘書，幾天內就會寄到。我們的公司福利很好……」接著那人報了他薪水的數目字，也做了有關他們公司冗長的宣傳。

他很高興，一種被接納的興奮，使他全身的重量消失，好像就要像汽球一般地浮起來。他更有一種衝動，想要立刻接受那個工作。好在他已不是個初入社會的年輕小伙子，他命令自己冷靜下來。在接受工作以前，他需要思考，首先他要知道那個公司的情況：財務、生意、人事等等……

他打電話給在那公司裏碰到的中國女職員，探聽消息。

「不要來！」那個叫仙蒂的女孩子，開門見山地說。

他愣了半晌，不知道她是什麼意思。他知道中國人有互相排擠的毛病，但是仙蒂看來並不是那個樣子。而且他和她，職位和職務都不同，沒有任何競爭性，她沒有必要排擠他。

「爲什麼？」他總算問了這一句話。

「人事制度一大糊塗，畢爾才來了兩個月，下面三個組長，已經走了兩個，因爲他們認爲應該升上去，不服新來的主任。畢爾認爲僱中國人比較容易管……」然後她趕快加了一句：「當然，中國人也多半學問好，工作也賣力！」

他全身的氣力又消失了，但是這次不是往上浮，而是往下跌。好在他是坐著打的電話，不然必會一屁股跌在地上。他失望，他也覺得自尊心受到了傷害。他滿以為自己的學識、經驗受到了雇主的賞識，可是雇主有興趣的是他的膚色，他那屬於中國人的商標「容易管」。

他感覺到他必須在心裏狠狠地詛咒一番。

「謝謝妳！」沉默了半晌，他才說了這一句話：「不過我有不能不走的理由。」

「我了解，我們都經歷過那種處境。」仙蒂體貼地說。

被聘的喜悅，被這通電話打消，他氣餒地坐在自己的辦公室發愣。

不知過了多久，他那乾瘦的老闆，不聲不響地走進了他的辦公室。

「簽名！」老闆說，臉上沒有表情，乾瘦的臉，皺紋越來越深。

他接過老闆的文件，原來是考績單，在這兒也待了整整三年了。

他沒有期待會有好評語，只是匆匆地翻了一下：所有的勾兒，都打在「平均」那個字上面，評語欄裏，他看到的是，「未能按期完成工作，欠領導能力，語言溝通，尚須加強」等幾個大字。

他一句話也沒說，只簽了名，就還給了老闆。

老闆那沒表情的臉上，出現了一丁點兒訝異，但是一瞬間就消失了。他們倆的視線，相碰了那麼一秒鐘，就都自動地移開。

老闆又出去了，脚底下沒有聲音。瘦子踏出去的脚步，總是比較輕的吧？

他目送了老闆的背影，自己也站起來，走到電腦部去，剛好碰到該部的新主任。這個新主任叫邁克，與他同時進了公司，當時爲了工作上的關係，兩人常在一起，還算很熟。

「聽說你大幹了好幾個月！」邁克眨了一下眼睛，對他說。

「可不是？畢爾必定是發了神經，明明是需要四、五個月才能做完的工作，他一定要我在兩個月裏趕完，而且不但不加人，反而挖走了我三個人。看這個樣子，我只好走路了。我不能經常那樣子死拚，一條命，還是留著的好！」

他發了牢騷，也把有意求去的意願，表白出來。事後他有點懊悔，因爲照一般的常識，有去意而正在找工作的時候，一定要秘密進行，千萬不要讓人家知道，免得事情還沒有找到，老闆更要打擊你！

「算了吧，畢爾要是知道也好，反正他還能瘋到什麼程度？再找麻煩，也不過那個樣子罷！」

他只好自我安慰，但是心裏卻發冷汗，他實在無法重複那三個月的日子。

當然，他也不是無處可走，不是剛剛才接到一個新工作嗎？雖然工作的環境，似乎不理想。

「管它的，換個環境，重新開始……」他突然下了決心。

兩天之後，他打電話過去應聘，接受他們提供的「找房子」的旅行。

這邊他不動聲色，只向老闆說明，要到南部度假，需要五天的假期。

「不能一口氣請五天假！」

乾瘦的身材，聲音倒是滿大的。

「我需要五天，因爲我要出去旅行！」

「公司的政策是工作忙碌的時候，不能請長假。」

「現在我不算太忙！」他說完就走開。他感覺到老闆瞪著他的背影，在心中罵他。

銷假回來時，他在他的辦公桌上發現老闆留下的一封信。

「咦？難道眞把他氣死了，要把我開除掉不可！」

他有些好笑，匆忙地拉出了信紙，出乎意料，他看到的是一封措辭得體的感謝狀。

「我和公司對閣下爲了按時完成第十二號工作計畫，撥下閣下公私所有的時間，感到十分的感謝。報告裏所表現的閣下高深的學識與專門技能，更要給你高度的認可。」

他覺得丈二金剛摸不著頭腦。那個計畫已經完成了一個多月，老闆除了怪他「沒有按時完成」之外，沒有給他一個好眼色看。偏偏又趕上了年終考績，他的等第也因此而下降。為什麼現在突然來了一個遲到很久的「認可」？

他在手裏把玩著準備提出的辭職信，盯著老闆的信發呆。心裏有那麼一丁點兒喜悅，但是更多的是困惑。他本來準備銷假回來就要提出辭呈的，因為按公司的規定，辭職要兩週前通知。

而正在這個離職前夕，折磨他多時的老闆，突然給他一封親切的信。

「難道老闆在慰留我嗎？可是老闆怎麼知道我有去意？」他詫異。

忽地他想起了與電腦主任邁克的談話。

「莫非他給老闆講了？」

一定是的，大概是老闆向邁克埋怨，他不顧老闆的反對而出去度假，於是邁克想起了他上次發的牢騷和求去的意願。

「沒想到會有這樣的結果？」

他高興了，當時他還後悔自己說溜了嘴呢！不過疑問還是存在的，據他的推測，老闆那樣子整他，顯然是要逼他走路，要他「吃不消」，而自動「求去」……。可是今天桌子上這一封信，卻把他猜測的準確性給減低了。

「好罷，老闆並不希望我走，他知道我會做事。可是難道他認為不管他怎麼無理取鬧，處處找麻煩，我也會乖乖地待下去嗎？」

反問到此，他不覺歎了一口氣！

可不是？如果不是順利地找到了去處，他不是不得不咬緊牙關撐下去嗎？他得養家呀！他們得吃飯和穿衣服，得有個避風的窩。

就是這個最現實的問題，把人人逼得爲「五斗米」而折腰。

他突然想起家鄉的農田來。

他多麼喜歡那一片綠油油的水田，插了秧，灌了水的稻田，帶給人的是豐收的希望。而秋割前一片金黃色的稻海，更是美得令人目眩。那裏代表的是「日出而作，日入而息」的和平日子。

如果他能放下這裏的一切，而回去種田，享受「採菊東籬下，悠然見南山」的境界，不知有多好？

不幸的是農村也已經不是從前的樣子了，他想起了家鄉的來信，敍述了農村今天的苦經：

年輕人走光了，田地都靠老人家種植，根本忙不過來。連農忙時也請不到幫手，往往不能按時下種，按時收穫。加上成本高，穀價低，弄得一年到頭忙得死去活來，債務還是越來越大。丟下來不種，又要繳廢耕稅……

「不知道要怎麼辦才好？」他彷彿聽到了父母的歎息聲。

「不知道要怎麼辦才好？」他自己也說了一遍。

他拿起了老闆的信，再讀了一次。突地一股氣又湧上來，考績的時候，一句公平話也不寫，害得他一點加薪都沒拿到。現在這麼一封信，白紙上寫了幾個字，就以爲可以把他的心收回來？

「才不上這個當！」他對自己說。

於是他站起身，走進了老闆的辦公室。

「回來了！」老闆乾瘦的臉上，露出了溫和的笑。

他不敢相信自己的眼睛，不知有多久了，老闆看他的時候，總是面帶寒霜，捨不得丟下一絲微笑，或是一句溫暖的話。

他不知說什麼才好，於是開門見山地把手裏的白色信封，交給了老闆。

「是什麼啊？」老闆笑著，邊抽出了信。

他本想交了信就要走，現在被這麼一問，也就覺得不好意思一走了之，只好繼續站在那裏。

「這是辭職信啊，已經決定了嗎？」老闆的臉色變青，聲音微抖。

「是的！」

「什麼時候?」

「兩個星期後,離職日期寫在上面,一切照公司的規定。」

老闆沒有說話,他也就走出去了。

可是他心中還是有重重的疑問,看老闆那樣子,並不希望他走,那麼老闆爲什麼要這樣子折磨他?

他解不開心中的謎,便走到化學部,找那個陳姓的中國同事。

陳剛好在他的辦公室裏,身上穿著白色的實驗衣,他的頭髮已經半白,遇事不爭,在同一個職位,已經做了二十年,是個悟了道的忠厚人。

「能不能跟你聊一下,我要離職了!」他說。

陳沒有吃驚,只是笑了說:

「好傢伙,找到去處了?」

他把老闆的信交給陳看,也簡單地敍述了這一年來老闆不講理的作風。

「頭兩年我們處得很好,不知爲什麼僱了吉姆,他的態度就變了。我以爲他要逼我走,今天看了又不像,你猜他在搞什麼鬼?」

陳那藏在鏡片裏的眼睛,露出了聚精會神的神情,聽他說完,便開口說:

「準是在替吉姆鋪路,吉姆必是僱來做官的,那傢伙也許有什麼來頭。可是新僱員,一來就要升官，道理上也說不過去，所以必須要貶損你，證明你是個窩囊。諸如事情不能按時做完哪，學識能力不夠呀，語言不行呀等等……。一方面又要扶持吉姆建功，到時候好說兩個組長相比較，的確是吉姆比較能幹，所以應該升他的官。你們那個部門正在擴充，又要加人，又要升官，可是你不是他們的人選，所以必須要貶損你……」

「天哪！」他慘叫了一聲。

「你知道嗎?老美有一個錯誤的作風，明明不公平的事，也要裝出公平的表面。於是刀槍就對過來，要宰割你了。其實他們大可以開門見山地說：『我知道你各方面都不錯，可是經理這個職位，我們一向不請外國人。』你想我們哪個人會去跟他爭?他們偏偏不幹，一定要說：『是你不行，我們才不升你！』」

「你完全說對了，這樣子老闆的作風和我的遭遇，就可以得到圓滿的解釋了。」

「我很高興你有地方去！」陳握緊了他的手說。

「就算是走出了一個地獄，再走進另一個……」

「不要那樣想，人有權保持希望，何必先給自己洩氣！」

「不是洩氣，是在保護自己:沒有希望，就不會有失望的痛苦！」

「不對，享受希望帶來的快樂最重要，不管那種快樂是多麼地短暫！」

「你自己爲什麼從來不換工作?」他突然改變了話題，看著老陳花白的頭髮問。

「太晚了，當初不知道『換工作』這個玩藝兒的奧妙，總以為忠心耿耿，給僱主賣力，自有報償。沒想到你若不去要求，就永遠不會有報償。現在年紀大了，求事不易，只好將就了……」

他緊握了陳的手，站起身來：

「我們這一代人，不知犯了何罪，要流浪到海外來受洋罪？」

陳寂寞地笑著說：

「這個問題可以有很多的答案，也可能一個答案也沒有。」

於是他和陳分手了。

他的妻子和子女都不愛搬家，尤其是孩子們：

「剛剛交了幾個朋友就要走了。搬家、搬家，一天到晚搬家。」女兒尖起嘴唇埋怨，說完竟潸潸地流下眼淚。

「為什麼別人從來沒有搬過家，我們經常要搬？」小兒子也問。

「誰說我們一天到晚搬？這才是第二次嘛！」妻子插嘴校正他們。

他的心情很複雜，但是實況是到了非走不可的地步，照陳的分析，待下去，只有被磨死的份兒。他還算幸運，當機立斷，決定一走了之，而且還找到了去處。新的工作，新的環境，他在新的公司發現了許多新的作風……

第一個不同的是他的辦公室很小；聽說這兒離市區近，地皮很貴，房產當然也高。公司為了要善用空間，把房間劃的小小的，只有幾個大亨享用大型的辦公室。正由於空間難得，因此辦公室的大小，也就表示那個人的職位和權力的大小，當然是正比例的。

第二是這兒的老闆都講究派頭：最喜歡利用對講機召集人。一天裏頭，總有好幾次，他需要放下工作，跑到老闆的辦公室去聽候指導，或是恭聽下達的命令。

第三是開會多：有些會議，他根本沒有發言的權利，但是必須出席。有時候，老闆帶他去，似乎要他做替罪羔羊，要他擔當工作上的責任。

第四是人事變動很大：他到差的當天，就被拉去參加一個同事的歡送會。他和那個要走的人，在同一個公司，只是相處了一天，在能夠互相認識之前，就要分手了。

到差的第二天，他去找了仙蒂。

這個瘦小的女孩子，正對著電腦工作，回過頭來時，丟給他一雙疲倦的眼睛。

「我來了，不是不相信你的勸告，實在有不得不來的苦衷！」他說明。

「只要你不認為我怕你來就好了！」

「那怎麼會呢？」

「有人會多心的，因為許多老中，不喜歡看到其他的中國人跟他在同一個工作崗位。」

「那又為什麼呢？」

「因爲你和老美在一起，一定是佔下風，輸了也就輸了。有兩個中國人的話，確定會變成競爭的對手。」

「你說這兒人事不穩，我已經親眼看到了，爲什麼呢？」

「這是老猶獨霸的公司，從最高層的負責人開始，大大小小的許多主管，都是老猶在當。老猶的排外性很大，自己人做事，大小錯誤都可以包涵；對別人可就吹毛求疵，而且絕不給你工作上的方便。許多人受不了，就只好走路了！」

多麼熟悉的故事！這不全都在他的身上發生過了嗎？不知那個乾瘦的老闆和吉姆，是不是都是老猶？

「天老爺，看來我又跳進了魔窟！不過我那個老闆，不像老猶。」

「他不是，不過那並不是說他對老中會好。而且他自己的問題才大呢！」

「你是說別的部門會找他的麻煩嗎？」

「當然，不給他錢，也不給他人，然後吹毛求疵，我猜他幹不了一年就會走……」

他很佩服地看了眼前這個瘦小的女孩子：

「你怎麼對這邊的情況這麼熟？要是我，怎麼也辨不出哪個是老美？哪個是老猶？」

「在這兒待個三年，包你閉著眼睛，都會嗅得出來！」

「你在這兒三年了？」

「對！」

「難道說你也準備走嗎？」

「當然，只要找到了事，立刻走！」

「爲了我的緣故，希望你不要走得太快！」他笑著勸仙蒂！。

老闆畢爾遭遇的麻煩，他是親眼看到的。每次開會時，起來攻擊畢爾的其他主管，大概都是老猶罷！每次工作計畫有錯誤，照他們的說詞，都出在畢爾這個部門。畢爾要求加人，上面總以經費不足擋住了。據他冷眼旁觀，畢爾這個部門，工作量最大，而人手最少。

老闆有困難，他們也不好受，不但工作量比別人大，老闆受氣回來，也要找他們出氣。

誠如仙蒂所料，畢爾在到職後不到一年，就走掉了。他佩服仙蒂的眼光，可惜那時仙蒂也已經不在了，他無法把他的讚語當面跟她說。

老闆的位置空出來了，他心裏想，最好來個老猶，從此沒人找他們的麻煩，做事就容易些。說不定經費和人員也會增加吧？但是另一方面他也怕眞的來個老猶做他的頂頭上司，那麼他手下的老猶就要猖狂起來了。

他和畢爾相處得不算頂好，主要是因爲畢爾年輕，學識與經驗都不算驚人，可又喜歡擺主管的權威，每每給他們錯誤的指導。他怕浪費時間，曾經試著告訴畢爾，他指示的辨法行不通。畢爾不聽，總是堅持己見，一定要到結果呈現，證明畢爾的錯誤時，才勉強採用他的辦法。如此這般躭誤了許多時間，弄得沒有一個報告，可以按時繳出。畢爾被轟，這算是罪有應得。倒楣的是他們這批在畢爾手下工作的人員。

老實說，畢爾走時，他鬆了一口氣。畢爾顯然認爲他並不是想像裏那樣容易管的中國人。雖然他沒有聽從的部分，只有學理的部分，而且畢爾堅持時，他也只得照著將錯就錯地錯下去……

新的主管上任，名字叫東尼，顯然不是老猶。任職沒多久，他看出東尼的學識與經驗，並不比畢爾強。可是他和畢爾一樣，也喜歡耍權利，而且新官上任三把火，一把一把地放。

寫工作報告的時候，他照實寫了：

「照主任的指示所做的分析，重複計算，均得不到預期的結果。顯然需要改變方法。」

東尼一看，眉頭一皺，要他擦掉「主任的指示」，那幾個字。

「可要我怎麼寫呢？如果不是你的指示，我不會採用那個行不通的方法。」他說。

東尼很不高興，但是總算沒有發作，還同意採用他的方法做做看。

根據他的觀察，東尼比畢爾豪爽，沒那麼囉嗦。雖然罵人時，嗓門兒比畢爾大，但是氣發完了，好像沒有記掛在心上。

這一年的工作非常忙碌，東尼無法一一過問，所以他就有了較多的自由去做他的研究，戰績也就相當可觀。

可是……

考績單上呈現的還是那一句致命傷「語言」……

他是用英語拿的學位，用英語謀的職，用英語完成的工作……。在那過程裏，「英語」從來沒有問題，只有考績的時候，「英語」就突然成爲問題了。用來做不給他升職、不給他加薪的藉口。

難道他一輩子都要乖乖地吞下這劑苦藥嗎？

「鈴…………」

當電話鈴把他從沉痛的記憶喚醒時，他的氣還沒有消。

「哈囉！」他對著電話吼。

「咦，怎麼了？那麼大的火氣！」是他妻子的聲音。

「哦，什麼事？」

「什麼事？早過了下班的時間了，你還沒有回來，是在加班嗎？」

「不是，這就走了！」

他機械地拿起了公事包，走出了看不到人影的公司。

停車場空空蕩蕩的，除了他那輛棕色的汽車，已經看不到半個車子了。他心不在焉地開車，好在逃過了交通量最大的時間，他不必時時刻刻提高警覺。

推開了家門時，他緩和了自己繃緊的臉。

洗了手，坐在餐桌，拿起了筷子，他默默地扒飯。

「怎麼了？」妻子問。

「什麼，怎麼了？」

「你進門到現在還沒有說過半句話！」

「累了！」

「哦！」

於是他們倆默默地吃飯，他扒完了一碗飯，就放下了筷子，走到樓上的臥房去。

他聽見了妻子跟著上樓來的聲音。

「怎麼了？眞那麼累嗎？總不會是生病了？」

妻子伸手摸了他的額頭：「奇怪，熱熱的。」她說。

他怕妻子會嘮叨，要把他送去看醫生，只好說：

「沒病，只是考績單……」

地說。

「哦，怎麼說呢？」

「還不是老套，『若不是有語言的障礙，就可以得到更好的評價』等等……」

「不同的公司，不同的老闆，居然會寫出一樣的評語，眞是不可思議！」妻子感歎

「有什麼不可思議？他們對我們用得是同樣的辦法，對他們來說，我只不過是一個『東方人』而已！」

突地妻子放低了聲音，不勝感慨地說：

「想當年，你在國內研究所工作的時候，每天都有人敲門來，要你給他們寫申請學校的信。你的英文好，全所沒人不知道。我還記得我們結婚的第二天，就有人來敲我們洞房的門，要你代寫英文信……。沒想到在這兒待了二十年，人家找麻煩，還拿你這個最得意的『英文』來做藉口……眞是沒道理！」

妻子的眼睛，出現了淚珠。

他自己也感慨起來，論學識、經驗、能力，甚至於英文，他哪一樣比人家差？其實畢爾和東尼——那兩個做過他老闆的，又怎能和他相比？

他早早上了床，妻子便低著頭走出了臥房。他看著她那腰身頗粗的背影，不禁想起剛結婚時她那纖細的腰圍來……多少年前的事啊？

第二天他一到了辦公室，老闆就跑到他的辦公室來。

東尼的樣子很親切，圓臉兒上全是笑容。

「今天覺得怎麼樣？」

「不怎麼好！」他故意不買帳。

「安地，你眞是個想不開的人，其實那只是一張考績單，你何必跟我認眞呢？我不能說你樣樣好，因爲反正我不能升你，也不能加你太多的錢。你的弱點不是『語言』，身爲『東方人』，才是你眞正的弱點！」

他愣了，他沒有想到會聽到這樣一句坦白的話！他不知不覺地抬起了頭，目不轉睛地看了老闆的臉。

東尼那雙藍眼睛，帶著無辜的笑，一點兒也沒注意到自己剛剛說的話，正點出了「東方人」的命運！

——原載一九八五年十月《海洋》副刊

世紀的病人

一

經過了三十二號病房的時候，朱麗輕輕地推開了關閉的門，雖然沒有發出半點兒聲響，坐在病床旁邊的女人，還是警覺地回過了頭。

站在半開的房門口，朱麗舉起手，在心裏說了一聲「嗨！」，但是沒有發出聲音來。那女人知道是她，便輕輕地站起身，躡手躡脚地走到門邊來。兩人都怕發出聲音，吵醒了睡眠中的病人，雖然她們都知道昏睡中的病人是不易吵醒的。

「熱沒退？」她問。

「沒有。」

病人被高熱纏繞，已有幾天了，打進去的抗生素，一直沒有發揮效力，那發燙的肉體，忍受不了任何覆蓋的衣物，病床上的他，不僅拿開了被單，也脫下了睡衣和汗衫。病人裸露的上半身，只是一層鬆垮垮的皮，身上的肉，早已掉光，那失去了血色的皮膚，本來是蒼白的，此刻卻因爲高熱而呈了些許的紅色。

病人的呼吸粗而不規律，像即將停擺的時鐘。

朱麗覺得自己的呼吸也變得不順暢了，她連忙做了深呼吸，調整了自己的聲音說：

「眞希望我們有更好的藥！」

「可不是？」那女人回答，聲音裏帶著深切的悲傷。

「不要太煩惱，等會兒有空，我會來陪你！」朱麗說完，便回到走廊去。

她無法經過三十二號病房而不開門探看一下，哪怕當時的她，只能撥出一、兩分鐘。她關心的，與其說是病床上的病人，倒不如說是病床邊的家屬。

那女人自稱是病人的太太，但是病人卻是個同性戀者。

同性戀者也有太太嗎？

同性戀者怎麼樣對待屬於異性的太太？

做爲同性戀者的太太，又是什麼個滋味呢？

而且最不可思議的是：爲什麼這個太太會這般深情地看護她這個得了「罪惡之病」的丈夫？

還有……

每次想到這兒，朱麗必須摒住氣，不敢往下想……

她的問題是「這個該死的男人，有沒有把致命的病毒傳給了他的太太？」

朱麗的滿腦子都是疑問，而且這些疑問使得她渾身不自在，她恨不得立刻去向那位太太問個明白……

三十二號病房的病人叫邁克·布朗，第一次出現在醫院是七個月前的事，掛的是內科外診。症狀是口腔裏長了白色的霉，雖然不是常見的症狀，可也不像是什麼嚴重的病。奇怪的是照標準量投入的抗生素，居然對付不了那些霉毒，因爲霉毒繼續蔓延，覆蓋了他的喉嚨，有侵入他食道的現象。

主治醫師愣住了，因爲他想到了什麼——口腔裏長霉，不正是病人的免疫機能低下的緣故嗎？

朱麗注意到了醫生的臉色，她也想到了什麼——抗生素對付不了的病，那不是……於是她不自覺地從病人的身邊往後退了好幾步，努力地遏止自己想要奔進洗手間，以消毒水洗淨雙手的衝動。

醫生立刻恢復了平靜，用很普通的聲調說：

「你最好住院治療，這樣可以做更詳細的檢查。」

這一下輪到了病人變色了。

「你認為……」邁克的聲音沙啞。

「你是不是屬於那危險的一羣？」醫生反問。

邁克低下頭，沒有說話。

「你要回家一趟嗎？收拾一些必要的東西，有沒有家人要通知？下午一定回來住院，不能拖……」醫生叮嚀。

病人垂頭喪氣地走了。

「哈里遜醫生！」朱麗以緊張的聲音叫。

「朱麗，我想他是……其實早就該懷疑到的，他那症狀，不是和一九八一年在洛杉磯發現的病例很像嗎？我怎麼會這樣糊塗，沒有早點兒想到……」

醫生輕輕地敲著自己的腦袋。

「哈里遜醫生，我怕……」朱麗喘著氣說。

醫生總算注意到了朱麗那激烈的反應：

「沒什麼好怕的，你不是早就知道這個病不會輕易地傳染嗎？除非你和病人有了不尋常的關係……除此之外，你既不可能接受他的捐血，也不可能和他共用注射針，你怎麼可能傳染到他的病呢？」

「是，哈里遜醫生！」朱麗不得不羞怯地低下了頭。

「邁克下午就要回來住院，千萬別讓他知道你怕。對一個得了絕症的病人，我們能做的最起碼的事，是表示同情，而不是懼怕。何況我們也還沒有確定他就是……」

「是的。」朱麗總算恢復了職業上的平靜，做了十幾年的護士，她注意到了自己剛才的失態。

邁克是朱麗服務的這家州立醫院所收容的第一個愛滋病患者。

午餐時間，哈里遜醫生很嚴肅地和一些同事們談起邁克的病例，立刻引起了熱烈的反應。

自從一九八一年，紐約、舊金山、洛杉磯這三個大城，同時確認了「愛滋病」患者和「愛滋病」這病名以來，醫生們都知道有一天也會在他們醫院的門口，出現患有這個「世紀病」的病人。但是由於他們的醫院在寂靜的郊外，居民的成分單純，幾年來一直是風平浪靜，不曾有可疑的病人來叩醫院的大門，因此大家都還沒有機會參與愛滋病的治療工作。

可是究竟要怎麼樣治療呢？既然說是絕症，最後總是不免一死，那麼他們——醫生和護士，所能做的治療，不是很有限的嗎？朱麗驀地沉入了無法形容的無奈感裏，因為她最怕看到病人因醫療乏術而死去……

邁克在下午兩點鐘住進了醫院，是一個人提了一隻皮箱來的。看他整齊的衣著，不但不像吸毒的人，也不像個同性戀者。他眞的患了那個絕症嗎？如果是，難怪沒有及早引起了醫生的疑心。

朱麗不自主地盯著邁克看。

他有一張輪廓很淸楚的臉，粗眉、大眼、高鼻子、濶嘴。如果不是臉色不好，眼睛下面又有大黑圈，稱得上是英俊的男人。他的身材頗高，人嫌瘦些，說話也沒氣力。但是依稀可以想像得出生病前那英氣煥發的模樣兒。

邁克最先被帶到檢驗室抽血，然後哈里遜醫生會同另外兩個醫生，向病人問話：

「近來覺得容易累嗎？」

「體重有沒有減輕的現象？」

「晚上睡覺會出冷汗嗎？」

「會不會無緣無故地拉肚子？」

「有沒有慢性發燒的現象？」

「口腔有毛病，食慾是不是差些了？」

邁克小聲應對，答案全部是肯定的。

「這以前有沒有生過什麼病？」

「鬧了一場惡性感冒。」

「拖了很久嗎？」

「是的。」

「病狀呢？」

「就是發燒、咳嗽、發汗、拉肚子、身體有倦怠感……這樣反反覆覆地鬧個不停。」

「有沒有看過醫生？」

「有。」

「也是來這兒嗎？」

「不是，那時我住在城裏。」

「醫生怎麼診斷？」

「就是說惡性感冒。」

這時哈里遜醫生突地站起身來，繞到邁克的背後，伸手按了邁克的脖子。

朱麗注意到了哈里遜醫生的眉毛輕輕地揚起，她猜到醫生必是摸到了腫脹的淋巴腺。

「感冒之後，身體的情況好些嗎？」

「好了一下，然後又不好了。」

「怎麼樣不好？」

「很疲倦，體力差了很多，還有你剛才問起的那些現象。」

「不久之後口腔就長了白霉，是嗎？」

「是的。」

很明顯，是免疫機能的低下，引起了口腔裏的霉。那些在人體健康時，無法施害的病毒羣似乎開始活動起來了。

哈里遜醫生和兩個會診的醫生交換了眼色，然後說：

「邁克，檢驗的報告還沒有送回來，我不敢說是百分之百的確定，但是你也許可以告訴我們，你怎麼會得了這個病？」

邁克的目光混濁，機械地反問：

「什麼病？」

「難道你不知道嗎？我說的是愛滋病，這個病不會是從天上掉下來的！」

「哦，那個……」邁克困難地張口，然後他不相信地搖著頭說：

「我以為不至於輪到我……」那聲音因過度的刺激而顫抖著。

多麼迫切的願望啊！「不至於輪到我……」那是祈求，也是自欺。朱麗聽出了病人的絕望和恐懼，同情心油然而生。她原來認為得這種病的人，不僅是自食其果，而且是罪有應得的啊！

但是任何一個人，得了這樣的絕症，都是悲劇，一條年輕的生命，一副健康的身體，是不應該就這樣被摧毀的。

邁克開始以細小的聲音說話：

他是個同性戀者，他的愛人在月前去世……

「是愛滋病？」哈里遜醫生問。

邁克點頭。

「那你怎麼沒想到自己得的也是同樣的病？」

「因爲我們的病症不同。」

「他是不是在皮膚上長了紫色的斑點？」

邁克搖頭。

「是在身上長了疱疹嗎？帶狀的？」

邁克驚訝地瞪著醫生看。

「每一個人的病症不一定相同，但是初期的現象是大同小異的呀！你不是早就發現體重在減輕，體力也在衰退嗎？」

「我還有多久？」邁克突然以細弱的聲音問。

「現在不去想這個問題，你住院，我們會全心全意地照顧你。」

「我的病情呢？」

「口腔到喉嚨的病毒在蠢動，脖子的淋巴腺也腫了……」

「你是說我的免疫機能已被破壞，待在我身體各處的病毒，正在攻擊我……」

邁克說了一句內行話，突地上身一晃動，就昏厥過去。

大家一陣手忙脚亂，把邁克送進了急救室。朱麗在哈里遜醫生的吩咐下，給病人打了點滴。

「體力很差，病情可能進行得相當快……」哈里遜醫生搖著頭說。

「你猜他還有多久？」朱麗怯怯地問。

「很難說，我本來以爲他會有一、兩年，也許沒那麼長，淋巴系統已被侵犯，下來最怕的是肺炎……」哈里遜醫生以沉重的語氣回答。

二

一天，在醫院的探病時間，病房內科的詢問台，出現了一個衣著樸素的中年女人。

「請問你邁克・布朗在這兒嗎？」她客氣地問。

「是的。」

「請問你，他住在哪一號病房？」

「請你等一下！」

在詢問台的護士，跑來找朱麗。

「三十二號病房的邁克有訪客。他可以見客人嗎？」

「訪客？」朱麗驚奇地問。

因爲邁克入院一個多月，從來沒有人找過他。像許多愛滋病患者，他大概也是被親人遺棄的吧？當然大部分同性戀者，是不跟家人保持聯絡的，得了絕症，家人也不會知道的吧？而且知道了又怎麼樣呢？在談「愛滋病色變」的年頭，即使是親人，也會變得冷酷無情的吧？何況沉溺於同性戀的子女，早就傷透了父母的心，家人在悲傷、失望之外，又要承受失去體面的痛苦，那被指爲敗壞德性的行爲，是很難得到家人的諒解的啊！這樣的子女，即使在垂死的病床，得不到親情的關愛，絕不能說是令人驚愕的事！

但是邁克有訪客了，是一個中年女人，論年紀，絕不會是邁克的母親，那麼是他的姊姊嗎？或者是妹妹？

朱麗在腦海裏迅速地思考，一面對著來徵求意見的護士說：

「我來和她談談！」

於是她走到詢問台來，帶著笑容，朱麗和那個女人打了招呼。

「嗨！我叫朱麗，邁克是我負責的病人！」

「我能看他嗎？」那女人問，以她藍色的眸子對著朱麗的黑眼睛，帶著祈求的神情。

「你知道他得的病嗎？」

那女人點了頭，眼裏呈現了一絲悲傷。

「你是他的親屬嗎？」

女人又點了頭。

哈里遜醫生不在，他也沒有指示過有關訪客的事。但是一般說來，除非重病的患者需要絕對的安靜，不宜接受訪客，其他情形，訪客對病人是有鼓舞作用的，親情和關愛，一向是治病的良方啊！尤其是得了絕症的病人，最怕孤獨地死在醫院的病房裏。

「哈里遜醫生增加了抗生素的投射量，邁克的情況已經進步了很多。我帶你去看他，如果他精神好，你就跟他聊聊吧！」

「他，有希望嗎？」女人緊張地問，薄施脂粉的臉，掠過了陰影。

「我想這一關是過去了，不過病人的體力比較差，有時看來就是病懨懨的，尤其是發燒的時候。」

「他常發燒嗎？」

「有時候，不過熱度不高，不必擔心！」

「他的意識還淸楚嗎？」

「哦，當然，不要擔心他不會認識你！」

本來朱麗想問她：「你是他的什麼人？」但是她沒有說出來，因爲她對自己的好奇心，突然感到了羞赧。

邁克躺在床上，瞪著眼睛看天花板，對於被推開的門，他沒有表示任何的興趣，根本就沒有向門口望過來。

「邁克，你沒睡嗎？精神好的話，可以起來坐啊，走動走動也好。」朱麗在門口叫。

「妳讓我走出病房嗎？」

「當然！」

「你不怕我把別的病人嚇跑嗎？」

朱麗一時語塞，因爲她記得自己第一次的反應，當初聽到了邁克得的是愛滋病，她不自覺地從邁克的身邊倒退了好幾步，還想衝進洗手間洗淨自己的手。現在她只好平靜地說：

「別的病人怎麼會知道你得的什麼病？」

「你敢打賭嗎？壞消息一天就會傳遍天下，我想整個醫院都知道這個病房躺的是愛滋病患者。」

邁克的聲音不大，而且沙啞，但是充滿了怒氣。

「別生氣，我給你帶一個客人來了，你要和她談談嗎？」

那個女人等不及似地從朱麗的身後閃出身，往邁克的床邊奔去，她那帶著小跑步的脚步，使她淡藍色的衣裙，扇起微微的風來。

邁克在喉嚨裏呢喃地叫了一聲，大概是叫了那個女人的名字吧？於是朱麗看見了邁克下陷的眼眶裏，滾出了兩顆大粒的淚珠。她趕快掩起了門，走到病房外面去……

走廊上充滿了午後耀眼的陽光，而朱麗背後的病房裏，那女人正執著邁克的手，傷心地流著眼淚……

第二天早上那女人又來了，這一次她和哈里遜醫生談了很久。到了第三天，她就幫邁克辦了出院手續。朱麗用輪椅把邁克推到醫院的門口。那女人走在邁克的旁邊，一路默默地注視著他。

在醫院大門，那女人客氣地說：

「我去開車來，能不能請你陪邁克在這兒等我？」

「當然！」朱麗點頭。

那女人又以小跑步離開，她身上淡紫色的洋裝，和她前天的淡藍色衣裙一樣，在她的周圍扇起微微的風。

「她是誰？」朱麗問了邁克。

邁克正目送著那女人離去的背影，聽見了朱麗的問話，便收回了視線，簡單地說了一句：

「太太！」

「太太？」朱麗反問，掩飾不住心裏的驚訝。

「太太。」邁克重複了一次，目光裏露出了俏皮的眼色，欣賞著滿臉疑惑的朱麗。

這時那女人把她淡藍色的汽車依靠在醫院大門口的車道上，走出了車門。

朱麗趕快把輪椅往那方向推去。

那天一直到了下午，朱麗才有機會向哈里遜醫生問話：

「邁克可以離開醫院了嗎？」她知道邁克的體力並沒有恢復太多。

「邁克的情況是進步了，雖然他以後還會感染新的病。但是他不會立刻死去，我們不能把他死前所有的時間都關在這裏，他會覺得除了等死，再也沒有別的事了，這樣也許身體還沒有報銷，精神先崩潰了……」

「……」

「本來我們以爲他沒有半個親人願意照顧他，可是現在出現了一個人……」

「她眞的是他的太太嗎？」

「她說是的。」

「他也說是的。」

於是朱麗和哈里遜醫生望著對方的眼睛，沒有說話。

病人的私事本不應過問，但是邁克帶著致命的病毒，任何和他有過親密關係的人，都可能傳到了這個必死的病。這些人必須要有所警惕，並且不要把病毒傳播出去……

「邁克說他長久以來只有個愛人，而那個愛人死去之後，他並沒有和任何人有特殊的關係……」哈里遜醫生打破了沉默。

「可是現在出現了一個太太……」朱麗說。

「上帝保祐她！」哈里遜醫生在胸前畫了十字。

「要多久才能確定是安全的呢？」

「從前以爲感染的人，兩、三年就會發病，現在知道有人在七年以後才發病。」

「我的天，要等那麼久嗎？」

「這個新奇的病，我們知道得太少了！」

出院後，邁克回來過好幾次，都是那個女人陪著來的。她那小心翼翼地照顧邁克的樣子，透露出她對病人的深厚的愛。朱麗不禁爲邁克的幸運而慶幸。得了絕症，固然不幸，但是在垂死之前，能夠得到獻身的照顧，照東方人的說法，該是前世修來的福吧？

邁克身上總有一些毛病，發燒對他來說是家常便飯，他所關心的只是熱度高到什麼程度，和每一次發燒的時間有多長罷了！醫生所能做的也只是頭痛醫頭，脚痛醫脚的方法。因爲對這個病，根本沒有釜底抽薪的辦法。如何減少病人的痛苦，是醫生所專注的問題。

不過出院以後的邁克，心情比較好，說話很溫和，入院初期那種動不動就找人出氣的態度已經沒有了。一度俘擄他的極度的頹喪，也不再出現。但是他的體力在顯著地退化，一、兩級台階，他也沒有力氣爬，而在說完一句話之前，必須停下來喘一口氣，中間還夾著幾聲乾咳。

「看起來不怎麼好，是不是？」

一天朱麗看著邁克在那個女人的攙扶下離開了診察室之後，對哈里遜醫生這樣說。

「可不是？一點兒也不好！」

「還能撐一陣子嗎？」

「很難說，他的毛病越來越多，跑醫院的次數增加了，間隔也縮短了，而且病情會越來越兇猛……」

「要不要叫他回來住院？」

「他會來的，可能快了……」

哈里遜醫生的臉上罩了一層陰影，面對現代醫學應付不了的疾病，他有吃了敗仗的頹喪。

一個免疫機能破壞的病人，猶如毫無防備的國家，任由侵入的敵軍蹂躪，直到徹底地敗亡爲止。

邁克在出院兩個月之後，又回來住院了。高熱和呼吸困難是邁克當時的症狀。哈里遜醫生找了兩個醫生會診，診斷是卡里尼肺炎——就是那個把三分之二左右的愛滋病患者推向死亡的最兇猛的肺炎。

三

兩杯咖啡冒著熱氣，放在朱麗和麗莎的前面。

「要加糖嗎？」朱麗問。

她很高興不必以「那個女人」來稱呼麗莎了。由於邁克・布朗是個垂死的愛滋病患者，她又不清楚麗莎和邁克的眞正關係，使得朱麗一直避免以「布朗太太」的名稱來稱呼她。

現在邁克再度入院，她們倆天天見面，麗莎終於把自己的名字告訴了朱麗。這之前，過度憂慮的她，大概沒注意到連名字都忘記了告訴朱麗吧！

那天她們倆站在床側，注視著帶了氧氣罩的邁克，各懷心思地沉默著。

「別擔心，邁克的呼吸已經平穩了！」過了半晌，朱麗這樣說，確定了氧氣的供應已使邁克的呼吸順暢了許多。

「好可怕，我以爲他就要斷氣了……」

「邁克發炎的肺，使他呼吸困難，要費很大的勁，才能吸進一點氧氣。」

「發出那麼大的聲音，喘得那麼厲害……」

「不要怕！」朱麗安慰她。

「我叫麗莎，叫我麗莎……」她突然說。

「麗莎，不要怕！」朱麗叫著她的名字，抱了她微微抖動的肩膀。

就這樣，那個女人在朱麗的臂彎裏，從一個普通的病人家屬，變成了一個令人憐愛的小婦人——麗莎。

朱麗很了解伴著一個走向死亡的親人，內心所承受的壓力，那種恐懼與悲痛混合的感情，是需要找個洩口的。

「陪我去喝杯咖啡好嗎？」朱麗開始在她休息的時間，到病房去叫麗莎。

麗莎多半不肯離開病房，朱麗也不勉強，一個人去醫院裏的咖啡室，買一杯咖啡來提神。

一天，朱麗當做例行公事般地又去叫麗莎時，出乎意料地她答應了。

在客人稀少的咖啡室，她們佔了角落的座位。

「要加糖嗎？」對著兩杯冒著熱氣的咖啡，朱麗問。

「不，我喝的是黑咖啡，你呢？要牛奶嗎？」麗莎把放在她眼前的裝著牛奶的小杯子，推向了朱麗。

「謝謝，我是又加糖，又加牛奶，始終沒有學會喝黑咖啡。對我來說，黑咖啡是太苦了。」

於是朱麗忙著在自己的咖啡杯加糖和加牛奶，又用小茶匙攪了攪，才端起了咖啡。這種日常生活常做的動作，使她內心平安，有一種一切都上軌道的安全感。

對面的麗莎，雖然也端起了咖啡，卻沒有把杯子挪近自己的唇邊。

「喝吧！咖啡會提神的，幾個月來一定是把妳給累壞了！」

麗莎開始啜她杯子裏的咖啡，但是臉上是一副飲而不知味的表情。

「好咖啡！」朱麗故意大聲叫。

麗莎怔了一下，然後喝了一大口：

「好咖啡！」她也說。

「沒騙你的！」朱麗笑了。

「你猜邁克還有多久？」

朱麗的笑容立刻被麗莎這句話吹走，她嚴肅地說：

「妳問了哈里遜醫生沒有？」

麗莎搖搖頭：「我不敢問，也怕知道。」

「沒有人知道他還有多久？但是那一天總會來的，他不會好，只有越來越壞……。我們做的只是減輕他的痛苦，使他走向死亡的歷程，不至於太難忍受！」

朱麗儘量以柔和的語氣說，哈里遜醫生交代過，要麗莎和邁克有所準備，最重要的是後事要交代清楚。

麗莎點頭。

「邁克還有別的親人嗎？」

「他有父母，我們之間有個兒子。」

「你還是布朗太太嗎？」

「不，我們離婚了。」

「很久了嗎？」

「三年了。」

「妳沒再結婚？」

「沒有。」

「你還愛他？」

麗莎點頭，她的眼淚卻在那個點頭的小動作下滾落下來。

朱麗伸手去握麗莎的手，不敢再說話。

她們那剩下半杯的咖啡，在桌上逐漸冷去……

幾天之後的一個早上，朱麗撞見了正在看X光片的哈里遜醫生。看見了朱麗，他向她招了手。

「你知道邁克有沒有安排好後事？」他問。

「已經到了那個時候嗎？」朱麗的心猛烈地跳起。

「肺門到末梢的結節狀陰影，向周圍擴張了許多，怕就要看到全肺的浸潤像了。說不定也會伴有肺氣腫像……，病情再進行，就會陷入呼吸不全和心機不全的狀況。總之是時間的問題。趁他偶然還有清醒的時候，應該安排後事。」

這期間邁克的衰弱特別顯著，深陷的眼眶，皮包骨頭的身體，反反覆覆地來襲的高熱，越來越持續的咳嗽，不時發生的呼吸困難的現象……在在說明他那不斷惡化的病情。

「好的，我會提醒他們。」她回答。

朱麗是帶著這樣一種使命，推開了三十二號病房的門。

麗莎正在注視昏睡中的邁克，但是立刻回頭看了半開的門。於是她那張憂慮的臉上，出現了短暫的笑容。

朱麗進了病房，在邁克的床前站了片刻：

「沒什麼變化，就是好消息！」她說。

「你想能維持多久？」

「我們不要預測這個，出去喝杯咖啡怎麼樣？」

麗莎順從地跟著朱麗出來。

於是她們倆又在那間飄盪著咖啡香的咖啡室，找了個角落的座位，坐下來。

「你說你們有個兒子，好大了？」

「八歲。」

「他知道邁克得了愛滋病嗎？」

「不，我只告訴他，爸爸生病了。」

「他知道病得很嚴重嗎？」

「是的。」

「你沒有帶他來看過邁克？」

「沒有，我把他寄在邁克父母的家。」

「邁克的父母知道兒子的病嗎?」

「知道。」

「他們好像沒有來過醫院?」

「沒有,他們不能原諒邁克。」

「哦!」

「邁克嚇壞了我,嚇壞了他的父母,他嚇壞了我們……」麗莎突然急切地說。

「……」

「他是這樣一個好兒子,好丈夫,好父親……我們沒想到他會突然離我們而去……」

麗莎的臉微微脹紅,呼吸短促,似乎仍在受驚中。

朱麗想起邁克承認自己是同性戀者的事實,看著麗莎的臉,怎麼也想不出適當的話來說。

「我們過得很幸福,我以為他也很幸福,沒想到……」

「你們結婚多久了?」

「七年。」

「七年?」難道他們也逃不過世間傳說的「七年之癢」這道難越的關?朱麗在心中歎了一口氣。

「我一直很幸福，邁克很愛我，他是個體貼的丈夫……」
「你們是怎麼認識的？」
「我們是高中時代的『甜心』，你知道我的意思嗎？」
朱麗點頭：「你們在高中就要好了？以後一直沒有變？」
「沒有，我們去了同一個大學，畢業後等邁克考取了會計師執照，就結婚。」
「你們同歲嗎？」
「不，他大我一歲。」
「你們倆都很專情。」
「是的，我知道我不會愛上邁克以外的男人。」麗莎的眼睛閃著淚光，激動地說。
「你不恨他？」朱麗以柔和的語氣，緩慢地問。
麗莎的眼淚應聲滾落下來，過了半晌，她說：
「不是恨，是傷心，還有驚慌失措的感覺，我知道他要離開我，而我不能過沒有他的生活。」
「他知道嗎？他知道你事事依賴他嗎？」
「……我想他知道的。」
「你說他是個體貼的丈夫，你猜他怎麼做得出這樣的事來？」朱麗努力緩和她那帶著點責備的語氣。

「他說他無法自制，他必須出去尋找他的生活方式……」

「他怎麼樣說明？」

「他說那必是與生俱來的，他努力了三十二年，希望過著正常人的生活，但是他不能再壓制自己，他怕他已到了忍耐的極限……」

「眞的是與生俱來的嗎？你認識他這麼久，有沒有發現他與其他的男人不同？」

「他是我認識的唯一的男人，我怎麼能做比較呢？」

「可是你們在高中就認識，他和其他的男同學一樣嗎？他合羣嗎？」

「他個子高，體格棒，是籃球選手。但是他很斯文，沒有男生的粗魯味。他參加學校裏的活動，舞會他也去，他還邀我同去……」

看來邁克在外表，是沒有什麼問題。

「你沒有半點兒預感嗎？」朱麗突然想起了不可思議的「第六感」，便這樣問。

「你是說邁克會離開我？沒有，我以爲我們會幸福地迎接我們的結婚紀念日。」

朱麗不知道再怎麼發問了，那必定是晴天霹靂，同床共眠了好幾年的伴侶，有一天突然告訴你，他是個「同性戀者」……

「邁克眞的說出了那個字眼兒嗎？說他是個……」

「是的，起初我以爲他在開玩笑，忍不住大笑起來。後來看到他的表情嚴肅，才知道了事態的嚴重，我的笑在臉上凍結，我緊張地大叫『不，我不相信，我不相信……』」

麗莎的臉上，帶著恐怖，彷佛回到了那可怕的一天。

「……後來我求他不要離開我，不管他是不是像他所說的那個樣子……。他說他不能，他要我找個正常的男人來共同生活……，我告訴他我不要，我只要和他在一起就好了……」

麗莎那藍色的眼睛，出現了祈求的眼色，閃耀著淚光。

朱麗發覺自己的眼眶兒也跟著溼熱了。

「邁克說，他活了三十年，都是爲了別人，他做了他父母聽話的孩子，做了學校規矩的學生。他變成了會計師，也是爲了討好父母，雖然他並不喜歡弄數目字。現在他決心要爲自己活，聽他自己內心的呼喊，也要滿足他身體的慾望……」

「他怎麼知道他是個同性戀者？」猛地從朱麗的嘴冒出了這句問話，爲了禮貌，她一直不敢這樣問，可是一不小心，問話還是迸出來了。

麗莎哭了，哭得很傷心，朱麗敏感地環視了四周，好在顧客稀少的時間，那不太多的客人，都佔著離別人較遠的桌子，悄聲地說著話，沒有人關心旁人的事。

朱麗忙在自己的咖啡杯加了糖和牛奶，然後喝了一口，那咖啡早就不燙嘴了。

「……我想他和我在一起，並不快樂，女人引不起他的興奮……」

朱麗不忍心聽她說下去：「喝咖啡吧！」她打斷了麗莎的話。

「他一直不快樂，可是我一直不知道，我是個傻女人！」麗莎繼續說。

「那不是你的錯，誰會想到邁克是個……」

「他說他已經安排好了後事，銀行的帳戶，房產的所有權，都改成我的名字，生活費不要我愁，遺囑也寫好了……」

「你是說他離開你以前就寫好了遺囑？」

「是的，他住院的事，也是他的律師告訴我的。因爲邁克要我放心，他的病是離開我以後才得的。他是個很體貼的人！」

朱麗聽了大鬆一口氣，也就由衷地說「是的，他是個好人！」

「可憐的邁克，他出去尋找自由，卻尋到了死……」麗莎望著遙遠的地方，幽幽地說。

驀地麗莎的腦海裏出現了那個在昏睡中的病人，那個完全失去昔日英俊面容的邁克，一天一天地走向死亡。如果他知道出去尋找自由的結果，會是個「死亡」，他也會離開麗莎嗎？

「知道邁克得了愛滋病，我才認識到他從前只是離開了我們的家，而這次他卻要離開這個世界了。他將從這個世界消失，在這之前，我要儘量地照顧他，因爲以前都是他照顧我……」

朱麗伸出兩手，將麗莎擱在桌上的小手，緊緊地握在自己的手裏。

兩個月之後，在春陽柔和地瀉進病房的一個上午，邁克的病情突然惡化，聞訊奔來的哈里遜醫生和他的助手，發現邁克已經失去了知覺，他在氧氣罩裏的呼吸聲是緩慢而微弱的，心跳更是逐漸地消失中。

那個曾經因爲高熱而滾燙的身子，正在慢慢地冷卻下來。

哈里遜醫生驗了邁克的眼睛，把了邁克的脈，不自覺地搖了搖頭。顯然是無計可施了，他輕輕地把邁克褪在腰邊的床單拉起來，蓋住了邁克那骨瘦如柴的身子。

「邁克已經不怕熱了！」他以沙啞的聲音說。

麗莎撲到邁克的身子，瘋狂地抱住了他的頭。

朱麗感覺到溼熱的淚水，緩緩地沿著她的面頰流下來。她痛苦地把自己的視線從病床上移開，剛好看見了在窗外盛開的杜鵑花，那粉紅色的花叢，正在燦爛的陽光下，散發著豔麗的色彩……

邁克在這一天走完了他那註定要「死亡」的愛滋病患者的旅程，在這個世界，他總共活了三十六年。

——原載一九八七年《台灣時報》

相輕

一

一出電梯，陳世華就看見了迎面走來的東方女性。從她略為方形的面龐和台灣衣廠出品的碎花洋裝，他幾乎可以斷定她是自己的同胞。但是對方卻是一臉的冰霜，使陳世華打消了跟她打招呼的念頭，一聲逢人就說的「嗨！」，便在未張開嘴以前，就被他吞下去了。

他和她在不太寬敞的走廊，擦肩而過，他低下頭，她則別轉了臉。

「有什麼了不起，又不是綺年花貌，怕人家吃豆腐！」陳世華在心裏罵了一聲，卻在背後聽見了稍微做作，但是頗為友善的聲音。

「嗨，傑夫，早啊！」

陳世華不自禁地回過頭，意外地發現了說話的正是那個剛才和他擦肩而過時別轉了臉的女性同胞。她打招呼的對象，不用說是一個白人紳士。

「嗨，凱西！這麼早要去哪裏？」

那個叫傑夫的，一邊說一邊在走廊的中央停止了腳步。棕色的頭髮，白色的襯衫，胸前掛著一條藍底印有白色斜條的領帶。個子不高，肚子微凸……

陳世華在回頭一瞥時，很快地把這一切看在眼裏。他自己今天是刻意講究了穿著的，一套全新的灰色西裝，領口露出的是整潔的白色襯領和紅底白點的領帶。

陳世華五呎八吋的修長身材，包裹在這套西裝裏，說得上是英俊瀟灑的。第一天上班嘛，總要講究一些，好給人家優良的印象。他沒想到一下電梯，就碰到了這個叫凱西的女性同胞，給了他當頭一棒，對他採取了完全漠視的態度。更氣人的是她接著對傑夫的表現是那麼地大方和友善，明顯地表示了她心目中他和傑夫的不同地位。那差別是因「熟」與「不熟」而定，抑或是純粹地根據了「膚色」？即「黃」的老中與「白」的老美？

他出門時的良好情緒，不免受了影響，他不知不覺地繃緊了臉，繼續往自己的辦公大樓走去。

陳世華來得不算早，大部分的同事都已經到了。他不知道自己被安插去哪間辦公室，便決定先敲老闆的門。順著走廊，他一間一間地看鑲在門上的名牌。終於找到了老闆的名字——湯姆傑克遜。

陳世華敲門進去，老闆已經脫下了西裝上衣，掛在衣架上，兩手正在鬆開脖子上的領帶。

「嗯，眞高興你到任了，我們有很多事情在等著你做哇！」

老闆繞到辦公桌的前面來，以他的大手掌握了陳世華的手，一面以宏亮的聲音這樣說。似乎免去了一切的客套，馬上要開始工作的樣子。

「我也很高興來，我期待著和您一起工作！」他禮貌地回答。

「哈，哈，哈！但願你的士氣一直這麼高，忙得很呢！忙得很呢！」老闆用力搖了陳世華的手，說話的語氣倒是誠懇的。

陳世華繼續禮貌地笑，嘴裏也說著老闆愛聽的話：

「沒問題，我不怕忙……」

「好極了！好極了！那麼先去看你的辦公室，好安頓下來……」

老闆終於鬆開了握著陳世華的手，領先推開了門。

「嗯，這個走廊盡頭那間……」在走廊，老闆指了前面這樣說。

不一會兒他們就到了，那間辦公室的門上，已經掛著陳世華的名牌。

老闆搶著給陳世華開了門說：

「房間小了點，這是目前唯一空的辦公室，以後有大的，再給你調換……」

「沒關係！」陳世華連忙回答。

「你就試著安頓一下，十點鐘有幾個M藥廠的人來談公事，我會帶你去，這個工作要交給你了，你先來熟悉一下……」

老闆轉身出去，陳世華便學著老闆的樣子，脫下了西裝上衣，掛在衣架上，又伸手鬆開脖子上的領帶。房間的確很小，一張中型的辦公桌靠牆邊放著，另一面牆是一個小型的書架。那書架邊是放文件的輕便推車，如此而已。剩下的空間，只夠他勉強走動罷了！

但是猛地陳世華的眼睛亮了，他看見了一扇小玻璃窗，在放文件的長架子上面。他走過去，推開了輕便推車，望了窗外。從十八層高樓眺望，風景是出奇地美。睜眼望去，藍色的遠山邊，竟是浮著白雲的藍空。山下是濃綠的層層丘陵。林間掩映著點點滴滴的房子，那紅色，必是紅磚罷？收回了視線，筆直地望下去，剛好是一片停車場。形形色色的汽車，整齊地排列在下面，大小猶如他兒子嬉耍的玩具汽車……。不知爲什麼，每次居高臨下地看到停滿了汽車的停車場，他就感覺到了人類的渺小。想到自己鑽進了只有一根手指頭那麼大的汽車裏，天天忙忙碌碌地在公路上行駛，他覺得自己彷彿成了小人國裏的小人，忙的更是不關重要的渺小事。可是就在這一刹那，另外一個他，卻像是巨人般地站在這個高樓裏，俯瞰變成了小人的自己，可憐兮兮地在齷齪的人類世界，辛苦地鑽營著……

二

那是一間小型的會客室，長沙發椅上坐著三個西裝筆挺的男人，陳世華意外地發現其中一個是和他一樣的黃面孔。

他不知不覺地打量著那個東方人，西裝是上等料子，可惜那人瘦小的身子塞在裏面，大有被衣服壓垮的感覺。臉上一副深度近視眼鏡，也把那人臉上的小眼睛、小鼻子遮蓋了大部分。一言以蔽之，是個貌不驚人、身材瘦小的傢伙。不知他們公司怎麼會派這樣一個貨色到外面來？他是什麼職位呢？總會有什麼頭銜的吧？那麼是拍馬屁起家的嗎？陳世華的眼光是冷淡的。這時那人正熱心地握著陳世華老闆的手，說一些客套話，彷彿他們是認識已久的老朋友。

陳世華無聊地站在那裏，等著他老闆把M藥廠的人們介紹給他。這時藥廠的另外兩個人——白色紳士，向前跨出半步，一邊報名，一邊伸手和陳世華握手，算是自我介紹了。陳世華回報自己的名字，也握了對方的手。那個圓臉兒的叫哈里遜，另外一個身材高大的是史密司。

「哈哈，你們已經彼此自我介紹了？好極了！這位陳博士，從今以後要負責貴公司送審的藥……」

陳世華的老闆，總算結束了他那邊的會話，回頭這樣補充介紹了陳世華。然後他再把與他握手的東方人介紹給陳世華：

「這位是林博士，M藥廠統計部的負責人！」

果然是老中！

林以冷淡的眼光瞥了陳世華一眼，並沒有伸手和他握手。

「做了主任就要擺臭架子嗎？」陳世華在心裏偷偷地罵了一句，也就省去了握手寒暄的洋人規矩。

「我們已經和顧問委員會接洽好了，十月十一日，我們開討論會……」圓臉兒的哈里遜這樣說。

「十月十一日，還不到一個月嗎？太匆忙了！」陳世華的老闆回答。

「可是要顧及到委員會那邊的方便，這是他們訂的時間。」

陳世華的老闆沉吟了一下，然後以堅定的語氣說：「好罷，我想以陳博士的能力，他一定能趕得出來。」

「可是陳博士剛接手，他不熟悉我們的藥……」林開口說。

「他很快就會熟悉的，只要你們把資料送來……」

「我們對陳博士接辦，沒有半點兒意見！」高大的史密司趕緊插口說。

陳世華有些氣惱，看來那個姓林的，有意要損他，什麼陳博士不熟悉我們的藥……

「別瞧不起人！」陳世華在心裏低吼。

哈里遜、史密司・林都對著湯姆說話……

陳世華有被冷落的感覺，但是在靜聽中，他已捕捉到了問題的核心。

原來M藥廠送審的預防過敏症的注射藥，被陳世華的前任打回去，他們不服，申請由委員會的專家提供意見。

很明顯的，官方與廠方的立場是對立的，廠方以賺錢爲目的，恨不得每天都有新藥上市，好賺個大錢。但是藥品關係人體的健康與生命，哪能一任藥廠把自吹自擂自稱藥效神速的新藥，全部送進市場？爲了公共的健康和福利，政府對新藥有管理的方法，上市的新藥，必定先送審，申請政府的販賣許可證。陳世華現在的工作，就是審查藥廠送審的新藥，看藥廠有沒有按政府的規定，做必要的實驗，並對廠方提出的實驗數據和分析報告做核對的工作，判斷他們的虛實。

換句話說，新藥是不是安全有效（因爲有些新藥雖然有效，卻有不良的副作用，有時甚至會致人於死），或者只是平平，甚至於完全無效，那就要看陳世華和他的同事們的工作結果了。

陳世華在轉換新職以前，也曾在藥廠工作，做的正是那個姓林的在做的事。當時他們統計的工作就是整理和分析新藥臨床實驗的結果，設法以數字來證明新藥的安全和有效性。

新藥在動物實驗的階段，若呈現有效，則可提升到以病人做實驗的階段，並逐漸由少數擴大到多數爲對象。但是往往病人的個別差異很大，雖然服用同樣的藥，卻因不同的因素而使得資料難以歸類和比較。如果著手實驗之前，沒有完善的設計，數據就很可能是雜亂無章的了。假使再遇到受驗的病人，沒有按照規定服藥，那麼勉強記下來的數據，也就很難有信實性了。

他們在分析時所遇到的困難，有時是難以克服的。但是藥廠在實驗過程中，已花費大錢，自然要向他們施壓力，希望他們在玩弄數目字的時候，特別做有利於藥廠的論斷。開玩笑！統計人員又不是可以變魔術，何況統計演算和推測，可不是虛造的！更不要說，這是牽涉到人命的事。

自然偶爾也會聽到某些好功心切的工作人員，或是在壓力下無法動彈的人們，僞造資料，虛報結果，但是那樣的事做了，可要坐牢的啊！

陳世華就是不喜歡在那兒承受的壓力，和可能被逼著做違心事的危險，才離開了待遇優厚的工作，調到政府來，做的雖是同樣的事，卻又可以說是站在完全相反的立場了。因爲替公司做，目的在證明新藥的安全有效，態度是肯定的，積極的。現在替政府做，對送來審查的新藥，採取的是懷疑的態度，對長篇大論的自吹自擂的宣傳，不得不把它先暫時擱置，完全要根據實在的數據來做決定。

「陳博士，十月十一號再見！」圓臉兒的哈里遜跨前一步，握了陳世華的手。

原來他們的談話已經結束了。

「陳博士，今天幸會了！」高大的史密司也伸出了他粗而厚的手掌。

陳世華只在嘴裏呢喃地應了兩聲，眼角捕捉到的又是「林」在熱心地和他老闆湯姆說話的樣子。對著體格相當大的湯姆，林是仰著頭的，他的小手在湯姆的手掌裏，也顯得失去了所在。但是林正熱心地搖著手，講他最後一句客套話。

陳世華等著要捕捉林的視線，但是林沒有向他望過來，於是他們倆又省卻了分手時握手的洋規矩。

藥廠的三個紳士走向大門，陳世華和他老闆一起回來辦公室。

「艾里克把M藥廠的藥以『實驗不完全』的理由打回去，他們不服，說是我們故意爲難，找到顧問委員會去了。偏偏艾里克找到新差使走掉，現在只好找你應付。我相信對你並不難，只是時間太匆忙了些。一個月不到的時間裏，你要了解他們新藥的性質，實驗的程序，並且指出他們實驗上的漏洞。把時間訂得這麼匆忙，也是他們耍的鬼計之一，他們不希望我們有太多的時間來準備……」

陳世華意識到事態的嚴重，並沒有立刻說話。但是他的腦海裏卻不禁浮起了林的臉孔，那張未曾正眼看他一眼的驕傲的臉孔。統計部的主任——那樣一個頭銜，就使得他以爲可以不理睬陳世華嗎？

「我會盡力而爲！」陳世華回答，不知道自己是對老闆說，還是對著林，因爲他的體內湧起了與林相鬥的意志。

陳世華與老闆分手，回到自己的辦公室。他再度脫下了西裝上衣，鬆開了領口的領帶，老闆又推門進來了。

「資料馬上會派人送來！」他說。

然後他環視了陳世華的房間：

「這個房間是小，哪能放得下那麼多資料？」老闆邊說邊搖頭。

「山姆叔叔弄得這麼窮，就是爲了花太多的錢在武器上面。少造一個火箭，就可以再租好幾棟大樓，不必把這麼多人員，集中到這兒來！」他竟毫無顧忌地說，還誇張地歎了一口氣。

這時堆放了好幾個箱子的手推車，出現在陳世華的門口，把整個門都堵住了。推車的人隱藏在箱子後面，以細弱的聲音問：

「要放在哪兒？」

老闆再度歎了一口氣，一半對陳世華，一半對推車後面的人說：

「就放在這個資料架上罷，能放多少就放多少，放不下的送到我的房間去！」

然後為了騰出空間，老闆推開了堵在門口的手推車，走出去了。

手推車後面的人，調動了位置，出現在箱子的前面：

「不如把那個資料架子移開，箱子就疊放在地上……」

那個穿T恤和牛仔褲的人，環視了陳世華的房間，這樣建議。

陳世華把自己的目光移到資料架，注意到架子上面的窗子，緊張地說：

「會不會堵住那個窗子？」

那牛仔褲笑了：「我知道你的意思，在這種大樓工作，窗子就是生命裏的陽光……，不會的，我不會把窗子堵住。」

陳世華鬆了一口氣。

牛仔褲離開了以後，老闆又進來了，他看了堆放在窗子下的資料箱子說：

「沒想到倒給你全部放進來了，這些資料，一部分是原始資料，一部分是後來補充的。資料倒還很齊全的樣子，因爲他們志在必得，非要我們批准不可。你那個同鄉——林博士，好像滿有一手啊……你們不認識吧！」

「不！」陳世華用力搖了頭，想起了那個與他見面和分手都省卻了握手禮的傢伙，心中難免產生一股不快之感！

「神氣什麼！」他忍不住又在心裏罵了一句。

「林博士剛才對我施了軟工夫，他以爲只要我說ＯＫ，就會ＯＫ。難道你們的國家是那樣的嗎？」

陳世華突然發窘了，他不知如何回答。在台灣，他沒有工作的經驗，但是「官商勾結」，「紅包上衙門」以及「有錢可以使鬼推磨」等等的事兒，他倒是經常聽到的。

「我想不會的吧！」

爲了祖國的名譽，他只好這樣含含糊糊地回答。腦海裏又浮現了林那張壓在深度近視眼鏡下面的小臉蛋兒，一股氣也跟著湧上來了：

「這個傢伙，眞叫人發窘！」他再度在心中咒罵了一聲。

「我想你已經知道你的工作性質，因爲藥廠總是匆匆忙忙的來申請許可，也不把實驗做得周全一些，你必須指出他們的漏洞……」

「是的，我會盡力！」陳世華回答。

「那麼你這就開始了，越快越好，時間太有限了……」

三

下班的嘈雜聲從走廊傳進了他半開了門的房間裏，陳世華舉起了兩隻手，坐著伸了懶腰，才站起身來。把西裝上衣套上的時候他倚著堆積的資料箱，伸長了脖子，以頗不自然的姿勢望了窗外。遠山依然是蔚藍的，薄暮尚未降臨。夏天的好處是在明亮的陽光下下班。他匆匆地瞥了一眼高樓下的停車廠，但是眼睛花花的，沒法兒從那玩具般的汽車羣裏，認出自己的汽車。他把正在看的厚厚一本報告，放進了公事包，走出了自己的房間。走廊上充斥著步伐匆忙的人們，不約而同地湧上了電梯口。在他前面走的是一雙男女，男的是棕髮，女的是黑髮，那個黑髮女郎身上的碎花洋裝，猛地刺激了陳世華的記憶。

「凱西！」這個名字反射地出現了，那個在他走出電梯時，賞給他冷面孔的女人。那麼那個棕髮男人，會不會是傑夫？

爲了好奇，陳世華加快了脚步，想趕在他們的前面去。可惜走廊不寬，他們又是兩個人並排走，陳世華落得緊跟在他們的後面，卻沒有機會走到前面去。

快到電梯時，棕髮的男人偶爾回過頭，看見了陳世華竟笑著說：

「嗨，我叫傑夫，你是今天到任的陳吧？」說著停止了脚步，於是跟陳世華並排了。

果然是凱西在上午打了招呼的人，唯一不同的是他的領口敞開，那條藍底印有白色斜條的領帶，已經從他的領口失蹤了。

看來是個不修邊幅的人，那微凸的肚子，也給人易於相處的感覺。

「我在藥學部，工作上和你有密切的關係。」傑夫伸手與他相握。

陳世華也趕緊說了寒暄的話。

但是他的眼角卻捕捉到正以快步衝上電梯門口的碎花洋裝。那件洋裝的主人，很快就消失在關閉的電梯門裏，似乎不想和他打招呼。

陳世華的心情，也跟著電梯下降了。

在停車場，他與傑夫分手，花了九牛二虎之力才找到了自己的車子。早上來時，怕是有些緊張，居然忘記看自己的停車位置。偏偏又是個陌生的停車場，在那廣大的車海裏，他眞的迷失了自己的車子。漫無目的地走在一排又一排的車行之間，試著回想早上來時的情況，卻是一片模糊，最後才記起他尙未得到自己的停車場，車子是停在高樓另一面的路邊。

歎了一口氣，陳世華走了一段路，才得以鑽進自己那部藍色的汽車。擦了滿頭大汗，發動引擎時，偏西的太陽正照著他。拉下了遮陽板，瞇著眼睛，他投進了下班時刻那種緩慢但是川流不息的車流裏。

陳世華一進家門，雪枝就趕到門口親切地問：

「怎麼樣？新工作還滿意嗎？」

他聳了聳肩，做了一個「尙可」的姿態。

「老闆還好嗎？」雪枝接過了他的公事包。

「第一天還看不出什麼，工作很忙就是了，第一天就接下了繁重的工作，不到一個月就要完成……」

陳世華脫下了鞋子，他們一起走到厨房，雪枝開了冰箱，倒一杯果汁給他喝，一邊說：「只要沒有遇到特別討厭的事，就算是順利了。不是嗎？」

「討厭的事倒有，好在不是什麼了不起的問題。」

陳世華於是向妻子說起M藥廠的林和來回兩次在走廊遇見的凱西。

「凱西臉上的冰霜，和林那種只見『老美』，不見『老中』的舉動，眞叫人吃不消！彷彿我是個癩蛤蟆，不應該出現在他們的視線裏。」

「怪事，我今天在超級市場買東西，也有了同樣的經驗！」

雪枝把果汁放回冰箱，繼續說：

「我今天到附近那家市場買牛奶和麵包，在排隊付錢的時候，剛好有一個東方女人站在我的前面。我等著她看我這邊時，跟她笑了笑，沒想到她像是見了鬼似地把一張臉別轉過去……眞叫人不舒服！」

陳世華歎了一口氣：「難道是我們的民族性在作怪？看見了自己人，不但不親熱，反而比外人還要冷淡……」

「其實也不是第一次了，仔細算算，也有數不清的經驗了。」

聽見了丈夫歎氣，雪枝又連忙改了口氣。然後像是要抖落這個話題似地她又回到了爐子邊，熱了鍋子，拿起鍋鏟說：

「十分鐘就開飯了，再炒一盤菜就好了！」

陳世華拿著果汁杯，走到了起居間，先開了電視機，再坐倒在沙發椅上。

電視正在報告地方新聞，陳世華一向不愛地方性的瑣瑣碎碎的新聞，注意力馬上就從電視螢幕離開。他不知不覺地又想起了與自己人相處的困難。

這個情況不太容易說明，因爲他絕不認爲老美容易做朋友。但是初認識的時候，老美是不會給你難堪的。報個名，彼此握握手，這種禮貌很少人不遵守。自然從那樣的關係，再深入一步，是相當地困難。可是只有自己人才會把臉掉開，避免與你打招呼。或是像林一樣，他和每個人都打招呼，偏偏要忽視自己人，就像他看不見你一樣。

不過雪枝是對的，她說：「也不是第一次……」當然，美國都住了這麼久，彆扭的同鄉，的確也看見了不少……

陳世華原來工作的地方，就有一個同鄉，教他非常尷尬。那人姓唐，是個適應美國社會快速的傢伙。他們夫妻深知「社交」和「應酬」是爬上官階的法寶，經常大開宴會，以享名世界的中國菜大饗宴客。那時只有他和唐是來自東方的老中，公司裏的人們自然認爲他們倆是私交很深的難兄難弟。

因此在唐的宴會，不見陳，人們是會奇怪的。偏偏唐從來沒有請過陳世華，使得陳世華經常遇到這樣的問話：

「你昨天有事嗎？怎麼沒有看見你在唐的宴會？天哪，你們那春捲好吃得很！」大概是唐到差之後開的第一次宴會吧？人們尚未從週末的懶散脫離的一個星期一，佛蘭克在電腦室的走廊，與陳世華相遇時，拍了他的肩膀這樣問。

「唐的宴會」，他是那樣子才知道了唐在週末開了宴會的。

「是的，是的，剛好有事，走不開。你們玩得好嗎？好極了！好極了！」

陳世華掩飾了心裏的尷尬，將錯就錯地說，心裏可眞不是滋味。他氣的倒不是沒吃到一頓免費的飯菜，而是那種被忽視的感覺。何況他也不希望老美發現兩個老中彼此沒有來往。

那天少說也有三個人問了同樣的話：

「咦？你昨天怎麼沒有去唐的宴會？」

想來唐必定請了許多人！

後來問的人就逐漸少了，因爲人們已能預知唐的宴會裏，一定沒有陳世華。而他們也不是人們想像的難兄難弟。

那個年底，當陳世華開他一年一次的宴會時，他也沒有請唐。

倒也不是要以牙還牙，他自己也表示不出風度來。主要是出於實際情況的不許可，餐廳的座位有限，他要優先請的人，自然是工作上與他有關的人。說得清楚些，就是那些有利害關係的上司。唐與他同是寄人籬下的外鄉人，犯不著由陳世華去獻殷勤的。於是他突然明白唐從來不請他的理由，因爲陳世華只是個黃皮膚的老中，對唐的升遷是不會有任何作用的。不過陳世華還是在心裏辯解，如果唐請了他，他一定要回請的，是以那種朋友相聚的方式，而不是有目的的應酬。

電視機上還在報告著新聞，一個年輕記者站在人潮洶湧的街頭，正在快速地報告著什麼。而唐那張濶別已久的臉，驀地疊在那個記者的臉上。

唐有一張娃娃臉兒，皮膚也白，逢人就笑，是個滿討人喜歡的傢伙！

他們倆同事三年，但是始終沒有成爲朋友，三年來怕也沒講過幾句話吧？

陳世華對著報告新聞的記者歎了一口氣！

四

在電腦室工作了一個上午，陳世華實在是累了，他那雙在螢光幕上凝視了很久的眼睛，疲乏得幾乎睜不開來。他以食指揉了揉眼皮，感覺到手指按到的部位，有疼痛的感覺。他不知道那是由於心理作用，還是酷使了太久的眼睛，眞的痛起來了……

「陳博士，電話！」

眞巧，正當他想休息的時候，一聲「電話！」的叫聲，令他名正言順地站起來，心裏雖不知道是誰打的，可也三步併做兩步地跑回辦公室。

「哈囉！」他拿起電話，急促地叫。

「陳先生嗎？我是M藥廠的林博士。」是中文發音。

M藥廠的林博士？陳世華不必思考，立刻就知道對方是誰。他不會忘記在他到任的第一天，在那個非正式的會談裏，自始至終沒有正眼看他，也沒有向他握手寒暄的傢伙。

「哦！我是陳博士，林先生有事嗎？」他也學對方，把自己的博士頭銜帶上去，卻省去了對方的。

「聽湯姆說，是你在審查我們廠的藥？」

湯姆是陳世華的老闆，林為什麼要親密地直呼他老闆的名字呢？雖說老美一向喜歡以名字相稱，可是從林的嘴裏說出，聽來總覺得不自然。莫非他想裝著與陳世華老闆熟悉的樣子，來嚇唬他吧？陳世華為了對方可能有的動機而不愉快起來。

「是啊，那天相見，不是說得很清楚了嗎？是我負責的。」

「進行得怎麼樣？」

「正在複查之中。」

「可別故意刁難！」

「故意？」陳世華冒起火來，「什麼叫做故意？」

「你自己知道，別帶著顯微鏡在找麻煩！」

「我不知道你是什麼意思？我是公事公辦，不管是哪一個藥廠送審的藥，我們都以一樣的態度來做。我們不會故意找麻煩，也不會給人特別的方便……。」陳世華為了避免發作，一個字、一個字慢慢地說。

對方似乎聽出了他的口氣，也盛氣凌人地說：「你要刁難的話，我是有辦法對付的。」

聽筒傳來林氣呼呼地掛斷電話的聲音，陳世華也氣得直發抖。

如果他是老美，林敢對他這樣嗎？

是他陳世華在審查林的藥廠提出來的藥，林應該獻殷勤都來不及，怎麼能夠這樣子蠻不講理？還粗魯裏帶著威脅地說：

「你要刁難的話，我是有辦法對付的。」

陳世華不覺在心裏咀咒，我就來找你麻煩，看你要怎麼對付？

他站起身，想回去電腦室，腦海裏驀地浮起了那天林握著他老闆的手，寒暄良久的情景來。

「林博士剛才還對我施了軟工夫呢！他以爲只要我說ＯＫ，就會ＯＫ。難道你們的國家是那樣的嗎？」陳世華的老闆，事後對他這樣說。

乖乖，林那傢伙也不是不知道獻殷勤，不過他獻殷勤的對象是老美，而不是老中，因爲老美往往是決策者，而老中只不過是幫手罷了！

那傢伙瞧不起我，以爲我陳世華不足輕重，他可以粗魯地對付我……

一股氣又衝上陳世華的胸口，他快步地走回電腦室，認眞地做起他的計算來。他要證明林的報告是有錯誤的，是不完整的……

到了快下班的時候，陳世華才回到自己那間辦公室。沒想到老闆跟著他進來了：

「進行得怎麼樣？」

「還不錯！」陳世華揉著他那僵硬的脖子說，他的眼睛也是發紅的。

「那就好，剛才Ｍ藥廠的林博士打電話來了！」

「哦？」陳世華睜大眼睛，心裏不免自問那傢伙在耍什麼把戲？

「他埋怨說給你打了電話，你根本不理睬他！」

原來如此，那傢伙對付他的辦法就是向他的上司告狀。陳世華的氣又來了，他不覺提高了聲音說：

「他在電話裏蠻不講理的……」

「哈、哈、哈……」陳世華的老闆笑了：「原來是因爲在你那裏碰到一鼻子灰，才找我訴苦了……」

「我只對他說公事公辦，他就開口罵人，硬說是我故意刁難……」

「哈、林博士也不免太緊張了，實驗已經做完，資料和報告都送來了，還有什麼好打聽的呢？」

陳世華鬆了一口氣，至少他的白老闆並不計較林打的報告。如果受了林的氣，還要挨老闆的官腔，他的氣就要膨脹到無法控制的地步。

「是的，何況也沒有什麼好消息。我不認爲他們的藥已經到了可以上市的地步……」

「那就好！那就好！」陳世華的老闆爽朗地笑。

接著他以兩手矯正了領間鬆開的領帶，又對陳世華說：

「今天就到此吧，我看你也累了，已經是下班的時候。」

五

陳世華終於完成了他的報告。到任就立刻接辦了緊急的審查工作，忙得他頭昏腦脹，整天不是在自己的辦公室查資料，就是在電腦室操作電腦，新的同事都還沒有機會認識。今天寫完了報告，才驀地發覺，寫完的報告還不知道交給誰打字呢？他把報告送往老闆的辦公室，一面在心裏猜測，這裏的打字員，不知工作能力如何？他最怕打字員把數字符號打錯，甚至把符號搬錯了地方，弄得報告裏最主要的部分，因而面目全非。時間緊迫的時候，要爲打字上的錯誤而一再延誤，是最惱人的事兒。

老闆的門是半開的，陳世華象徵性地在門上敲了兩下。

老闆從他正在閱讀的文件裏抬起了頭，大聲地叫了一聲：

「進來！」

「終於完成了！」陳世華把手上一疊報告交給了老闆。

老闆高興地說：「好極了，合不合我們所期待的結果？」

「合的！」

「有信服力嗎？」

「我相信有。」

「我這就立刻看，看來與M藥廠唱對台戲是沒有問題的了。那個林博士經常打電話來……」

「是嗎？」陳世華有些驚奇，因爲林在那次以後，並沒有再給他打過電話。那傢伙還是採取了由上級來壓下級的方式，眞可惡！

把報告留在老闆的辦公室，陳世華以輕快的脚步走回了自己的辦公室。他不知道老闆要怎麼樣處理他的報告，大改一番呢？還是略做修改？但是從老闆爽快的個性看來，大概不會給他太多的麻煩，何況他也是花了好大一番心血寫出來的。

一個性情拘謹而小氣的人，如果做了老闆，屬下的人是有苦難言的。那樣的人會一字一句地斤斤計較，往往在不重要的地方做文章，就是你使用的文字，也要照他的口氣寫，不然他就不會放過你。陳世華最怕那種磨死人的老闆。他前任的老闆就有那樣彆扭的脾氣。

湯姆是個好老闆，因爲他性格爽快，易於相處。換了幾處工作，總算脫離了那種折磨了。

走進了自己的小辦公室，陳世華站在小窗口邊，眺望窗外。佔領那窗子下的幾箱資料，一早就叫工友封妥搬出去了。

在高樓裏工作，大白天也是靠「電燈」照明，很少見到外面的陽光。每天是晴還是陰，是雨，還是雪，多半也無法判斷。

但是陳世華這間小辦公室裏有個小窗子，這個小窗子是陳世華得到外界信息的地方，窗外大自然的變化，也可以從那面窗子映現。

陳世華一雙在日光燈下工作已久的眼睛，在窗口柔和的陽光下，得到了溫柔的撫慰。平眼望去，遠山已不似他第一次看見時的蔚藍了。樹葉在變色，在遠山裏，已帶著點點滴滴的火紅、橘紅、紫紅、橘黃等等的顏色。山下濃綠的丘陵上，紅葉的豔麗，更顯得格外鮮明。綠葉間夾雜的深淺不同的紅色，正在通告秋天的來臨。難怪太陽也柔和多了。陳世華的家就在那丘陵的方向。不知那些掩映在變色中的樹林間的點點房子，是不是有一個就是他的？陳世華不知不覺地瞇起眼睛，吃力地注視那個地方。

爲了安家在那個和平安祥的住宅區，他每一天要一大早起床，在車水馬龍的高速公路上，奮鬥四十分鐘，才能到達上班的地方。而且爲了支付那樣一筆生活費，得辛辛苦苦地工作，小心翼翼地用錢才行。那是不是聰明的行爲，他並不知道，但是那就是他們這批白領階級的生活方式，倒是事實。

當陳世華的老闆進入他的房間時，他還站在那個小窗口，有點迷失地想，自己日常起居的家，離開自己的故鄉是多麼地遙遠？而他每天所做所爲，與他故鄉的人民是多麼地不同？但是不知幸還是不幸，離開故鄉雖然遠，遇見自己的同胞並不難，雖然其中一些同鄉，怎麼也不能說是友善的……

「欣賞窗外的秋景嗎？」湯姆大聲問。

陳世華回轉身，尷尬地笑了笑，沒說話。

「我看過了，是一份很好的報告，我加了一些意見，只是一點補充，你整理整理，今天可交出去打字了。」

陳世華接過了報告，略帶猶豫地問：

「交給誰啊？我一個人也不認識！」

「交給凱西好了，她打得好，錯誤不多。」

「凱西？」他反問，心中萌發了一絲疑問。

「是。」老闆已經走出去了。

陳世華的腦海裏浮起了一張帶著冰霜的面孔，那個他到任的第一天，在走出電梯時碰到的一位女性同胞。

「但願不是她！」陳世華以近似祈禱般的心情，這樣期望著。陳世華站起身，走出了自己的辦公室。一個月來他活動的範圍只是電腦室和老闆的辦公室。在狹長的走廊，他注視著每一個辦公室的號碼，猛地有一個辦公室的門從裏面推開，走出來的人差點兒和陳世華撞個正著。

「對不起！」陳世華說。

「不是你的錯！」走出來的人回答。

他們倆在門外互望了一眼。那個有棕色頭髮的人叫了一聲：

「陳，你好嗎？聽說你一來就忙得團團轉！」

「哦，你是傑夫。說得是啊，我忙得頭昏腦脹，好在已經趕出來了！」陳世華揚了揚手裏的一疊報告，看著傑夫襯衫上，又沒有了領帶。

「你是要找人打字嗎？就是這個房間。」傑夫以下巴指了他背後的門，拍了一下陳世華的肩膀就走了。

陳世華推開了門，裏面是一個大型的房間，排著很多桌子。他問了靠近門口的一個女孩子：

「請問，那一位是凱西？」

「凱西，有人找你！」被問的女孩朗聲叫。

一個背對著門的女孩子回過頭來，一張略方的臉在蓬鬆的燙髮下笑著，笑臉上的黑眼睛與陳世華相遇，臉上的笑容便倏然消失了。

陳世華硬著頭皮走過去，對她客氣地說：

「我叫陳世華，在湯姆那邊工作。這份報告很重要，湯姆交代請你打，越快越好！」

他以英文說。

凱西桌上放著一張電腦打字機，現在她的臉又轉回到了螢光幕上，兩手也在字盤上敲打起來。

陳世華見她不說話，便把報告書放在她的桌上走了。

如果不是老闆交代，交給她打的話，他是寧可找別人，絕不願承受這種「漠視」的待遇。

看來凱西的心裏，陳世華這張黃面孔，是不值得一顧的吧！

回到自己的辦公室，享受了難得的一點閒暇，心中反而不安起來。他又悄悄地回到凱西那間辦公室，從後面偷偷地觀察，果然如他所料，他那份報告還在他剛才放下的地方，碰都沒有碰過。他只好硬著頭皮走過去，問了凱西：

「能不能請你告訴我，你什麼時候可以打我的報告，是緊急的！」

「沒看到我正在忙嗎？我桌上一大堆報告，每個人都說是緊急的！」

凱西總算說話了，雖然頭也沒回，眼睛也沒看他。

陳世華悄悄地退出了那間辦公室，在走廊邊走邊思考，最後決定需要告訴老闆，他那份報告在打字時所遭遇到的困難。

「報告已經交給凱西了。」他站在老闆的辦公桌前說。

「好極了，我已經通知M藥廠，討論會如期舉行。」

「凱西好像很忙，她沒說什麼時候可以打我們的報告，我不知道她什麼時候可以打完。情況好像不在我們的控制下。」

「最好是自己打，你會打嗎？」

陳世華大吃一驚，搖頭說：「不會！」

「要學，不難哩！假使自己會，就不必去求她們了。因爲人手少，她們忙不過來，也就神氣起來了！但是我們可不能排隊等啊！」

陳世華不曉得說什麼好，只好呆呆地站在那裏，可是心中忍不住要大叫「活見鬼」了！他們是專門人才，貢獻他們的專門知識，哪能夠打字也一手包？

「你知道龐大的赤字、預算的削減、裁員……這一切惡性循環嗎？我們的工作到處受阻礙……國家的領導人物，有他用錢的獨特想法，我們做事的人，可要受罪了。金錢只用在國防，其餘的部門，要錢就像要命一樣……」湯姆又趁機批評起政府來。

「……但是現在我們的要事是叫凱西優先打我們的報告，你們是同鄉，叫她給你一點方便嘛！哈、哈、哈，看來還是我去跟她說說看！」

湯姆最後總算這樣說，陳世華才得了機會，逃也似地離開了老闆的辦公室。

六

今天是陳世華表演的日子，雖然是在新任所，第一次獨當一面，但是他做事久了，從前在公司裏的經驗，全部派上用場，並無緊張不安的感覺。何況想到M藥廠的林，將被他擊敗，心中還不免有幸災樂禍的感覺。

雖然說「就事論事」，不應該牽涉到情感，但是陳世華忘不了林在電話裏的語調：

「可別故意刁難……」

那傢伙最後還威脅地說：「如果故意找麻煩，我是有辦法對付的……」

林對付他的辦法就是打電話給他的老闆，中傷他……

幸好湯姆早知M藥廠的實驗錯誤百出，光靠醫學上的論點難以克服，必須更從統計的立場尋找充分的理由來加以批駁，因此特別倚重於陳世華的計算和分析。不然林的中傷，也許已經傷害到他了。尤其他是個新職員，尚未建立起自己的信譽。

在中型的會議室，陳世華一個人坐在最前面的長條桌子邊。他的背後是一個講壇，牆上還掛著一塊黑板。在等人員到齊之前，陳世華靜靜地坐著，腦海裏想的卻是林的粗魯和不講理的態度……

這同一個人，一轉臉就能對湯姆打哈哈和彎腰取悅，未免是太會演戲了。

「你一個人先來了，一切都準備妥當了吧？」

不知道什麼時候，陳世華的老闆和醫學部的主任強森醫生一起進來了，他們也在陳世華那張長條桌子邊就坐。

接著M藥廠的人也陸續進來了，他們這次的人數比上次多。上次來過的三個人，哈里遜、史密司和林，先到了陳世華這邊的桌子，與他們三個人一一握手。林還是很技巧地漏掉了與陳世華握手的機會，眼睛也沒看他一眼。M藥廠的人員坐下來了，顧問委員會的委員們也到齊了。全場的座位安排得像是要舉行學術演講一樣。

陳世華的老闆上了講壇說話。

他便趁機把他的報告書分發給在座的每一個人。那份湯姆不曉得使用了什麼妙訣，叫凱西提前打出來的報告，便傳遞出去。

「……所以我們是完全以學術研究的態度來從事討論，現在請負責的陳博士，就他的報告，向大家說明……」湯姆做了結論。

陳世華便上台了。

他先用粉筆，在黑板上寫下了他演講的大綱。

陳世華分兩部分說明：第一部分是針對M藥廠使用的分析方法，證明以不同的方法分析時，得不到M藥廠所提供的結果。他先批判M藥廠使用的公式，指出該廠所得的平均值有偏差。在第二部分，他接著介紹了他自己採用的統計模型，指出服藥後顯示有效的，只限於有先天性皮膚過敏的患者，其餘的卻有藥效顯著降低的跡象。足見M藥廠所得的平均值，是以偏概全的。

陳世華有條有理地說明，全場鴉雀無聲，他所害怕的批評和反駁的聲音，居然沒有響起來。最後陳世華下結論說：

「基於上述理由，我們不能單憑這個實驗的結果，批准該藥上市。更深入地研究投藥量與患者特徵之間的微妙關係，是必須的。」

他說完了，全場靜止片刻，然後突然爆出了一陣鼓掌聲。

顧問委員會的專家們，全部同意他的看法，而且以掌聲慰勞陳世華一個月來的辛苦……

陳世華行了禮，走下講台，沒想到許多人湧到前面來和他握手。有人向他致賀，有人向他道謝。M藥廠的人謝謝他指出了該廠研究上的盲點，答允加編預算，再做一次精密的實驗。

大家反應的熱烈，使陳世華高興得幾乎要手舞足蹈起來。但是欣喜欲醉的他，突地從眼角捕捉到離開人羣，孤立一角的林，正以帶著怒氣的眼睛瞪視著他。剎那間，那張臉上相疊了凱西那充滿冰霜的臉……

但是陳世華不再因此而煩惱了，他生活在「老美」的世界，一個「老中」，甚或是三個、五個「老中」的「冷漠」和「輕視」，又怎麼能傷害到他呢？

陳世華聳了聳肩膀，剛好看見了老闆正對他豎起了大拇指……

——一九八八年獲「吳濁流文學獎」小說獎正獎

警棍下的兒子

一

目送著在腰身漆了紅白藍三色條子的白色吉普型郵車過去，周老太太立刻趿了一雙拖鞋，開門出去。設在前院路邊的鐵灰色信箱，本來是立著紅色小旗子的，告訴郵差先生裏頭有待寄的信件。現在那個旗子已經下來了，郵差先生取走了那些信，同時把剛到的郵物，放進了信箱。

周老太太以略微興奮的心情，穿過前院的水泥板路，打開了信箱的蓋子。這裏的郵差，從不叫人失望，他們絕不空手過門，必定留下厚厚一疊東西，雖然有許多是少有用處的廣告。她略微翻閱了信箱裏的郵件，知道沒有藍色的航空信，便頗爲失望地拿起了一手還拿不了的那麼多東西，慢慢地走回屋子。

手裏有一點兒吃重的感覺，是因爲同時收到了好幾天報紙的緣故。

「阿發那孩子，有多久沒來信了？」她開始在心裏計算，最後一次收到的信是母親節的前一天寄來的。

現在是六月初，快有一個月了，該是再來信的時候。

「也許是明天……」她自我安慰地喃喃自語。

周老太太把整疊郵件抱進了廚房，放在廚房的桌子上，從架子上取下了老花眼鏡，她便取出了幾份華文報紙來。

除了閱讀子女的來信，她的第二個樂趣，便是閱讀華文報紙。在台灣時，一顆心總是牽掛著在美國的子女；來了美國，一顆心便又回到了故鄉，想著那個留在故鄉的小兒子，和故鄉的種種……，人必定是自求煩惱的動物！

打開報紙，總是最關心台灣的新聞。她大兒子說，台灣已經到了雪融的時代，許多事情正在轉變中，我們必須密切注意。

她自己也是人老心不老，那年民進黨成立，還著實興奮了一陣子。想到黨外升級到反對黨，從今以後，對那個一黨獨大了太久的執政黨，能夠施加一些牽制作用，心裏便有了一絲安慰。

自然她也爲了那些組黨的先生們，揑了一把冷汗，怕他們逃不了執政黨以老鷹捕小雞的態勢，把他們一網打盡，關進暗無天日的黑牢裏。爲此她還偷偷地上了媽祖廟，燒了好幾次香，祈求媽祖娘娘的保祐！

從過去的經驗，她十分明白菩薩並不是經常顯靈的，要不然台灣人的命運，怎麼會這樣歹？她和許許多多朋友，都是經常上廟燒香的啊！有時爲了個人的煩惱，也有許多時候是爲了苦難的台灣人……

這次媽祖娘娘眞的顯靈了，組黨的先生們並未遭難。

「心裏必定要誠，不要對神明失去信心！」她得意地對小兒子說。

阿發笑了笑說：「阿母，你就繼續替他們求平安吧！」

「當然！」她也笑。笑了一陣子，她突然懷疑阿發這個孩子，是不是也加入了那個黨？

心裏有那麼一絲不安，也自私地希望加入政黨活動的年輕人，全是別人的子女，這樣一旦有什麼三長兩短，不至於輪到她牽腸掛肚。但是想歸那麼想，她並沒有去追問兒子，或是拋下一句教訓的話，說：

「好好做事要緊，別去管閒事！」

她說不出來，因爲她不能騙自己說，從事民主運動，是件「閒事」，那是天底下頂重要的事呀！

周老太太翻開報紙，照例先看大字，看那所謂的頭條新聞。雖然頭條新聞不見得引起她最大的興趣，因爲那往往是她不甚了解的國際要聞，發生在她不認識的地方，帶著又長又繞嘴的地名和人名。

今天她本也匆匆地翻過去，不料眼睛一落在報上，「五二〇事件」幾個大字，立刻吸引了她的注意。她的心臟隨著加速了跳動，因爲「事件」兩個字，叫她不安，她立刻專注地看下去……

「五二〇警民浴血衝突，台北街頭對峙二十小時，檢方連夜偵訊收押九十六人……」

「不好了！」她在心裏暗叫。「浴血」、「衝突」、「偵訊」、「收押」等字眼兒，都是叫人心驚肉跳的。

剎那間她的腦海裏閃現了曾經發生過的兩大事件，一是四十年前的「二二八」，二是九年前的「美麗島」事件。

「阿彌陀佛……」她趕緊在嘴裏默念，才鼓著勇氣繼續看下去……

二

一個人吃午飯，本就乏味，今天在「五二〇事件」的衝擊下，周老太太更覺得滿腔的怒火和滿腔的無奈。兩種相反的感情，使她的情緒一起一落，叫她失去了常態，自然就沒有什麼胃口。她把一碗泡好的速食麵，任它在飯桌上冷去，自己則在兒子和媳婦都不在的空房子裏，來回地踱步。

想到最守法、最認命的農民，居然也爲了爭取最基本的權益，抗議不公平的待遇，而走上街頭，周老太太有很複雜的感受。一方面爲他們的勇氣而喝采，一方面爲他們的處境而叫屈，一方面更爲了這樣的和平請願運動，轉變成流血的警民衝突事件而心痛……。

照報紙記載，台北街頭有了一場大混戰，石頭到處飛，警棍在空中亂舞。而鎮暴車的水柱則對準了羣衆不停地沖……

警察的毆打和逮捕的對象，除了純樸的農民，還波及旁觀的市民，採訪的記者，人權律師、民意代表，和在場勸導和平的學生……

「這是什麼款的世界啊！」她不知不覺地說出了聲音。

「這是什麼款的世界啊」屋子裏似乎有了同樣的回答。

於是周老太太彷彿看見了一個帶了斗笠的農夫，荷著鋤頭走進了自家的天井。天色已黑，她看不清他的模樣兒，但是她知道他穿了件被汗水和污漬染成的黃黑色汗衫，和一條沾了泥土的短褲。一雙赤脚，連趾甲都塞滿了泥土，那脚板的周圍也刻了無數的裂紋。

他的皮膚是赤銅色的，脖子又粗又黑，一張經常暴露在強烈陽光下的臉，在無數的皺紋裏，總是漾著疲乏和無奈的表情……

他是一個典型的農夫，守著「日出而作，日入而息」的作息表，很勤奮地耕種祖傳的幾分田。

他的生活沒有娛樂，「休息」就算是「奢侈」的字眼了。他沒有大的慾望，只求一家溫飽……

「這樣的要求，不過分吧！」他和鄰居的阿添伯聊天時，偶然也會激動地這樣說。

「當然不，那是最基本的要求啊！」阿添伯回答，表情很嚴肅，他也是一個窮苦的農夫。

「為什麼阮愈做愈窮？」

「阮也是愈做愈窮，所有的農民都是愈做愈窮……」

「怎麼會有這樣奇怪的事？」

「阮後生（我兒子）講，這是政策的問題。」

「什麼政策的問題？是誰要我們吃不飽肚子？」

「就是制訂政策的人。」

「別這樣吞吞吐吐的，到底是誰？」

「是……」阿添伯壓低了嗓子，好像怕別人聽見的樣子。

「這太不公平！」

「阮後生講，宰割農民的方法是控制糧食、壓低糧價……」

「難怪物價統統都漲，只有米不漲，種田的人賣了米，也買不到什麼東西！」

「阮後生講，米穀抵繳田賦，隨賦搜購糧食，還有肥料換穀，都是控制糧食的方法。上面這樣做，可以掌握糧源，壓低糧價……」

「阮一直奇怪，怎麼不准人拿錢繳田賦，拿錢買肥料，一定要繳穀子？原來是在剝削農民！」

「阮後生講，上面用這種方法搜括大量的食米和食糖，賣到國際市場去，賺到許多外匯，然後買下廉價的肥料和農藥回來，再高價賣給農民……台灣的米最便宜，台灣的肥料和農藥最貴……農民怎麼不窮？」

「這是什麼款的世界啊！」

那個和阿添伯對談的農民，就是她的丈夫周阿水。而阿水的口頭禪就是：

「這是什麼款的世界啊！」

那句話裏，包含了他所有的不平和不滿。但是他們從沒有想到要抗議，向誰抗議呢？怎麼樣抗議呢？抗議了，就是要坐牢的吧!?

二十年以後，任勞任怨的農民終於走向街頭，是抗議，也是請願。但是引起的是浴血衝突，遭遇的是毆打和逮捕……

什麼雪融的時代到了？周老太太看不到什麼變化，她也看不到什麼進步，大兒子必定是弄錯了……

「這是什麼款的世界啊！」她歎氣！

阿水是十六年前去世的，沒想到長年的勞動鍛鍊出來的粗壯身體，也是不堪一擊，一次心臟病發作，就那樣倒下去，再也沒起來！

那年夏天，剛收了一季稻，一早就把穀子攤在住家前面的水泥地曝曬。然後她和阿水都去阿添伯的稻田幫忙割稻子。他們兩家總是那樣子互相幫忙的。阿添伯的兒子頭腦好，會念書，畢了業在城裏教書。她們家的阿祥和阿發，有了好榜樣，也先後考上了那個不花錢的師範學校，聽說念完了也可以當老師。兩家都是老貨仔（老頭子）在種田，人手不夠，就互相支援著……

明明是個大晴天，她怕天熱，曬昏了人，還在斗笠下塞了一條毛巾，遮掩著臉，手臂也套了布套，才下田去。

沒想到午飯才吃了沒多久，天邊就湧起了大朵的黑雲，吹來的風，更是帶著溼氣。

「不好了，要打西北雨……」阿添伯說。

「我回去收穀子！」阿水從田裏站起身，鎌刀也沒放下，就拔脚飛跑。

「我也去……」她說，跟在阿水的後面跑。

雨點已經稀稀落落地打在她的臉上。晾在水泥地的穀子，如果淋溼了，可要發霉的啊！一季的心血，不就等於泡湯了嗎？她心裏急，拚命地跑，可惜偏偏跑不快，究竟不是年輕人了。

終於看見了他們那個黃灰色的泥土房子，阿水已經把穀子裝進了痲袋，正一袋一袋地扛進了房子尾端那間簡陋的倉庫。她只是趕上了把最後一袋穀子，幫阿水架上了他半蹲著身子的肩膀上。阿水有些兒氣喘，臉色也很難看。

「怕是趕收穀子，趕得太緊了！」她對自己說。

雨勢已經加大了，她奔進了屋子，站在門口抖落了笠子上的雨水。阿水也很快就進來了，她注意到他的左手按著胸口，半跌半坐地擲身在飯桌前的長板櫈。

「怎麼了？」她問。

阿水背靠著桌子，微微地動了按在胸口的手。

「那裏會痛嗎？」她問。

阿水輕輕地點了頭。

她覺得阿水的額頭在冒汗，不過也可能是被雨水打溼。她進入屋裏，拿出了乾毛巾，替他擦了頭臉。她發覺阿水的衣服是溼的。

「要不要換一件乾衣服？」她問。

阿水無力地搖頭。

她感到不安。

「要不要叫醫生來？」她問。

就像是等她說出那一句話，阿水的身子突然從板櫈上滑落下來，倒在地上。她本能地扶起了阿水的上半身，可是阿水那粗壯的身體，對她來說是太重了。她不知道怎麼辦才好，便又把他放下去，阿水的眼睛是閉的，彷彿已暈過去……

她嚇了一跳，不顧外面的傾盆大雨，奔到隔壁阿添伯的家去求救……

阿添伯和她一起，在雨中跑過來，看到阿水那樣子，也嚇壞了，說要找醫生來，便又奔到外面去。

一個鐘頭以後，那時的鄉下很少見到的紅色計程車，停在她家的門口。司機和阿添伯把阿水抬進了汽車，她也一起，把阿水送到醫院去。

她不知道阿水在什麼時候斷氣，因爲到了醫院，把阿水送進了急診室，她就沒再看到阿水。她不知道醫生有沒有立刻給他治療？她也不知道送到時，是不是太晚了？

那個穿了白衣服的醫生，只告訴她說：

「你先生已經死了，是心臟病！」

她感覺到眼前發黑，便暈過去……

三

電話鈴在響，周老太太從回憶中驚醒，一時不知道那「鈴鈴鈴」的聲音，是哪裏來的？

拿起了聽筒，「喂！」了一聲，再趕快改口說「哈囉」，期望對方不是說英語的，要不然她只好掛掉電話了。

「喂，媽，午睡起來了嗎？有沒有把你吵醒？」是媳婦的聲音。

「沒有，沒有，幾點了？我還沒有睡呢！」她以半迷糊的狀態回答。

「是嗎？忙什麼還沒有去休息？」

「也沒有什麼。」

「我想告訴媽，今天不必先在電鍋裏煮飯，我回家時想叫一盤炒麵回去吃，新開的一家中國飯店，價錢滿公道的！」

「好，好！」她連聲回答。

今天一點兒也沒有精神做事，媳婦要叫炒麵回來吃，眞是再好不過了。

周老太太心裏一輕鬆，想到兒子、媳婦都很孝順，便也感到了很大的安慰。

那年阿水突然死去，她幾乎像是生了一場大病，既不能吃，又不能睡，人總是昏昏沉沉的，什麼都不能做。

阿水的喪事，還是靠阿添伯指點著阿祥辦理的。

她還記得阿添伯的兒子也趕回來，兩個年輕人這樣子談著話：

「我們農家沒有健康保險，病一場，負一輩子的債，還也還不了。令尊那樣，他本人也沒有受苦，也沒有給家屬留下龐大的醫藥費，這也可以說是前世修來的福……」

當時她神智不清的腦袋，聽了這些話，還著實氣惱了一番。可是誰說阿添伯的兒子說的不是眞話？

農民哪有錢去醫病呢？

「令堂也不必再辛辛苦苦地種田了，種田是越來越虧本的生意。在台灣工業化的過程，上面採取以農業輔助工業的政策，農民註定再度被犧牲。農產品的價格仍然被壓低，以便發展農產加工業而增加外銷。得到的外匯，可以向國外購買工業化所須的設備。因爲農家不能靠農產品收入來養家，農村人口自然流向都市，爲工廠提供大量的廉價勞工。農村會繼續萎縮和蕭條……」

「你的看法很正確，我也快畢業了，照顧家母，大概不成問題。可是農田不種，不是有廢耕的罰金嗎？何況還要繳田賦？」

「可以租給人種，不過收租金的話，怕沒有人要。無租金出租，這是唯一可行的辦法，你就叫承租的人負責繳田賦好了，最起碼也免了田賦的負擔……」

兩個年輕人的對話，聽得她不由得不清醒起來。農民的命運，如此可悲，怎麼不令她傷心欲絕？想到與阿水種了半輩子的田，既無利可圖，還得找人無租金耕種，以免被課廢耕稅，同時也好找個繳田賦的方法……

「這是什麼款的世界啊！」她不由得憤怒起來。

沒想到脫離農村，居然是他們一家人的轉機。雖然阿祥畢業後，被分發到偏僻的鄉下去，沒有宿舍，單身一個就住在學校的值夜室，好減少開支，暫時也不能接她去住。倒是還在城市唸師範的阿發，聽朋友說起，有人在找可靠的歐巴桑照顧孩子，供給吃住，另加工資，問她要不要去試試看……

想到一個人孤零零地住在鄉下，也不是辦法。那時幾分田已找到了承租的人，她自己在屋後種一些青菜自用，倒也覺得無所事事。一廳二房外加厨房的小房子，突然變得空蕩了起來。她經常一個人在光線黯淡的房子裏，獨坐板櫈發呆，日子實在難以打發。

對做慣了農事的她，照顧孩子，算得上是輕鬆的工作。

「何不去試一試？何況可以常常看到阿發……」她心裏一想，便答應了。

僱她的人姓吳，經濟相當寬裕，在鬧區擁有商店，一對夫婦早晚都在店裏。家裏雖僱了一個做飯、洗衣服和打掃的女工，卻無法兼顧頑皮的三個男孩子。

她帶大了兩個兒子，「哄小孩」不算沒有經驗，也就高高興興地做下去。她每個月賺兩百元，十五、六年前的台幣，比現在大很多，尤其她吃、住免費，錢是整個地剩下來了。她和阿水辛辛苦苦地種田時，從沒有看到過這麼多花花綠綠的鈔票，更沒有過半次經驗，可以把拿到的錢長期存放在身邊，不必立刻用來還錢或付帳。

她在吳家總共做了八年，那期間從「哄孩子」開始，到「帶孩子上學」，再「陪孩子念書」，她自己也把國小畢業後，難得使用的文字拿出來溫習，逐漸地養成了閱讀的習慣。她的工資也從兩百元逐漸升到三百元，她的存款也老早就超過了「萬元」的數目字。如果和阿水守著那幾分田，怕是愈種愈窮了，眞是令人想不透的事！

這期間阿祥和阿發，一先一後地當了兩年的兵，回來後阿祥不但考中了大學，而且也要畢業了。兒子們看到她「吃住」不成問題，手頭也有些錢，便放心地去追求自己的理想。

兩兄弟裏阿祥最愛念書，也難爲他，總是考上公費的學校，自己又打工賺費用，從高中到大學，都沒花過家裏的錢。

阿發比較好動，念完了師範，在小學教書，不知從哪兒交了一大堆朋友，經常熱熱鬧鬧的。

「現在只差還沒有娶媳婦了吧！」她對自己說。

「娶媳婦要很多錢，不知手裏的錢夠不夠用？」她自己偷偷地煩惱。

多麼希望阿水在世，兩個人可以商量商量。

「阿母，我還想去美國念書，媳婦到那邊討就好了！」有一天她趁機向阿祥說起婚事時，他這樣回答。

「美國？」她嚇了一跳：「那麼遠！」

「才不遠呢！那麼多人去，我也想去，阿爸知道了這個窮農夫的兒子，也去美國留學，不是會很高興的嗎？」

她默默無語，當然阿水會很高興的，他總是那麼得意，有兩個會念書的兒子！可是她不能在阿水去世之後，讓長子跑那麼遠去，她不能失去他……

阿祥彷彿知道她的意思，趕緊說：

「兩、三年就回來，要嘛，把阿母接去美國……」

「美國？我這個鄉下人去美國做什麼？」

「看兒子、看風景、看……隨你要看什麼。」

「阿發呢？」她想起了老二。

「阿發還在這裏呀，他喜歡住在這裏，他的朋友那麼多，他過得很快樂！阿母，你就先跟他住幾年，以後再跟我！」

她無助地看了阿祥，希望他只是說說罷了，出國留學，談何容易？

四

「媽，你怎麼燈也沒開，一個人坐在黑暗裏？」媳婦的聲音和令人目眩的燈光，幾乎同時刺激了周老太太的聽覺和視覺。

「唉！」她揉了揉眼睛：「我大概是睡著了。」

「小心不要著涼啊！」

「不會，不會，大熱天嘛！」周老太太坐直了身子，人總算清醒了。

「阿祥回來了嗎？」

「還沒有，大概快了！」

媳婦一邊說一邊把碗筷擺在飯桌上，一大盤香噴噴的炒麵放在桌心，另外拿了小碟子，盛了醬瓜和泡菜。

「可以吃飯了嗎？」是阿祥的聲音，從前門大聲嚷著進來。

「怎麼那樣大叫？中午沒吃飯嗎？」

「是啊，肚子好餓！」

「洗個手坐下，馬上可以吃了！」媳婦對著丈夫說。

他們三個便圍著飯桌坐下，阿祥習慣地邊吃邊翻今天到的信件，然後打開報紙，先瞄大字。

「阿母，你看了今天的報紙嗎？」他問。

「看了。」

「你讀了這個『五二〇事件』嗎？」

「讀了！」

「眞沒道理！」阿祥邊吃邊看邊罵。

「農民出來請願，怎麼需要開出鎭暴車來？」她也跟著罵。

「什麼農民請願？發生了什麼事？」媳婦挿口問。

「農民走上街頭了！要求保障基本利益，好活命啊！你想：幾十年來，都是拿農民做犧牲，壓低糧價，穩定物價；犧牲農業，發展工業。近年來爲了平衡台美間的貿易差額，又大量進口美國農產品，完全不顧農民的死活。好像說：農民餓死了，活該！農產品賣不出去，活該！農地被工業污染了，也是活該！台灣從來就沒有過保護農民的政策。」

「遊行的結果呢？」媳婦憂心忡忡地問。

「引起了鎮暴……」阿祥回答。

「還抓了許多人……」她也說。

媳婦歎了一口氣！

「咦？」阿祥突然發出了怪聲，把刊滿了圖片的最後一張報紙，拿到眼前看。

「阿母，你有沒有看這張『圖片世界』？」

「沒有。」

「這個人很像……」阿祥猶疑地停止。

「像什麼？」

「像……」

「像什麼？」

「像阿發……」

她伸手把那張報紙搶在手裏，媳婦急忙把她的老花眼鏡遞過來。

那一張「圖片世界」，刊的全是有關「五二〇」的相片：

有帶了斗笠的老農夫，有遊行列裏的破舊卡車，站在卡車上演講的人，拿著盾牌、帶了盔甲鎮暴的警察，對著羣衆猛沖的大水柱，混亂中的人馬，倒在地上的受傷者……。

然後是一個被警察扭住了頭髮的年輕人，他的雙眉緊鎖，從額頭到左頰是一團汚漬，大概是血跡吧！扭住他的警察，正把警棍舉上半空，彷彿就要重重地擊落下來……

「阿發……」她失聲地叫，撫摸著報紙上阿發的臉：「他們打他！」她憤怒地說。

飯桌上一時無語，媳婦和兒子都沒說話，空氣不再流動，片刻間就凝固了。

「沒錯嗎？報上看不清楚的。」是媳婦先打破了沉默，以怯怯的語調說。

周老太太再看了報紙，那張相片是那樣地清楚——有阿發的眼睛、鼻子和嘴巴、臉形也是阿發的，毫無疑問，他就是阿發。

「是阿發。」她說。

阿祥把報紙拿過去，再仔細地看了看：

「是阿發。」他也說。

媳婦把報紙接過去，看了那個尙未謀面的小叔，不尋常的鏡頭……

「他有可能在那裏嗎？我是說他人不住台北，怎麼會？」媳婦問。

「他會嗎？」周老太太在心裏自問，眼睛則看了阿祥，想知道他的意見。

「阿母，你認爲怎麼樣？」阿祥反而問她。

她思考了片刻才說：「我想阿發必是隨著請願的農民北上的！」

說時她在心裏回想著，阿發經常來往的朋友們，那些喜歡高談濶論的年輕人，說不定都一起到台北去了，他們多半是在農村長大的農家子弟，不是也該關心農民問題嗎？

她也想起了她曾經為組織「反對黨」的先生們祈求平安，並得意地告訴阿發：

「心裏必要誠，不要對神明失去了信心！」

那時她自鳴得意地把「組黨人士」的平安，歸功在媽祖娘娘答應了她的祈求。

記得阿發笑了笑說：「阿母，你就繼續替他們求平安吧！」

她聽了也陪著笑了一陣子，後來才突然懷疑阿發是不是也加入了那個黨？她仍舊不知道個中答案，但是生長在農村的阿發，親身體驗了農民所受的不公平待遇，親眼看到了在台灣工業化的過程中，農民一再地被犧牲，能不為農民打抱不平嗎？

「我也這樣想，阿發是隨著請願的農民北上的。我在出國前，和他談了許多。別看他外表嘻嘻哈哈，人還很細心，尤其關心農民的命運！他有他的理想，也交了一些志同道合的朋友。老實說，我一直擔心有一天他會闖出禍來的。不過今天我覺得很驕傲，阿發很勇敢！」阿祥以嚴肅的語氣說。

周老太太默默地點了頭，心裏卻擔心著那個在警棍下的兒子，想著那個鎮暴警察舉在半空的警棍，想著從阿發額頭流下來的血跡，心裏便不免一陣一陣地抽痛……

「你猜那個警察有沒有打阿發？」她不安地問。

「大概沒有，那麼多羣衆圍著看，他敢？」阿祥回答。

「你猜警察再打下去，阿發受得了嗎？」

「沒有問題，阿發年輕、力壯，挨得起揍！」阿祥又說。

她聽得出阿祥一心一意在安慰她，不想再為難兒子，便輕輕地閉了眼睛。

偏偏眼簾裏浮現的是一個被警察扭住頭髮的年輕人，有著阿發的眼睛、鼻子，和嘴巴……他緊鎖雙眉，透露出不屈服的精神，一任鮮血從額頭流到臉上去……

這夜當周老太太累極，而終於朦朧入睡之後，出現在她夢境的就是那個鎮暴警察舉在半空的警棍。當那支警棍，就要重重地落在阿發的頭上時，她不禁大叫：

「不要打他！」

於是自己的叫聲，驚醒了她自己，她就這樣地過了無眠的一夜……

第二天周老太太在新到的報紙裏，看到了各方支援農民的聲明，也從被捕去的名單裏，看到了阿發的名字。

想到被監禁在看守所裏的阿發，她突然覺得歸心似箭，恨不得立刻回去探望阿發……。

有一天，她也要和阿發並肩走在「農民請願遊行」的行列裏……

——原載一九八九年一月卅一日～二月一日《自立早報》

秋子

她穿一件無領的淡藍色洋裝，站在客廳門口，一頭白髮剪得短短地把頗爲福泰的圓臉兒，毫無遮掩地顯露出來。那臉上沒有顯著的皺紋，一雙眼睛直直地望著進門來的我，於是她的嘴唇開始微微地抖動，微微地，但是那麼明顯。

我正要稱呼她一聲「黃伯母」，沒想到老太太微抖的嘴唇吐出了一個名字，輕微，但是十分清晰。

「Akiko（秋子）！」她叫。

於是她略張雙臂走向我，步伐急切，但是不怎麼穩定。

我應該走向她的，以便縮短她步行的距離，但是我卻傻愣愣地站在那裏，一時不知道是怎麼回事兒。

終於老太太站在我的面前，她執起了我的手，望著我的眼睛，以日語慈祥地說：

「Akiko，你回來了！」

我這才發覺老太太錯認了人，但是仍不知道該怎麼反應才好。

和我同樣，也愣在那裏的碧霞，這時忽然清醒過來，她一手抱住老母的肩膀，溫柔地說：

「媽，她是我的朋友翠蓮。」

「Akiko！」老太太依舊握著我的手，低聲叫。

「媽，不是秋子，是翠蓮！」碧霞重複。

老太太固執地搖頭，過了半晌才這樣問：

「那Akiko呢？她什麼時候回來？」

「快了！」碧霞回答。

老太太無力地放開了我的手。

碧霞扶著母親，走回了客廳，把老人家安置在窗口一把搖椅裏。老太太安靜下來了，她的臉上毫無表情，一雙眼睛除了空洞，沒有透露任何的訊息。

「對不起，沒有嚇著妳吧？」碧霞回到我的身邊，輕輕地招呼。

「當然沒有！」我回答，掩飾了心中的一份驚嚇。

「最近才開始的……」碧霞邊說邊示意我坐下，我們倆便在沙發椅上並肩坐下來。

「她患了輕微的中風，在床上躺了一個多月，很幸運地手脚都沒有什麼痲痺或不隨的現象，只是腦筋變得痴呆些，她一點兒也記不得最近發生的事，但是陳年往事卻一窩蜂地湧出了她記憶的倉庫，你相信嗎？幾十年來不講的日語，居然變成了她的日常用語。」

我抬頭望了一眼坐在窗邊的老太太，想起剛才她衝著我說的日本話。

老太太閉上眼睛，在椅上打起盹來，從那臉上看不出一絲一毫往年受了日本教育的女學生的影子。

「秋子是誰？」我問。

「我的大姐。」碧霞的聲音突然黯淡下來。

「她哪兒去了？」

「她……」碧霞抬眼望我，那雙眼睛很快就溢滿了淚水，接著兩串淚珠便從眼角滾落下來。

我大爲吃驚！輕輕地握了碧霞放在腿上的手不敢再說話。

寬敞的客廳，突然悶熱起來，室內的空氣不再流暢，冷氣機似也停止了冷氣的吹送。靜默中，我覺得額角滲出了汗珠，手心也冒出了汗水。

「對不起！」碧霞終於抬起了臉。

我連忙打開手提包，把一包衛生紙遞給她。

她擦了一把溼漉漉的臉，露出了難爲情的笑：「其實沒什麼的，都過了那麼久了……」

「妳是說……」

「我大姐的失蹤……」

「妳大姐，她失蹤了？」我笨拙地重複了她的話。

「是的，說穿了也沒有什麼稀奇，那個年頭兒……我媽說每天都有人失蹤……」

「哪個年頭？」

「五十年代啊！」

「哦！」我恍然大悟。

「令人難過的是我大姐是在學校操場被帶走的，她正在上體育課，穿的是體育服裝，連准她換衣服都沒有，就那個樣子帶走了，我媽經常哀歎地說：也沒讓她帶幾件換洗的衣服……」

「帶到哪兒去呢？」

「誰也不知道！反正那以後，再也沒有人看見她，她也再沒有回家來。」

「不是警察局？」

「不是，只知道是情治單位，專門抓思想犯的；但是一個初中女生，連自己的思想都還沒有形成，怎麼可能是個思想犯呢？」

「一定是弄錯了！」

「我媽也這樣想，以爲遲早會放出來的，可是一天過一天，一年過一年，既沒有看到人影，也沒有任何信息……」

「台灣這麼小，眞的找不到嗎？」

「我父母託人到處打聽，就是打聽不出下落。」

「有沒有人跟她一起被抓？」

「那陣子很多年輕人被捕，可是跟我大姐不相干，彼此之間也毫無認識……」

「別的人也下落不明嗎？」

「大部分家屬都找不到他們的親人……」

我感到那逝去了很久的年代，突然回到眼前來；不過那時才六歲的我，對所謂的「白色恐怖的時代」是毫無認識的。

「妳和我同歲，那時我們還小……」

「可不是，我大姐比我大十歲，我好羨慕她的年齡，念中學是多麼神氣的事！可是有一天她上了學以後，就沒有回家來；從此我們一家人都陷入了無邊無際的哀傷裏，我記得自己有好長一段時間，每天每天都站在門口等她回來……」碧霞的聲音又黯淡下來。

小妹的悲痛尙且如此，何況是母親！我又看了一眼打盹中的老太太輕聲問：「妳媽常常那樣嗎？」

「妳的意思是認錯人？」

我點頭。

「沒有，幾十年都過去了，我們也逐漸地接受了殘酷的事實；大家嘴裏不說，心裏都知道大姐必是不在人世了。近十年來我們很少提起她，媽在中風前，也沒有表現得像是無法克制悲傷的樣子。俗語說：『時間是最好的醫生』，即使是再大的不幸，也會逐漸淡忘的，也只有那樣，才能夠繼續活下去……。何況和我們一樣遭遇的家庭，實在是太多了！」

「難道我是第一個被妳媽當做秋子的？」我好奇地問。

「說得是哪！剛才我不是也愣在那兒嗎？老實說我被嚇壞了，以爲媽失去了理性……我怕她的痴呆現象在惡化……」

「怎麼說是痴呆呢？她記得那麼清楚大女兒失蹤的事……」

「她生活的時代回溯了好幾十年，我大姐的失蹤變成了發生不久的鮮明事件，使得她不停地期望著秋子的歸來，看到妳……」說到這兒碧霞突然掃視我的臉，打量著我……

我被她看得不自在便問：「怎麼了？好像是婆婆在相媳婦嘛！」

碧霞不管，只顧盯著我看，然後自顧自的說：「是有些兒像……」

「像什麼？」

「像我大姐！」

「我？我像妳大姐？」我驚問。

「是的！妳這頭直直的短髮，這身襯衫圓裙子的打扮……就像是五十年代的女學生。」

「臉呢？比起妳當時的大姐，我的年齡還不只是加倍的吧？」

「我媽的眼睛早就模糊了，不帶眼鏡，什麼也看不清楚，所以年齡並不重要，她看到的是妳這身打扮和身材……」

「眞對不起！」我道歉，想到自己勾起了老人家的悲痛，內心便不安起來。

「對不起什麼？媽一定是驚喜了一番！」

「可是又令她大失所望啊！」

「沒有關係，如果她以爲看到了她想念的秋子，對她一定是好的！」

我無法判斷碧霞的猜測是不是正確，但是也只有希望如此了。

那次拜訪之後，我很久都不敢再去碧霞的家，因爲怕引起黃伯母的激動。

但是秋子的命運，深深地刺激了我，午夜夢醒，想到情治人員跑到學校的操場抓人，把一個正在上體育課的女學生帶走，總會把我嚇得心魂不寧，被帶走的秋子究竟哪兒去了？是因在沒人知道的地下牢？還是在槍決之後，隨同一大堆死屍，被推進大海裏？情治人員爲什麼不肯把這些人的「死訊」通知家人呢？是因爲太多了，忙不過來嗎？抑或是家人的焦慮、關懷和悲痛，全不在他們的意念裏？

最奇怪的是秋子被捕的原因……

她是個思想早熟的姑娘嗎？她眞的心儀共產主義的思想嗎？還是她只是交了個那樣的朋友而受累？

可是碧霞說她的父母認爲絕對是錯抓，因爲秋子只是個典型的十六歲少女，關心衣飾和容貌，喜歡看電影。

我的腦海裏於是出現了這麼一行字：「寧可誤殺一百，絕不錯放一人」，也不知是在哪兒看到的。總之，我開始關心那個時代，猜想那個烏雲滿天、荊棘遍野的恐怖年頭兒，愁雲疑霧如何套牢著台灣人的心靈。

我也常常想起黃伯母，想著她衝著我叫「Akiko」的神情和聲音，彷彿看到了她內心裏淌血的傷口……我因此而難過起來，也意識到應該去看看她老人家，但是偏偏拿不出勇氣來。

幾個月之後，碧霞終於打電話來催了：

「怎麼這麼久不來呢？難得搬到同一個城來，也不常過來串門兒？妳該知道我要照顧生病的老母，可不能到妳家去回拜啊！」

「誰在等妳的回拜？我是怕伯母再錯認我，引起不必要的騷動。」

「老實講，能不能就請妳充當秋子？」碧霞突然這樣說。

「妳是什麼意思？」我大吃一驚。

「來了就知道了，眞的，請幫忙，我會好好謝妳的。」

我雖不了解碧霞說的話，但是老朋友的懇求，豈能不理？何況我也很想念她，搬到這塊陌生地方之後，我還沒有交到什麼朋友……

第二天下午我就開車出門，駛往碧霞家去。

在客廳門口，我接受了黃伯母的見面禮，被她激動的手牢牢地握住。

「Akiko，妳回來了！」她望著我的眼睛慈祥地說。

所不同的是碧霞並沒有像上次那樣，溫和地告訴她：「媽，她是我的朋友翠蓮。」於是在老太太的想像裏，我就是她失蹤已久的大女兒秋子，今天終於平安地回到了家。

「Akiko，妳回來了！」老太太呢喃地重複這一句話，於是兩行眼淚沿著她的面頰，緩緩地流下來。

那張臉比我上次所見到的，已消瘦了一圈，皮膚更是枯乾多了，「怎麼衰弱得這麼快呢？」我一驚，人也不覺激動起來。

「媽，我們到那邊坐。」碧霞扶著母親，走回客廳，把她安置在窗邊的搖椅。

「媽，妳休息好了，等等再跟秋子講話，秋子剛回來也很累！」碧霞這樣說明。

老人家乖乖地點了頭，疲倦地闔上了眼睛。

「那把搖椅是她最喜愛的地方，躺在床上，雖然舒服些，但是她嫌太寂寞。」碧霞又這樣對我說明。

「她……」我頓了一下才接下去：「好像衰弱了很多，是病情惡化了嗎？」

「主要是老衰，七十都過了一半的人了，雖然中風前看來滿健康的，氣色也不錯，那之後，像是變了個人了，尤其是……」碧霞說到這兒，拍了一下腦袋：「記憶力全退，只記得那段時日……」

「那段時日……」我跟著憂鬱地重複。

「不錯，就是秋子失蹤的那段日子……妳看她平時很少說話……」碧霞看一眼在搖椅裏的母親：「一開口就是問：『秋子在哪裏？她什麼時候回來？』我們給她說明的時候，她似乎懂了，但過不久又問：『秋子在哪裏？她什麼時候回來？』我們簡直不知道怎麼辦才好……」碧霞歎了一口氣。

「妳不是已想到了辦法嗎！」我笑問。

「是這樣的……」碧霞不好意思地說明：「有一天老人家突然生氣地說：『你們老講秋子失蹤很久了，不會回來，上次秋子不是明明回來了嗎？她去哪裏？爲什麼不來看我？』我知道她指的是妳……」

「奇怪？她怎麼會記得那一天的事？」

「我也不知道，通常她不會記得任何身邊發生的事，大概是因爲她滿腦子都是秋子，所以與秋子有關的事，也就深印在她的腦海裏。」

我沒有說話，但是想到年老的母親一心記掛的是早年失蹤的女兒，胸口便跟著隱隱作痛起來。

「我們想到與她理論也沒有什麼用，她的腦力顯然有了損傷，不會有正常的運作能力，何況殘酷的事實，不應該讓她帶到黃土裏去，所以請妳……」碧霞說到這兒，聲音哽咽，眼淚也簌簌地流下了面頰。

我執起她的手，默默地陪著她落淚。

黃伯母的衰竭，雖然快速，但是也拖了年餘，才到了她解脫的日子。

這期間，我總是有規律地拜訪她，每次她都以同樣的激動接待我，彷彿那是秋子失蹤後，第一次回家來。

當她慈祥地說：「Akiko 妳回來了！」

我便答應她一聲：「媽，我回來了！」

於是我們倆緊緊地握著對方的手，以淚眼相望。

然後碧霞過來扶老人家到她喜愛的搖椅坐下，對她說：

「媽，妳休息好了，等等再跟秋子說話，秋子剛剛回來很累！」

老人家總是乖乖地點頭，疲倦地闔上眼睛。

入冬時節，氣溫聚降，老人家患了感冒，然後引起了肺炎，發高燒的她被急救車送進了醫院。接到通知趕到醫院的我，看到她在氧氣罩裏困難地呼吸著；高懸的點滴筒，循著橡皮管，把營養水送進她衰弱的軀體裏，承受針管的手背，貼著兩片白色的膠布，那雙手是那樣地蒼白和乾癟，只剩下一層鬆鬆的皮膚，氧氣罩下的臉也是瘦削的，緊閉的眼睛在陷凹的眼眶裏，尖下巴的兩邊是層層打疊的皺紋……她和我初次看到的，猶如兩個不同的人！

我不知不覺地回想起第一次看到她的情景來：

她穿一件無領的淡藍色洋裝，站在客廳門口，一頭白髮剪得短短地把頗爲福泰的圓臉兒，毫無遮掩地顯露出來，那臉上沒有顯著的皺紋，一雙眼睛直直地望著進門來的我，於是她的嘴唇開始微微地抖動，微微地，但是那麼明顯。

「Akiko！」她叫。

在碧霞的懇求下，我當了一年多的「秋子」，扮演得十分逼眞，因爲看到老太太期盼的哀傷眼神，我恨不得自己變成了眞正的秋子，好安慰她那顆悲痛的心……

突然間，床邊的騷動打斷了我的回憶：

碧霞的哽咽聲，奔出病房的脚步聲，在床頭亮起的紅色緊急燈，病人快速而頗爲嘈雜的呼吸聲……驀地我急步趨前輕輕地握了老人家藏在被褥裏的手，床邊的親人，全把這最後的特權讓給了我，因爲我是「秋子」的替身。

病人咕嚕咕嚕的呼吸聲逐漸減弱，我彷彿看見了她那毫無血色的嘴唇在微微地顫抖，微微地，但是那麼明顯。

「Akiko！」我聽見了她低沉的叫聲……

——原載一九九〇年十二月廿三、廿四日，自立小說劇場

異地裏的夢和愛
——評黃娟小說集《世紀的病人》、《邂逅》

葉石濤

我記得那是六〇年代末期到七〇年代初期的時代。嚴酷的冬天還籠罩著整個台灣的天空，雪融的時代何時會來臨？那是遙遠無期的心願。一羣剛開始起步的省籍作家以前輩作家吳濁流先生的《台灣文藝》為中心，孜孜不倦地為台灣文學未來的燦爛遠景而寫作。那時代的報刊雜誌很少，為自己的創作找尋發表的園地是非常困難的事。即使僥倖找到發表的地方，得到編者的青睞，但有時是完全沒有稿費的；即使有，只是象徵性的微薄報酬，只夠買幾本書或吃一頓美食罷了。我剛開始恢復寫作不久，自然退稿的機會多，偶爾有一、兩篇作品得到發表就高興得眞的睡不著覺了。而且下筆要相當謹愼，否則因一、兩句曖昧的話就被情治單位叫去問話也是常事，我就有這個經驗。我常覺得台灣作家是被上帝離棄的一羣受難受苦的人們，寫作對他們而言，無異是天譴。

在這樣的時代，黃娟的創作活動相當惹人注目。我讀了不少她的作品，時間已久，她的作品給我的印象也很模糊，但我留下的印象是她的作品結構很緊密，描寫力強，文筆很細膩。當然，作品裏的世界大多數以女性的遭遇爲主，附帶出現的是家庭問題爲主題的小說多。有人批評說，她的小說染上了存在主義的傾向，這使得我大吃一驚。那個時代的確是什麼都要跟存在主義扯在一起的時代，但是給黃娟的小說下了這樣的評語，的確是莫名其妙的。她的小說一向追求事實的眞相，以細膩地刻畫人物的個性見長，冠以什麼主義，實在很不相宜。她寫了無數小說以後忽然從台灣文學裏消失；當然這是我的錯覺，我既不知道她的身世，也沒見過她，所以發生了這麼一個感覺。其實她是跟夫婿一起到新大陸開拓新生活去了。從此，我也不再看到她的小說；其實這也是一個錯覺，一個作家是不容易放棄寫作的，特別是像黃娟這樣已經把生活的重心放在文學的作家，她可以說也是受「天譴」的一個吧。剝奪她寫作的習慣，等於逼她走上發狂的路一樣。當然她一定繼續在寫作，好像在這二十年來她仍然在異國的土地裏一面爲建立家庭而奮鬥，一面也一直在寫作不輟。

我們終於看到事實的眞相了。此次，黃娟由南方叢書出版社要付梓兩本短篇小說集，《世紀的病人》和《邂逅》，這才確認黃娟丰采依舊，她的筆力毫沒有衰退，甚至觀察人生的機微已到爐火純青的成熟的地步。

這兩本小說集，除《世紀的病人》這一本集子的最後三篇小說〈選擇〉〈陰間來的新娘〉和〈魔鏡〉是以台灣爲小說背景之外，其餘的小說都是以新大陸的生活爲題材。但是她的以新大陸爲題材的小說，不同以往常見的那種留學生爲主題的小說；抑或把大陸、台灣、美國的錯綜複雜的政治關係爲縱，認同罵橫的小說，有深厚的政治性和意識形態的小說。

黃娟的小說很平實。她把這些外面的政治和思想環境排除在外，只寫平凡的生活現實，而且用新移民的家庭主婦的眼光來看美國的生活現實，所以她的小說裏有生活的困境，雪地裏的寂寞和孤獨，求愛和婚姻，職業上的挫折和種族歧視，但卻沒有吶喊、控訴，和抗議。因此，她的小說從另一方面來說是很原創性的；如寫在異國裏如何適應生活，安排住居，如何跟鄰人相處等外面環境，以及在內心裏所受到的被歧視感，奮鬥、同情、孤獨和愛。

她當然很清楚一個亞裔美國人今日在美國困難的情境；也知道這是民族習慣的不同、政治制度的不同及各種複雜的因素所造成的。但她不願用任何政治性的大張旗鼓的寫法來突出它，那只有一個原因；因爲做爲一個作家，她忠實於自己作品的風格，她願意保持她一貫的信念，在人的內心裏看到眞實、善行，而不分人種的不同，她的確在新大陸也有看到許多平凡而善良的美國人。如果黃娟本身是地上之鹽，那麼她在小說裏也證實了美國是像她一樣由無數默默的大衆，跟我們一樣富有愛心的地上之鹽所組成的國家。民族雖不同，但人性是一樣的，黃娟的這兩本小說集清楚地告訴了我們這個訊息。然而做爲一個敏銳的作家，她也並不是把這世界看得十全十美的，美國社會制度的缺漏，亞裔美國人互相間無情的競爭，殘酷的生老病死的摧殘，也同時構成了她的小說的另一根支柱。這讓我們更深刻的認知，凡是在太陽普照之下的任何一個國家裏，人性的缺失同樣存在。描寫美國的芸芸衆生的日常生活跟描寫台灣默默大衆的艱辛生活沒有什麼多大差別。

由於這兩本短篇小說集，我們找回了黃娟。黃娟已經歸隊，重新加入了台灣作家的序列。過去我們忽略了她，是我們重大的損失，這何嘗不是她的遺憾。然而我們覺得黃娟應該面對更新、更大的挑戰。二十年是不短的日子，她既然在新大陸建立了穩固的生活據點，也融入了那個社會，也就不用再寫平實而風格固定的小說了。台灣的雪融時代已經來臨，我希望她用更大膽的眼光，選擇更富挑戰性的題材來寫，突破老舊風格，更上一層樓。

——原載一九八八年六月南方出版社《邂逅》

黃娟——追逐生活的作家

彭瑞金

離開台灣已有整整二十年的黃娟，最近幾年再度活躍台灣文壇，儼然八〇年代文壇的中堅作家。去年更以〈相輕〉勇奪吳濁流文學獎的小說獎，證明黃娟第二度走進台灣文壇受到肯定。黃娟可以說是吳濁流草創《台灣文藝》時代的「老」作家了，她也可以說是屬於戰後第二個文學斷代的台灣人作家，與李喬、鄭清文、七等生、江上、鍾鐵民等人都是《台灣文藝》早幾期的主要小說作家。六〇年代中期出國以前便有小說集《小貝殼》、《冰山下》問世：赴美後與台灣文壇有相當長時間的隔閡，重現八〇年代文壇的時候，差不多已是文壇上完全陌生的新名字了。

其實黃娟的文學創作並沒有因爲離開台灣而中斷太久，七〇年代她尙間歇有作品寄回國內發表，或見諸海外中文刊物，她也是北美洲台灣文學研究會的一員，只是八〇年代第二度現身台灣文壇的黃娟文學，是以嶄新的典型——台美族文學的面貌出現而已。

這次趕在得獎後出版的兩本小說集：《世紀的病人》、《邂逅》，便詮釋了黃娟羈旅海外二十年間前後兩種不同的文風變貌。《世紀的病人》收集了部分還在台灣時發表的作品，一部分出國後籠罩在台灣經驗中的作品，以及一部分尚帶羞澀的台美族經驗作品；《邂逅》裏看到的則是典型而穩健的台美族文學了。

八〇年代的台灣小說變貌，可以說是處在從確定到不確定的遽變時代，新一代的作家在所謂突破與創新的自我期許的壓力下，他們有世界化、突破時間、空間侷限性的夢想，他們在追求探索的是一個並不十分確定的、也是存心不容易被確定的文學境界，坦白說，這是一個連八〇年代的台灣小說在哪裡都不容易確切回答，卻到處充滿對八〇年代小說展望的時代，在這樣的背景下能夠讀到黃娟的老小說，的確使人發思古幽情。我這樣說並無惡意表示其內涵的守舊，而是強調八〇年代的年輕作家中已經很少人這麼中規中矩認眞寫小說了，雖然提起黃娟，很自然令人聯想起吳濁流時代的《台灣文藝》，不過二十年間的創作證明黃娟還是一個與時推移的作家，作品保持了敏銳的寫實特質。

六〇年代的黃娟小說，還頗能呈顯六〇年代台灣社會的特徵，那個時代的黃娟可以說是一個對人生充滿希望與愛，滿心理想人生憧憬的純情作家，總是小心地、拘謹地呵護小貝殼般善盡呵護人間美善的作家天職，諸如親情、友情、愛情，一直都是她最常纏繞的題材。從這個角度看，她是相當典型的女性作家，具有濃厚的生活實務取向。寫《小貝殼》、《冰山下》的黃娟剛離開學校，初入大千世界，許多有關少年情懷、友情、愛情、婚姻、親情的恩怨、愛惡，就業的波折，在她的早期作品裏呈現了一個略帶生澀卻實事求是的世界觀，雖然在這裏見不到屬於年輕高蹈，帶有浪漫特質的理想主義色彩，但這些早期的作品却擺明了黃娟的寫作有個相當篤定而踏實的世界觀，那就是生活。

拿生活這個觀點來看黃娟的小說，不管是二、三十年前的，亦或是二、三十年後今天的黃娟，都可以一目瞭然，她的小說幾乎不太例外地寫的都是屬於她的、熟悉的生活族羣、周邊人事。二、三十年前的黃娟現實世界裏有「相親」、有「奇遇」、有「小貝殼」、有「人生」的疑慮、有「失落的影子」，也就當然有那些執著而苦苦追索人生價值的作品了。解釋生活成爲黃娟小說中高懸的鵠的，合理生活的期盼，不合理生活的批判交織成她早期作品的思索網路，舉凡舊社會桎梏下女性的覺醒，萌芽期新女性的婚姻觀，男女性社會角色的遞變，都是她樸實的筆墨關注的焦點。也許早期的黃娟很難被歸類，也很難被定型，不過她可也不是隨波逐流的作家，我們以她集結的兩本小說集——《冰山下》與《小貝殼》看來，證明她是相當篤定的作家，她相當堅持寫作「生活」的信念。因此我頗能肯定她之所以能在八〇年代再出發，不是得之於風雲際會，多半還得之於她有所堅持的寫作信念。在某個定義上說，黃娟是個秉持觀察人類生態的寫作者。

以結集在《世紀的病人》以及《邂逅》這兩本集子裏的作品而論，黃娟依然是堅信篤定的生活觀者，不同的只是時空變了，她寫的不過是不同時間、不同空間、國度的生活故事而已。《世紀的病人》有部分作品是赴美初期寫的，除了描寫愛滋病人的〈世紀的病人〉之外，這個集子中的作品，包括一九八七年的，都大致表達的是較生澀的美國經驗。例如〈擒〉描寫女留學生如何主動出擊擒住對象；〈野餐〉寫旅美台灣人的男女社交型態；〈炎夏的故事〉則是敍述丈夫上班，一個人被關在家裏因恐懼被傷害而心臟痲痺的婦女；其他如〈奶盒上的相片〉、〈保守的人〉……幾乎沒有背離作者是生態觀察家的角色地位，這個時期的作品世界裏的黃娟，有著明顯的兩種不同文化背景交會的錯愕驚異——一種初逢乍會的驚訝，雖然不加評價，却鮮活地記下這項觀察。像奶盒上印上尋找失踪兒童的啓事，像家庭式的野餐聚會，像由女性主動的掌握幸福擒住男性等等典型平凡的美國社會生活「故事」，顯然只有生澀的台灣人眼光才看得到的美國現象，在價值上它記錄了台灣人投身美國社會的異化經驗，即使是零碎、片段的，也不失作家敏銳的旁觀者角色。

坦白說，黃娟的小說表達方法是傳統而保守的，幾乎找不到任何前衛或實驗的痕跡，但從另一個角度看，黃娟出道的六〇年代的台灣是一個口號氾濫、口號包圍文學的時代，黃娟不枝不蔓，篤實於描寫生活的保守，無異是濁世裏的一股清流。我們知道六〇年代的台灣人作家多少都有將自己的良知以扭曲的形式表達，他們很少能直接用我手寫我心，形式上的推陳出新、人物的扭曲變形……，無疑都是鬱悶的積壓；黃娟沒有這些大千世界的干擾，她心平氣和的躲在自己的世界裏平心觀照，久之顯然成了風格，也成了一種能力。她養就了直觀世界的作家眼，在台灣時，生活周遭的人與事逃不過她的作家眼，到了美國也不例外。也許有人會說，即使讀了《邂逅》集子裏的黃娟最新出爐的作品，也感覺不出二十年歲月在她作品裏的遞變——撇開時空的因素，我想也是合理的疑問

平心而論，《邂逅》裏消失蛻化的只是初臨乍到新大陸的生澀，這裏見到的是老練熟稔的台美族人眼光而已，當這個台美族人成爲理所當然之後，黃娟的觀察便深刻了，不過她用的還是那雙生活眼，她看到的是更深邃的東西。或許去年獲吳濁流文學獎的〈相輕〉是最典型的例子。生存空間已經較其他人種更爲艱難的「老中」，不但沒有相濡以沫的同族人情誼，反而互相排擠，勾心鬥角，小說的背景不必牽扯到任何可能成爲口號標語的文學立場或創作標的，卻毫無疑問是台美族人生活的刻度。從這一點言，二、三十年來的黃娟文學風格、創作性格可能始終如一，沒有變過。設若有人以品慣調味料濃烈的台灣小說來看黃娟的小說，難免覺得淡而無味；設若有人以旗幟鮮明的台灣小說新趨向來看黃娟的小說，必然覺得其保守、模糊。也許黃娟並不是有野心的作家，她沒有信誓旦旦要寫什麼，卻並不表示她連自己要成爲怎樣的作家也不明白。黃娟已呈現在讀者

面前的所有作品足以證明她是樸實篤定地走在爲生活、爲形形色色的生活做素描的作家位階上，不踰越、不焦躁，而心安理得。

我們不妨試著檢閱《邂逅》集中的作品，〈邂逅〉寫熱心撮合他人姻緣却點歪了鴛鴦譜的趣事，充其量不過是人生的挿曲而已。〈美人關〉記一則「美貌」與「金錢」交易的假婚姻。〈彩色的燈罩〉寫擺脫傳統婚姻觀束縛的台美族女強人，却又不得不受制於膚色、種族，陞遷道上多艱難。〈梅格〉寫鄰居美國老人的親情、友情。〈安排〉則是〈梅格〉的續集。〈弱點〉寫台美族在美國受到的種族歧視。這裏面既沒有驚人醒目的題材、故事，也沒有天花亂墜的生花妙筆，無可置疑地，這些作品裏却有結實的內涵，那就是樸實深刻的生活記錄。我相信黃娟堅持這個獨特的寫作之眼是有道理的，它的確看到了不少人羣中平凡而極端重要却逐漸消失的東西，諸如〈梅格〉裏的友情、親情，〈彩色的燈罩〉裏的愛情，〈相輕〉裏的同胞愛……，這些幾乎成爲人間稀有珍品的古老美德，都是黃娟蓄意呵護保存的人間心靈產業。

在現階段顯得焦躁不已的台灣文學空氣中，黃娟的文學苦心，必然無可避免被劃入迂濶的行列裏，然而也不可否認的，文學是長途的人生競賽，到底誰能掌握最久遠的那一部分，根本是無法遽下斷言的。黃娟文學的緘默與篤定，或許正向讀者提出了這樣的無言質疑。

——原載一九八八年六月十五日《台灣時報》

黃娟小說評論引得

許素蘭　編

說明：

1. 本引得，依發表或出版日期之先後順序排列，以一九九一年十二月卅一日以前國內發表者爲限。
2. 若有舛誤或遺漏，容後補正。
3. 本引得承蒙黃娟女士提供資料，謹此致謝。

篇名	作者	刊(書)名	卷期(出版者)	出版日期
1.黃娟的世界	葉石濤	幼獅文藝	二九：二	一九六八年八月
2.評介《愛莎岡的女孩》	隱地	幼獅文藝	二八：四	一九六八年四月
3.讀〈野餐〉	林鍾隆	純文學	四一	一九七〇年五月
4.評介《愛莎岡的女孩》	隱地	隱地看小說	爾雅	一九八一年六月

5.異地裏的夢與愛——評黃娟的小說集《世紀的病人》、《邂逅》	葉石濤	邂逅	南方	一九八八年六月
6.黃娟——追逐生活的作家	彭瑞金	文學界	二六	一九八八年六月
7.睽違二十載，又見黃娟——評《世紀的病人》	彭瑞金	文訊	三八	一九八八年十月
8.延伸的土地和人民——讀黃娟《邂逅》有感	范亮石	自立晚報		一九九〇年五月
9.鱒魚返鄉的方式——讀黃娟長篇新作《故鄉來的親人》	彭瑞金	民衆日報		一九九一年十月卅一日～十一月一、二日
10.鱒魚返鄉的方式——寫在黃娟《故鄉來的親人》前面	彭瑞金	故鄉來的親人	前衛	一九九一年十二月

黃娟生平寫作年表

黃娟　編
方美芬　增訂

一九三四年　1歲　一月十八日生於新竹市，半年後舉家遷居台北。

一九四〇年　7歲　四月，入台北市宮前國民學校。

一九四二年　9歲　離開戰雲密布的都市，舉家疏散回故鄉楊梅。

一九四四年　11歲　由於日軍駐紮，學校停課兩年。中間偶然在廟宇集合，由級任老師帶至農家幫忙農事，或割馬草給日軍，在戰爭末期的空襲和糧食缺乏中，人心惶惶地過日子。

一九四六年　13歲　考進省立新竹女中初中部，從楊梅以火車通學，投進了戰後初期大紛亂的交通系統。開始受中文教育，對教師們南腔北調的國語，大感頭痛。

一九四七年　14歲　家人遷回台北，寄居外婆家，在新竹念完初中。

一九四九年　16歲　在戰後極端困難的家境下，選擇了公費的師範教育。

一九五二年　19歲　畢業於省立台北女師，分發在台北市螢橋國校任教。

一九五五年　22歲　普通考試教育行政人員及格。歷史科中學教員檢定考試及格。

一九五七年　24歲　高等考試教育行政人員及格。

一九五八年　25歲　任教台北市立大同中學。

一九六一年　28歲　三月，處女作〈蓓蕾〉在《聯合報》副刊刊出，從此廢寢忘食，熱衷寫作。

短篇小說〈深情〉發表於《自由青年》雜誌。
六月，短篇小說〈灰燼〉發表在《聯合報》副刊。
七月，短篇小說〈歧途〉發表在《聯合報》副刊。
八月，短篇小說〈曇花〉、〈枷鎖〉發表在《聯合報》副刊。
九月，短篇小說〈彆扭的人〉發表在《聯合報》副刊。
十月，短篇小說〈我不怕她了〉發表在《聯合報》副刊。
十一月，短篇小說〈帖子〉發表在《聯合報》副刊。
十二月，短篇小說〈相親〉、〈一美人〉發表在《聯合報》副刊。
得到「台北市西區扶輪社文學獎」。

一九六二年　29歲

短篇小說〈冬陽〉發表於《自由青年》雜誌。
二月，短篇小說〈啞婚〉發表於《聯合報》副刊。
三月，與嘉義縣翁登山結婚。
七月，短篇小說〈相親〉入選英文本"*Eight Stories by Chinese Women*"由女作家聶華苓翻譯及編輯。「The Heritage Press」出版。
九月，外子翁登山赴美進修。
十一月，短篇小說〈不准哭〉、〈少年行〉發表於《聯合報》。
十二月，短篇小說〈情敵〉發表在《聯合報》。

一九六三年　30歲

繼續勤寫短篇小說，作品多半發表在《聯合報》和《台灣文藝》。
三月，短篇小說〈遠念〉發表在《聯合報》。

一九六四年　31歲　四月，長女嘉玲出生。短篇小說〈老太太的生日〉發表在《台灣文藝》。
六月，改寫的兒童文學〈羅密歐與茱麗葉〉收入東方出版社出版《世界少年文學選集》。
短篇小說〈候診室〉發表在《台灣文藝》。
十月，短篇小說〈落地長窗〉發表在《聯合報》。
十二月，短篇小說〈苦酒〉發表在《聯合報》。

一九六五年　32歲　一月，外子翁登山自美返台。短篇小說〈老教師〉發表在《台灣文藝》。
四月，扶輪社得獎人選集《樹木集》出版。〈姻緣〉及〈花燭〉入選。
五月，改寫的兒童文學〈凱撒大帝〉收入東方出版社出版《世界少年文學選集》。
六月，短篇小說〈歪曲的苗〉發表在《聯合報》。
七月，短篇小說〈花燭〉發表在《聯合報》。
八月，短篇小說〈一隻鳥〉、〈閃爍的星星〉發表在《聯合報》。
十月，短篇小說〈小貝殼〉、〈負荷〉分別發表在《中央副刊》和《聯合報》。
短篇小說集《小貝殼》由幼獅書店出版，爲台灣省青年文學叢書之一。
短篇小說〈相親〉、〈一美人〉、〈深情〉、〈訪問〉、〈乾杯〉入選《本省籍作家作品選集》第六輯（爲女作家選集）文壇社出版。

一九六六年　33歲　次女嘉雯出生。
發表小說〈碩士雇員〉於《台灣文藝》、〈古老的故事〉於《聯合報》副刊、〈奇遇〉於《聯合報》副刊、〈失落的影子〉於《皇冠》。

一九六七年　34歲　一月，外子翁登山再度赴美進修。短篇小說〈山上山下〉發表在《台灣文藝》。

一九六八年　35歲

十月，短篇小說〈鈎花桌巾〉發表在《台灣文藝》。

十一月，短篇小說〈這一代的婚約〉發表在《純文學》雜誌。

長篇小說〈愛莎岡的女孩〉在《徵信新聞》（今《中國時報》）連載。

短篇小說〈魔鏡〉發表。

一月，短篇小說集《冰山下》由商務印書館出版。

三月，長篇小說《愛莎岡的女孩》由純文學出版社出版。

五月，短篇小說集《這一代的婚約》由水牛出版社出版。

七月，短篇小說〈四個冰淇淋〉發表在《台灣文藝》。〈病人與孩子〉發表在《中國時報》。

八月，短篇小說集《魔鏡》交給蘭開書局，稿件被該書局遺失，至今不知下落。

九月，辭去教職，攜女赴美與夫團聚。

十月，開始「我在異鄉」系列報導（《中國時報》）。

出國前尚有作品發表在《中國時報》、《中華副刊》及《幼獅文藝》雜誌、《純文學》雜誌及《大華晚報》（星期小說）。

一九六九年　36歲

發表〈我在異鄉〉（《中國時報》），散文〈復活節〉、〈寄母親〉（《國語日報》），小說〈擒〉（《純文學》）、〈等待〉（《台灣文藝》）。

一九七〇年　37歲

發表報導〈茶道在美國〉（《中央日報》副刊）、〈音樂表演〉（《國語日報》），小說〈野餐〉（《純文學》）、〈保守的人〉（《台灣文藝》）、〈冬眠〉（《聯合報》）。

一九七一年　38歲

發表小說〈一個炎夏的午後〉（《台灣文藝》）、〈南茜的生日〉（《青溪》），散文及報導：〈恐龍的脚印〉、〈四月的雪〉、〈來自捷克的朋友〉、〈訪問〉（《中央日報》)、〈等待的人〉(《台灣文藝》)。
八月，長子嘉南出生。外子翁登山學成就業。
十一月，由康州威鎮遷往印州E市。

一九七二年 39歲 發表〈奇蹟〉(《聯合報》)、〈來克太太〉(《台灣文藝》)。

一九七三年 40歲 發表小說〈後繼者〉(《台灣文藝》)。

一九七九年 46歲 遷至紐約州奧城。

一九八〇年 47歲 十二年來第一次返台。

一九八二年 49歲 遷至紐約威郡。

一九八三年 50歲 入「北美台灣文學研究會」。
八月，在年會發表論文〈再讀亞細亞的孤兒〉。
發表小說〈不是冬天〉(美州《中國時報》)，中篇譯著〈尋夢牆〉(美州《中國時報》)。

一九八四年 51歲 五月，父病返台。
八月，在「台灣文學研究會」年會發表論文〈鍾理和與笠山農場〉。
另發表小說〈邂逅〉(《海洋》副刊)、〈梅格〉、〈婚禮〉(《聯合報》副刊)。隨筆〈謙讓在美國〉、〈機會均等〉(《台灣與世界》)。

一九八五年 52歲 發表小說〈弱點〉(《海洋》副刊)、〈安排〉(《海洋》副刊)、〈美人關〉(《東西風》)；隨筆〈慎終追遠〉(《中國時報》)、〈一位愛好文藝之學人〉、〈凍不僵的種子〉、〈變故之後〉、〈颱風來時〉(《台灣文化》雙月刊)。
九月，遷至華府。

一九八六年　53歲　發表小品〈喬遷之喜〉、〈何來此福〉（《台灣與世界》）；隨筆〈遺失的笑容〉、〈墜落的星〉、〈憶吳老〉（《台灣文藝》）、〈送終的行列〉、〈返鄉人〉（《台灣文化》雙月刊）；小說〈彩色的燈罩〉（《自立晚報》）、〈失蹤的孩子〉（《台灣文化》雙月刊）；論文〈鍾延豪作品的特色〉（《文學界》）。

十二月，父逝，返台。

一九八七年　54歲　發表小說〈相輕〉（《台灣文藝》）、〈世紀的病人〉（《台灣時報》）；隨筆〈晚宴〉、〈人權何在？〉（《台灣文化》雙月刊）；論述〈雄偉的史詩——論台灣人三部曲〉（《文學界》）。

一九八八年　55歲　二月，代表「全美台灣同鄉會」回台參加在高雄舉行的「亞洲漁民問題研討會議」。

三月，小說〈相輕〉得「吳濁流文學獎」小說獎正獎。發表〈遲來的惡耗——紀念文心逝世一週年〉（《台灣文藝》）。

五月，出版短篇小說集《世紀的病人》（南方叢書出版社）。

六月，出版短篇小說集《邂逅》（南方叢書出版社）。

七月，當選「北美台灣文學研究會」會長。

論述〈空襲下的台灣——讀文心的《泥路》〉（《台灣時報》）。

小說〈山腰的雲〉、〈閩腔客調〉（《自立晚報》）、〈世紀的病人〉（《文學界》）。

書評〈苦難的歲月〉、〈巨人的遺作〉（《太平洋時報》）。

一九八九年　56歲　五月，短篇小說〈相輕〉入選《現代中華文學大系》小說卷（九歌出版）。

七月，赴日主持「北美台灣文學研究會」八九年年會暨筑波國際會議。

八月，率領「北美台灣文學研究會」會員參加第十一屆「鹽分地帶文藝營」。發表書評〈荒謬的年代——論呂昱的《獄中日記》〉（《新文化》第五期）。小說〈警棍下的兒子〉（《自立早報》）、〈尊姓大名〉（《台灣時報》）。論述〈政治與文學之間——論施明正《島上愛與死》〉（《自立晚報》）、〈坎坷的歷程——《台灣文學研究會年會論文選集》序〉（《台灣文藝》）。報導〈筑波到鹽分地帶〉（《自立早報》）。

一九九〇年　57歲

一月，發表書評〈沙漠裏的號角聲〉（《台灣時報》）。

二月，完成十五萬字長篇小說《故鄉來的親人》。

七月，在康奈爾大學「美東夏令會」主持「台灣文學研究會」年會。發表年會論文〈從蕃仔林看歷史——試論《寒夜三部曲》〉。

八月，發表論評〈傳統枷鎖下的自剖——論《笠山農場》〉（《自立晚報》）。

十二月，發表小說〈秋子〉（《自立晚報》）。

長篇小說〈故鄉來的親人〉在北美《太平洋時報》連載。

負責北美台灣文學研究會書評欄，介紹本土文學。

一九九一年　58歲

一月，長篇小說《故鄉來的親人》在《自立晚報》連載（七月底刊完）。

四月，自立刊載〈從蕃仔林看歷史——試論《寒夜三部曲》〉（《自立晚報》）。

五月，發表〈捕捉一個時代的脈博——《故鄉來的親人》後記〉（《自立晚報》）。

六月，在史丹福大學「美西夏令會」舉辦的「台灣文學研究會」發表論文〈審判者——論鄭清文的《局外人》〉（《自立晚報》八月十一日刊載）。

六月，發表小說〈戰爭背後〉（《民衆日報》）。
七月，〈變故之後——記一位勇敢的女性〉（《自立早報》）。
八月，發表小說〈燭光餐宴〉（《台灣時報》）。
十一月，母病返台。出版長篇小說《故鄉來的親人》（前衛）。
十二月，發表小說〈大峽谷奇遇〉（自立小說劇場）。發表小說〈劉宏一〉（《文學台灣》）。
負責北美台灣文學研究會書評欄，介紹本土文學。

國家圖書館出版品預行編目資料

黃娟集／黃娟作；陳萬益編. -- 初版. --
台北市：前衛，1993［民82］
376面；15×21公分. --（台灣作家全集.短篇小說卷，戰後第二代：2）

ISBN 957-8994-40-0（精裝）

857.63　　82008975

台灣作家全集・短篇小說卷／戰後第二代②

黃　娟集

作　　者：黃　娟

編　　者：陳萬益

出 版 者：前衛出版社

地址／台北市信義路二段34號6樓

電話／02-23560301 傳眞／02-23964553

郵撥／05625551 前衛出版社

登記證／局版台業字第2746號

E-mail／a4791@ms15.hinet.net

Internet／http://www.avanguard.com.tw

發 行 人：林文欽

法律顧問：汪紹銘律師・林峰正律師

美術策劃：曾堯生

印 刷 所：松霖彩色印刷公司

旭昇圖書公司

電話：02-22451480 傳眞：02-22451479

出版日期：1993年12月初版第一刷

2001年 6 月初版第四刷

定價：310元　　ISBN 957-8994-40-0（精裝）